新留学青年

廖元辛 / 著

BEYOND THE SEA

CHINESE MILLENNIALS IN AMERICA

作家出版社

图书在版编目（CIP）数据

新留学青年 / 廖元辛著. -- 北京：作家出版社，2018. 8

ISBN 978-7-5212-0171-0

Ⅰ. ①新… Ⅱ. ①廖… Ⅲ. ①纪实文学 - 中国 - 当代 Ⅳ. ①I25

中国版本图书馆CIP数据核字（2018）第197139号

新留学青年

作　　者： 廖元辛
责任编辑： 宋辰辰　杨兵兵
装帧设计： 奇文雲海 Chival IDEA
出版发行： 作家出版社
社　　址： 北京农展馆南里10号　　**邮　　编：** 100125
电话传真： 86-10-65930756（出版发行部）
86-10-65004079（总编室）
86-10-65015116（邮购部）
E-mail:zuojia@zuojia.net.cn
http://www.haozuojia.com（作家在线）
印　　刷： 三河市北燕印装有限公司
成品尺寸： 152×230
字　　数： 243千
印　　张： 20.25
版　　次： 2018年10月第1版
印　　次： 2018年10月第1次印刷
ISBN 978-7-5212-0171-0
定　　价： 42.00元

感谢所有接受过我采访的赴美留学生

除明确同意实名的受访人外，本书中出现的人物名字均系化名。

代序　我眼中的元辛

我和元辛算是文友。

大概是2016年7月的一天，我和一位北大毕业的年轻律师聊起北大，我说那个属于海子和西川的时代已一去不返，未名湖畔再也没有那样一群才华横溢的热血青年。律师说，你错了，我有一位室友，可以信手拈来身边的人与事，写出精彩的诗句。而现在，他正奔波于美国的各个城市之间，为那里的中国留学生群体，写作一本访谈录。

那时我刚刚结束了五年驻美记者的工作，自然对这样一本访谈录产生了兴趣。在律师的联系下，我和元辛开始了邮件往来。很快，他发来了刚刚写完的一个章节—— 一名叫凡姐的女留学生的故事。我花了十分钟将文章读完，感受却格外复杂。一方面，我惊叹于作为一名男性作者，元辛对于人物细节的勾勒和心理变化的描写是如此的细致入微；但另一方面，作为已在社会中摸爬滚打多年的我，却对故事中刚刚走出象牙塔的主人公流露出一种本能的不屑。

“就你采访的这个对象而言，真的是特别寻常的一个人。”在给元辛的邮件中，我直言不讳地写道，“只是一个平凡的姑娘，就实习的问题、恋爱的问题，到了新环境的适应问题有了内心困惑。”

元辛并没有恼怒于我的质疑。在回信中，他这样问我：“你觉得，对于中国的普通读者和留学生来说，对刘亦婷或者何江的关注，会让他们收获多少？当人们99%的关注点，都集中在这1%的‘成功者’身上时，留学生群体中的大多数是否已被有意无意地忽视？”

看了他的话，我一时无言。

我想起一首我和元辛都喜欢的《平凡之路》："我曾经像你像他像那野草野花/绝望着也渴望着/也哭也笑着平凡着。"

是的，不是所有的留学生都能成为那1%的"成功者"。他们中的大多数，仍将像元辛描述的那样，"循着'普通人'的轨迹漂洋过海，磨砺身心，乃至最终安家立业"。

我突然觉得，当下应该有这样一个作者，将那99%的"普通人"的"平凡"的纠结与迷茫、成长与新生真实地记录下来，并原原本本地展现给国内的读者。留学生作为一个越来越庞大的群体，也理应在风起云涌的出国浪潮中，获得社会足够的客观的认识：这一代留学生风平浪静的优越生活背后，为何会有如此多的纠结和迷茫？在他们看上去无忧无虑的异乡体验中，隐藏着怎样的脆弱和心无所依，又有着哪些超越年龄的思考与坚持？在这群人成长为无坚不摧的成年人之前，需要经历怎样的坎坷与彷徨，最终又将如何完成破茧成蝶的蜕变？这些问题，需要每一位关注留学群体的人回答，而它们，也正是元辛所试图回答的。

自此，我和元辛成了心照不宣的文友。我们很少在微信上讲话，但偶尔会写很长的邮件给对方。我们讨论文学，讨论对彼此新写章节的意见看法。潜意识里，这种"传统"的交流方式，实现了我对北大文人的全部想象。

后来有一日，他来香港看我，颇有网友见面的感觉。我们在坚尼地城的茶餐厅吃了午饭，又一路沿山而走，在港大校园的咖啡馆里一坐就是几个小时。

现实中的元辛并没有他笔下文字呈现出的老练与学究。他穿着格子衬衫和牛仔裤，目测一米八的身高，活脱脱一名刚从篮球场下来的港大学生。而开口聊天，则是浓浓的北大文人气质，讲起话来引经据典，哲学、历史、社会经济的各种理论信手拈来。所幸的是，他有的是北大"眼底未名水，胸中黄河月"的才情，却没有天之骄子们身上常见的张狂。他脸上仍带着少年气的腼腆和清癯，讲起自己经历的每件事，都显得认真而专注。

我们聊起文学，聊起纽约，聊起香港，但最终，还是离不开他正在写作的访谈录。

“怎么想到要写这么一本书的?”我问他。

他沉吟了片刻，神色显得凝重而复杂。他告诉我，最初想写这本书，是受到《出梁庄记》的启发。在这本以农民工为主要讲述对象的作品中，作者梁鸿指出，随着农民工群体被社会不断地符号化、标签化，人们“对农村、农民和传统的想象越来越狭窄，对幸福、新生活和现代的理解力也越来越一元化”。

元辛说，尽管农民工与留学生两个群体间存在着千差万别，但有一点是相同的，那就是整个群体在社会上的标签化程度在不断加深。

为此他感到，他得做点什么。

但事实上，在阅读《出梁庄记》之后一年多的时间里，他并没有立刻开始访谈录的写作。读书时的无忧无虑，以及美国乡下相对贫乏的生活内容，没有给他带来破釜沉舟的动力。直到毕业，直到他像他笔下的凡姐一样，在异国他乡走出校园的那一刻陷入无边的迷茫，他才开始感到，那些在外界看来不过是庸人自扰的少年烦恼，对于当事人而言，却可能是排山倒海的巨浪。

困惑中，他开始阅读心理学方面的书籍。他读弗洛姆的《爱的艺术》和《逃避自由》，读阿德勒的《超越自卑》，读派克的《少有人走的路》。他开始远行、采访，不是与周围朋友的简单交谈，而是深入受访人的内心深处，探寻、感受并最终理解他们的喜怒哀乐、成功与艰难、欢笑与哀叹。在孤独的留学生活末期，他像苦行僧一样独自前行。然而，也正是这样一种独行，让他不仅更深刻地“发现”了留学生群体，也更深刻地“发现”了自己，并从此重拾生活的活力和勇气。

在书中，他并没有怎么写到自己。但他的这段讲述却让我明白，书中的每一个故事中，都有他自己的影子。

写作的这两年，他所经历的并非坦途。

为了采访不同地域的留学生和留学生家长，他孤身一人往来于北美大陆的东西两岸，奔波在美国的城乡之间。有一段时间，他甚至感叹，只有行走在路上，他才“感到自己活着”。

为了能够设身处地地感知受访人的处境与心理，他开始研究李银河《中国女性的感情与性》、费孝通《美国人的性格》、弗洛姆《人之心》，乃至威廉·詹姆士晦涩难懂的《宗教经验之种种》。他开始造访美国各大高校的图书馆，搜罗每一篇研究中国在美学生的论文。

为了能够真实而细致地描绘受访人的生活状态，他像一台永不停歇的高速摄像机，事无巨细地记录着镜头前的一举一动。当他告诉我“最较真的时候，甚至会去看他们怎么洗脸，怎么刷牙”时，我感到的不是滑稽，而是真诚。

我也曾推荐他去媒体工作。他努力做了大半年，但最终还是为了完成这本访谈录而选择了离开。起初，我也为他这样的决定担心过，我担心他像太多的年轻人一样，眼高手低。但后来我发现，我想错了。辞职后的他，真的是在全情投入地采访和写作。从不断地调试结构到确立各章主题，从最初对采访中的每一个细节念念不忘到后来游刃有余地直入谈话主题，一个又一个章节从他的指尖飘然跃出。当2017年的年底我最后一次见到他时，他告诉我，访谈录已经基本完成。

那一刻，我看到他眼中闪烁的光。

这两年里，我断断续续阅读了他写的一些篇章。

我承认，和最早看到他写凡姐的那篇文字一样，很多时候我会为文中并没有多少跌宕起伏的情节而遗憾。反倒是结尾处夹叙夹议的思考，常常引起我的关注与共鸣。

但后来我意识到，这并不是一本小说，也不是一本杂文。或许，它正像元辛自己提到的那样，是一本“带有文学色彩的工具书”——

并非用吸睛的故事带给读者一时的快感，而要用真实呈献给读者一个未经雕琢的留学生群体的原貌。

在这一个个真实故事中，他带你像看西洋景似的零距离体验留学生的异国生活，感受他们或大或小的悲欢喜怒。

不论是学生还是家长，都应该在走出国门之前读一下元辛的这本书。读一下，才知道你到底准备好没有，你将要面对的是怎样的世界。

而读者从字里行间获得的对彼此和自我的深度认知，则更是重金难求。

作为元辛写作的见证者，我也非常高兴能够为《新留学青年》写这样一篇文字。在我们的最后一次交谈中，我欣喜地得知，这本书已经交给出版社候审，而元辛自己，也将在结束写作后“重返江湖”，在另一座城市开始新的工作。

此刻的我由衷地为他感到高兴。我希望他能觅到一方好山水开始自在的生活，也期待年轻的他未来能够写出更多影响世人的佳作。

李小晓

（李小晓，美国哥伦比亚大学校友，知名自媒体人，曾任新华社、财新驻美记者）

写在前面

改革开放以来，数以百万计的中国人前往美国学习、工作和生活。其中，占比最多的是留学生。据2017美国门户开放报告统计，仅在2016—2017学年，就有350755名中国学生前往美国的高等教育机构学习。这一规模庞大的赴美留学群体，不仅继续牢牢占据中国留学人口的半壁江山，也日益构成了美国高校国际学生群体的主力。

这些留学生，有的会一毕业就回国，有的会留在美国工作几年再离开，有的则会在美国定居乃至入籍。但无论他们最终如何选择，他们来到美国，就是选择了一种与自己的成长环境截然不同的生活方式，选择了面对、接触乃至融入一个新的社会。在这个过程中，他们有怎样的思考与感受，享受过哪些欢乐，又经历了哪些身处国内的父母和朋友难以想象的痛楚与心酸？他们在美国笑吗，为什么笑？哭吗，为什么哭？他们在美国谈恋爱吗，以一种怎样的方式谈恋爱？他们在异国他乡、在远离城市的“大学城”里是否感到孤独？他们想家吗，他们想回到中国吗？如果想，为什么很多人依然决定留在美国……

这些问题，需要有人记录和回答。然而，当我在网上搜索有关留学美国的文章时，我所看到的，要么是成功申请哈佛的留学生如何登堂入室、面试牛人怎样在美国升职加薪的“成功学”故事，要么是披露某些“官二代”“富二代”开跑车住豪宅的报道，下面往往还免不了网民对整个留学生群体的口诛笔伐。的确，这样的文章会吸引不少眼球，而一个普通的留学生在想什么，在为什么问题担忧和焦虑？甚至在竞争激烈、远离亲人的美国大学中是否会产生抑郁——这样的问题除了他的父母、老师和朋友外，自然少有人关心。但我想，如果我们不能把这些问题回答清楚，不能真正走进一个个普通留学生的内心，我们就无法真正走进这上百万留学生群体的生活，就无法真正地理解他们，也就无法真正理解这二三十年留学热的意义。

在这方面，老一辈的留学者已经做出了表率。20世纪90年代的“出国热”，造就了曹桂林的《北京人在纽约》、钱宁的《留学美国》、张丽玲的《我们的留学生活》等一系列经典作品。在他们如实的记录中，我们目睹了那一代留学生出国的艰难，体会到他们在国外的心酸，感受到“留学”二字在国人心目中持久的光环。他们，用凝聚着自己异乡生活艰辛的心血，描绘了一个巨变时代的沧海桑田。

二十多年过去了，中国在变，留学生也在变。与二十多年前的那一批留学者相比，这一代留学生无论是成长背景、经济条件，还是思想性格、就业方向，都早已今非昔比。与此同时，出国人数的不断增长、低龄留学的渐受青睐、互联网时代的到来，以及中美文化交流的日益深入，都为今天的留学话题增添了新的色彩，也为试图记录这一代留学生的写作者提供了无比丰富的素材。

新的时代，需要新的作品。作为记录者，我是有一些雄心的：我希望通过自己的写作，去描述、揭示甚至反思最近二三十年的留学浪潮——这些人为什么要出国，他们在美国获得了什么，他们在留学浪潮中是被席卷、被挟裹，甚至被吞噬，还是“在风口浪尖紧握住日月旋转”？为此，从2015年12月到2016年7月，我走访了美国三十余所高校，访问了百余名不同背景的留学生。他们中的有些人，我原本就已熟识，有一些则是头一次见面。但无论远近疏亲，他们都真诚地向我敞开心扉，将这些年在美求学的酸甜苦辣娓娓道来。在饭桌上，在学校里，在他们或整洁或凌乱的住处，我与他们交谈、欢笑，为他们讲述的哪怕一点点微不足道的收获而感到欣慰，也为他们初来异乡时备受孤独的煎熬而心酸落泪。

这样的走访，也并非一帆风顺。在采写的过程中，我不断遭遇人们的质疑。他们问我：你所采访的这些人，是否真的具有代表性？是的，我承认，对于采访的对象，我没有面面俱到，也不可能面面俱到——我没有采访中途退学的学生，也没有采访沉迷游戏不能自拔的少年；我没有采访被媒体树立为典型的“成功人士”，也没有采访受父母委派来美“镀金”准备接手家庭企业的“富二代”……在采访的过程中，我无数次地扪心自问：如果这些形形色色的年轻人最终缺席，这样的一本访谈录究竟有何意义？而既然我所采访的这些青年学子只是百万留学大军中的九牛一毛，那么对于他们在美国学习、生活和工作的叙写，又究竟是一种见微知著的以小见大，还是不自量力的管窥蠡测？

这个问题，一度困扰了我很久。直到一个偶然的机会，我采访到央视《今日说法》栏目曾经的主编魏大航。他告诉我，做节目、拍电影，你要先把自己琢磨透了，要把你周围的人琢磨透了，要具备“把自己放平成一名观众的能力”。我想，写作大概也是如此。要了解留学生在美国的现状，要理解华人在美国社会的所思所想，我们的确需要站到一个更高的角度去观察、去思考。但在此之前，先理解自己，理解自己周围的人，却是这一切的基础，也从某种意义上是这一切的最终归宿：只有理解了自己，理解了自己身边的人，我们才能理解我们所置身的这个时代；只有从更广阔的意义上理解了这个时代，我们也才能更深刻地理解自己、理解周围的人们。

在这一思路的指引下，我重新踏上了征程。2017年下半年，我结束了记者的工作，利用半年左右的时间，重新整理了这百余位受访人的采访记录，从中选出了一些令我印象深刻的故事，结合自己的留学体会和采访心得，整理成二十余篇，分成六个主题，呈现给读者。在为当代人留下小传的同时，我也希望以此增进国内读者对留学生这一群体的认识。尤其是，我真诚地希望那些正在计划留学的年轻人（以及他们的父母），可以从我所记录的这些故事中，看到一幅更为真实、客观和丰富的留学图景。同时，我也真诚地希望，那些正在留学生活中感到孤独、压抑或迷茫的年轻人，可以从我所讲述的这些同龄人的经历中，获得些许信心与力量。

记得在采写之初，我曾问一位在美国读新闻的朋友：“什么样的写留学生的书，你会有兴趣一读?”

她的回答只有两个字：“精确。”

精确，是一件笨重的事情。这本访谈录里记录的这些原原本本的故事，究竟是否能“精确”地揭示留学生活的本来面目？我才疏学浅，却依然愿意一试。

元辛

2018年5月17日于北京

目录 contents

第一章 成长

第二章 融入

第三章 城乡

第一章

成 长

独自行走在纽约街头的中国留学生（供图 / 杜波迪）
对于许多独生子女一代的留学生来说，独自面对异乡生活往往比学业压力本身更具挑战。

来美国一年，我还是普遍迷茫群体中的一员……三十而立，四十而不惑，还没到不惑的时候。

——朱拉其其格（乔治城大学中国留学生）

所谓人的成长，其实是不断发现个人独特的经历原来都只是人类普遍经验的一部分。

——多丽丝·莱辛（诺贝尔文学奖获得者）

我接受过很好的教育，对此我心怀感激……但它没有教我如何理解和控制我的情绪，以及如何反思人生的目的……我认为中学、大学和成人教育应该向人们提供一些指导，不仅指导他们的就业，还要指导他们人生的顺境和逆境。《雅典学院》那幅画中描绘的老师提供的就是这样的教育：他们教学生如何改变他们的情绪，如何应对不幸，如何过上最好的生活。我多么希望我在那些艰难的岁月里遇到了这样的老师。相反，我发现大学更像是工厂：我们按时进去，交上我们的论文，按时离开，之后我们就得靠自己了，仿佛我们已经是有健全人格的、负责任的成年人。

——朱尔斯·埃文斯《生活的哲学》

丁　丁

我大概有十五年没见过丁丁了。

是的，十五年——我记得上一次见到她的时候，她的个头儿还只到她妈妈腰间。那时我上五年级，她二年级。我记得她的眼睛亮亮的，却谈不上明眸皓齿——因为咧开嘴笑的时候，正在换牙的她常因为哪里又缺了一颗牙而引来我们的嘲笑。周末时，我们常同她住在附近的表姐一起玩耍。有一次，我和她的表姐一起打羽毛球，丁丁站在我们脑补出的那张“球网”的旁边，认真地看着我们，双手举起来比画着分数。

“8比8。”在不知是哪一方得到一分后，丁丁大声地喊出了比分。

然而她的表姐好像没有听清似的。“谁8呀?”她问道。

我和丁丁“噗”地笑出来，笑得前仰后合……

然而这竟是我对丁丁唯一的印象了。我甚至不记得她叫什么名字——也可能我从来就不曾知道过。因此在2016年的初春，当母亲告诉我丁丁现在正在纽约，我不妨过去一见时，我才想起来，前两天我的微信上莫名出现了一个叫“路人丁”的发来的好友申请。“路人丁”的头像是一张黑白的梵·高自画像，发申请时也没有任何自我介绍，乍一看还以为是谁注册的微信马甲。

“她叫‘路人丁’吗?”我问母亲。

“你忘了吗，这小姑娘从小就有个性。”母亲给出了肯定的答案。

丁丁很忙。正在福特汉姆大学[①]读大三的她，每日的安排满满当当，对于晚上在几个“局”间辗转的生活也早已习以为常。我跟她起先约在周一的晚上见面，后来因为她想起那天还有别的安排，于是提前到了前一周的周五。到了周五，又因为有朋友叫她晚上去吃饭，我们又换成了饭后去吃甜点。

“我们在Harb见吧。”傍晚的时候，丁丁发微信给我。没有地址，也没有说那是一家怎样的店。

九点的时候，我到了这家名为Harb的甜点店。丁丁紧随而至——她戴着一顶黑色的宽檐圆帽，穿一件黑色长衫，远远望去，仿佛一位魔术师。穿过走廊时，她步伐轻盈，姿态潇洒，从侧面望去，仿佛一阵风。

“好久不见。”她调皮地冲我一笑，在我对面拉出椅子坐下来，却没有摘下帽子的意思。我仔细地打量着她——圆帽下是一张娃娃脸，笑起来时露出两个小酒窝，显得稚气未消。她的眼睛仍然透着一种明亮，却也仍然无法称之为“明眸皓齿”——笑起来时，她新近戴上的牙套与白皙的皮肤、洁白的牙齿形成一种违和感，显得有点滑稽。

“我妈听你妈说，你正在做一个采访。”丁丁开门见山地说。

我点了点头，“我想你可能有故事可以讲给我。”

“有呀，你想听哪方面的？”丁丁爽快地说。她告诉我，高中来美国之后的五六年里，确实有很多故事可以诉说：出国前的打算，在美国不同接待家庭的生活体验，从高中所在的小城镇来到纽约后的感受，以及赴美后对留学认识的不断转变，每一件都可以跟我聊上个把小时。“毕竟，有故事的人才有趣，对吧？”

---

① 福特汉姆大学（Fordham University）位于纽约，是一所知名的私立研究型大学，前身是成立于1841年的圣约翰学院（St. John′s College），1907年更名为现校名。

我笑着点了点头。我告诉她，我对她为什么来，以及住在美国人家里的生活经历最感兴趣。

“好呀，那我就从为什么来讲起吧。”丁丁说。

这么跟你说吧，上高中的时候我本来没有出国这个打算的，是我爸妈逼着我出国的。我爸怎么想的呢，他觉得我将来肯定考不上好学校（笑），那如果考不上的话，在国内不会有出息。我现在觉得我爸说得太对了，就是这么回事。当然了，我现在虽然出来了，也觉得我将来不一定会有出息（笑）。但他们觉得，你出国，我们给你垫的砖都垫好了，以后就靠你自己了。但我当时不太想来，毕竟年龄小嘛，看问题比较短视。当时我在国内其实玩得挺好的，各种朋友嘛，每天玩得都巨开心，学习上也有点小聪明。我觉得既然现在的生活挺好的，干吗非要去美国换一种生活方式呢？我就不太想来。

后来怎么又来了呢？跟你说个事儿，不知道会不会有用。其实我从内心里说，还是个挺好强的人。就比如说有人要是跟我说，你什么事肯定做不成，那我肯定要去做这个事儿，我要去证明自己。当时我有一个幼儿园同学跟我一块儿去参加一个交换项目的考试，我笔试什么的都过了，到了面试阶段我也觉得我答得都挺好的。面试快结束的时候，面试官问我说，你想去美国吗？我就说实话了，我说我其实不是特想去，是我爸我妈让我来的。最后的结果就是，我那个同学进了，我没进。我就觉得不服气，因为她英语比我差好多，我就想我到底哪儿不如你。后来又通过朋友了解到还有另外一个项目，我就报名了，心想自己一定要过，一定要证明一下自己。结果还真过了。但那个时候我可能是因为被这种好胜心给蒙蔽了，已经忘了其实我不想来美国的（笑）。过了之后就想，算了，既然已经过了，那来就来吧。

第一年去了Connecticut[1]的一个公立学校，在Manchester[2]那边，住在一对美国夫妇家里。当时特别不开心，一个是从北京来到乡下，不适应，另一个就是交不到朋友。所以那时候我经常哭，经常翘课回家打游戏。就这么着，我第一年挂了一门课。那门课分两个学期上完，总共只能缺勤十次，而我翘了十一次，就这么着挂了。然后那年成绩就很差，大概只有2.3[3]。那时候就给我爸我妈写邮件，word文档一篇一篇地写，说我想回国。我的房东也说，如果你在美国这么不开心的话，那你就应该回去。但我爸我妈不想让我回去，就帮我联系了另一个学校。

这个学校在中部，是个私立学校。我不知道你有没有比较过公立学校和私立学校。我的感觉是，公立学校的老师并不太在乎你怎么样，你爱学就学，不爱学就拉倒。但我第二年去的这个私立学校就不一样。我们一个年级八十个人，我是唯一一个国际学生。但大家家教都很好，人也非常友善。我当时还是有很强的拖延症，但那里的老师都很愿意了解我和帮助我。比如说当时上艺术史，那些专有名词实在是听不懂，老师就下课之后再给我补课。所以那一年成绩明显就上去了，大概得有三点八几。

那两年一直住在美国人家里。第一年的接待家庭是一对中年夫妇，是volunteer（志愿者）的那种，也不收钱。他们自己没有孩子，就把我当成亲闺女一样来养，有求必应，不离不弃。但我可能因为在国内已经习惯了take everything for

---

① 康涅狄格州（Connecticut），美国东北部新英格兰地区最偏南的州。该州北接马萨诸塞州，东临罗得岛州，西毗纽约州，南隔海峡与长岛相望，面积1.3万平方公里，人口约360万，首府为哈特福德（Hartford）。康涅狄格州是美国最富裕的州之一，拥有耶鲁大学、康涅狄格大学、卫斯理安大学等著名高校。

② 曼彻斯特镇（Manchester），位于康涅狄格州哈特福德县，人口约5.8万人（2010年）。由于人口较少，因此丁丁在后文中称其为“乡下”。

③ 美国大多数地区的高中成绩为4分制。2.3相当于平均成绩为C，刚刚及格。

granted（把一切当成理所应当），对他们非常不好。不好到什么程度？经常跟他们吵，吵到有一次接待家庭的妈妈不敢回家。现在想起来这事儿其实特别小，就是她当时问我，北京有没有草坪。当时我十六岁，年轻气盛，听了这话之后就有点火，心想你见没见过世面，会不会说话啊。我当时就反驳说，你们美国人就是觉得自己比谁都强，就是看不起我们中国人。然后我又说了一堆难听的话。第二天我醒来的时候，家里已经没有人了。过了一会儿突然接到接待家庭爸爸的一个电话，问我说太太能不能回家。我问他怎么了，他说太太在超市呢，不敢回家。这是我到现在印象最深的一件事儿。

不过即便是这样，我当时还是觉得他们各种不好。比如说我既然在美国家庭住，那肯定是想学点英语的，但是他们又没有小孩，我跟俩大人说话肯定学不着高中生常用的语言。再加上年龄小嘛，不懂事儿，本来就不喜欢当时的学校，在家还老跟他们吵架，就嚷嚷着要换一个接待家庭住。我记得当时他们极力挽留我，希望善始善终，但我最终还是走了。直到又过了一年，换了一个接待家庭，我才知道什么叫真的不好。

第二年转学之后，我换到了一个收费的接待家庭。他们纯粹是为了钱才接待我的，至于我过得到底怎么样，他们并不care（关心），只要不饿死我就行（笑）。也不愿意带我出门，比如我说想去趟商场，他们可能会说太忙，下周末再说。再比如平时上下学都是他们接送，有时候我下午三四点钟放学了，他们可能六七点钟才来接我，来的时候学校里都没什么人了。那段时间我自己想了很多，终于意识到人们对你好并不是理所当然的。我是在那个时候明白了什么是人情世故，明白了什么样的人是值得我感恩的。

后来有好几年的时间，每次想到这个事儿都会哭。每次回去看我第一个接待家庭的时候，都哭得稀里哗啦。真的，我觉得在所有和我没有血缘关系的人里面，他们真的是对我最好的人了。我听说在我之后，他们还接待了一个中国台湾地区的女生和一个泰国女生，最后还收养了一个泰国女孩。

现在让我回想，我觉得我特别感谢我爸我妈送我出来。小时候毕竟很短视嘛，你不知道到底什么才是对你好的，你会耽于安乐，不会想很多以后的事。我从小就是一个很固执的人。不过和刚来美国的时候相比，现在的我可能更乐于去听别人的建议，去分析他们的建议，而不是盲目地得出一个结论。

讲完，丁丁冲我笑了笑，往嘴里送了一勺蓝莓蛋糕。在我们交谈的过程中，她的语速一直很快，抑扬顿挫贯穿着起伏的故事情节，有一种北京女生特有的“爱谁谁”的劲儿。讲到有趣的节点时，她还会咧着嘴笑起来，仿佛在用事实来证明她“有故事的人才有趣”的观点。这种久违了的“北京腔调”，让我备感亲切。

当然，最令我印象深刻的，还是她对这些年来自己变化的思考——那种自我反思习惯的建立，那种对自我与他人界线的重新划定，似乎都体现着与她那张娃娃脸不相称的早慧和成熟。从当初“不太想来”到现在“特别感谢我爸我妈送我出来”，从“觉得他们各种不好”到每次回去看第一个接待家庭时都“哭得稀里哗啦”，在这五六年的时间里，她经历了巨大的转变。“我们可以感受到别人对我们的偏见、成见乃至歧视，可是看不到我们对别人的偏见、成见和歧视。在恼火于别人对我们态度的同时，我们几乎总是觉得我们对别人的态度无论怎样都是理所当然或者情有可原”——在听丁丁讲述时，我几乎是不由自主地想起了这句话。而丁丁，则无疑正从这种蒙蔽自身的“无意识”中醒来。

不过，当我兴致勃勃地谈起“自我”这个话题时，丁丁却表现出了某种忧虑。“我非常明显地感觉，我以前就有‘自我’的苗子，来纽约之后就生根发芽了。”丁丁吸了一口奶茶，“你有没有觉得，留学生比没有出国留学的人更自我，在纽约的留学生比其他地方的留学生更自我?”

我点了点头。事实上，从生活节奏相对缓慢、人际圈子相对稳定的华盛顿来到纽约，我已经深切感受到了这座城市飞速的生活节奏对人们的巨大影响。用丁丁自己的话说，就是“我每天自己的事还忙不过来，自己的情绪还没有时间消化呢，怎么还顾得上别人的事情”。辗转在各个“局”中的她告诉我，其实她最近刚刚与一个台湾的男朋友分手。“我还是喜欢这样，两个人该忙啥忙啥，想见面了见一下，不想见就不见。能玩到一起就在一起，不行就拉倒呗，我不希望看到谁为谁牺牲什么。”

在这看似轻描淡写的背后，是她内心的某种隐忧——“回国之后会怎样”“这种生活能维持多久”是她接下来提出的疑问。说实话，我不知道该如何回答，因为在我眼里，这种“自我化倾向”的“生根发芽”本来就是复杂的。一方面，无论是美国个人主义的盛行、纽约令人目不暇接的都市生活，还是远离父母和原有人际圈子之后出现的那种无拘无束的自由感，都在强化着这一代独生子女原本就已突出的自我意识。的确，这可能会让如丁丁一样的留学生活得更“自我”，更少有时间乃至意识去关心他人的需求——这一点，正是不少留学生归国之后最让父母失望的。然而另一方面，活得更“自我”，却也促使着他们更多地去关注自己的真实需求，发掘出自己内心深处的生活动力——这种“自我意识”的觉醒，又往往是他们更深刻地理解他人，并与外界建立更健康的人际关系的前提。

不知不觉中，我们聊到了晚上十点半。Harb即将打烊，而我也需要早些回朋友家借宿。我问丁丁是不是也该回家，她却说还要去城东参加一个聚会。虽然从第九大道到第一大道，步行过去大概需要二十分钟，但在纽约这座不夜城，却也不太需要担心路上的安全。何况，她还告诉我，她喜欢一个人走在纽约的街头。

“有件事你暂时不要告诉我妈，”走到分别的路口，丁丁突然对我说，“我在考虑要不要转个专业，从会计转去学时尚。”说完，她冲我挥了挥手，向马路对面走去。在灯火通明的纽约街头，她步伐轻盈，姿态潇洒，仿佛一阵风。

我再一次听到有关丁丁的消息，已经是一年后的夏天。在北京一所医院的理疗室里，膝盖受伤的我恰巧碰见来做头部按摩的丁丁母亲。

“我不知道她跟你说过没有，她已经不打算去时尚圈了。”丁母躺在按摩床上，一边活动着肩膀，一边对我说，“她去实习了三个月，然后这么决定的。”说完，她给我展示了丁丁最近的照片——丁丁已经将头发染黄，摘去牙套的她在镜头前“肆无忌惮”地咧着嘴笑着，在人群中分外显眼。看起来，她越发爱上了纽约无拘无束的生活。

“她现在越来越觉得，我们把她送出去是对的。”丁母说。

我“嗯”了一声，问她丁丁出国后的这几年，她有没有什么印象深刻的事。提起这一话题，一向快人快语的丁母突然沉默了片刻，说：“她可能没跟你说过，她在美国的第一年寒假，我过去看她。我走的那天下着大雪，丁丁本来说要去送我，走到门口突然停住了，跟我说：‘妈妈，我不去送你了。’我坐上车走的时候，却瞅见她在二楼的窗口偷偷拉开窗帘看我。”

“我的眼泪一下子就出来了。”她说。

“他们的忧愁不是忧愁”

采访丁丁的第二天下午，我和秦晓约好在帝国大厦附近的一处咖啡馆见面。秦晓略迟了一会儿，看到我坐在角落里，她“哈喽”了一声走过来，脸上挂着露齿笑。“不好意思啊，刚上完课出来，有点晚。”

“上课？”

“是啊，我现在的工作需要挂靠CPT[①]嘛，就找了一个职业学校。”

秦晓拉出椅子，在我对面坐下。虽然之前也匆匆见过几面，但直到这一次，我才有机会仔细观察这位长我一岁的学姐：她穿一件蓝色羊绒衫，休闲牛仔裤，脚上踩着帆布鞋；宽厚的脸盘儿晒成了古铜色，两颊红润，给人一种健康向上的感觉；一只浅蓝色的发箍将刚刚过肩的乌发向后箍住，露出明亮的前额，整个人显得果决干练。

① CPT全称为Curricular Practical Training，即课程实习。持F-1学生签证的留学生在美入学期间可申请CPT，以获得在校外实习、打工的资格，但学生进行实习、打工的内容需与所学专业相关。下文提到的OPT，全称为Optional Practical Training，即任选实习。OPT允许持F-1学生签证的留学生在毕业后合法留美实习和工作一段时间，其中文科学生为12个月，理工科学生则时间更长。在接受笔者采访时，秦晓硕士项目的OPT期限已过，她为了让自己保留在美国工作的合法身份，不得不在硕士毕业之后又报名入学了一家职业培训学校，以获得再次使用CPT的机会。

"不过学校也知道我们很多人都在挂靠，所以查得越来越严。老师会去记录你是什么时候来的，什么时候走的。校长每个周末也会去巡查，他会站在门口盯着你。"说到这儿，秦晓耸了耸肩，"为了陪男朋友，这学期我已经翘了两次课，学校说再有一次，CPT可能就保不住了。"

说完，她吐了吐舌头，"不过我很快也要辞职了"。

秦晓正在华尔街一家初创的财经媒体供职。每天早上，她都会对当日的股市动态和大宗商品交易情况做视频报道。我未曾看过她的节目，却着实见识过她在现实生活中的采访功力：那是在一次"纽约文化沙龙"上，坐在房间另一端的她接过主持人的话筒，连珠炮似的向台上的主讲人抛出一个又一个问题。她思路清楚，语速很快，说话的时候表情格外丰富，仿佛有着源源不断的表达欲。

"去年见你那会儿，我还觉得工作挺开心的。但是到了年底就不行了，各种因素纠缠在一起。包括同事也很拖后腿。其实拖后腿也行，我去帮他们就行了，但拖累我久了，也就没有耐心去帮他们了。"说到这儿，秦晓叹了口气，"一直忍着，其实就是为了H-1B[①]。如果不是为了H-1B，我早就辞职了。"

---

① H-1B签证是美国政府发放给外国人的一种工作签证类型。该签证的申请条件是：申请人需持有学士或学士以上学位，并受雇于在美国注册的公司或机构。获得该签证的申请人可以在美国合法工作三年，此后如有需要，可以申请再延长三年，但再次到期时则不能延长，只能选择申请其他类型签证或永久居民权（即绿卡）。

尽管申请H-1B签证是大多数希望留美工作的中国留学生的必经之路，但寻找到合适的雇主并非易事。由于H-1B签证申请过程较为复杂，且需要雇主支付一定费用，因此不少雇主并不愿意帮助外国雇员申请该签证。在毕业后寻找工作时，希望在较长时间里留美工作的中国留学生往往要询问雇主是否愿意帮助自己申请H-1B签证。这在一定程度上也增加了中国留学生在美找工作的难度。

此外，由于"僧多粥少"，参与H-1B签证申请的申请人还要在每年4月进行一次抽签，只有抽中者才可以获得H-1B签证。在秦晓第一次面对H-1B抽签的2014年，有约17.2万名外国人竞争约8.5万个签位，因此抽中的概率不足50%。

另需指出的是，在高校、政府相关研究组织、非营利研究机构等特定机构工作的外国雇员可以直接申请H-1B签证，而并不需要参加抽签。但对于秦晓来说，她当时供职的公司并不属于这一范畴。

H-1B抽签—— 一个让中国留学生几乎谈之色变的机制。每年4月，数以十万计的中国留学生与几乎在数量上旗鼓相当的印度学生、拉美学生等国际学生一起，加入这一几乎是“一抽定终身”的角逐之中。家庭背景、专业类型、出生地、目前工作的薪金水平—— 一切人们习以为常的定义自己的方式，在苍白的概率面前都显得如此无力。他们能做的，只有听天由命。抽中则万事大吉，抽不中则只能卷铺盖回家——在4月底抽签结果揭晓之前，他们心中的煎熬，不亚于等待高考出分时的紧张。

对于秦晓来说，H-1B抽签则更是一个心结。我见到她的时候，她正在等待第三次抽签的结果。毕业后的第一年，她所在的单位并未赞助她申请H-1B，而第二年，她则败在抽签时运气不佳。“也许这回也没抽中，我有这种预感。”秦晓说。

我让她讲讲这几年在美国求学以及申请H-1B的曲折故事。秦晓点了点头，说：“这得从我当初选专业时说起。”

我就从出国读研究生开始说吧。其实我也不知道为什么要出国……可能受家庭影响吧，小时候我妈去欧洲参加会议什么的，回来就说国外的氛围非常好，比如自由啦，能做自己想做的事情啦。当然现在回想起来，家庭影响也许只算其中一个因素，那个时候各种条件可能恰好都到了—— 一个是我妈的影响，一个是我准备得差不多了，还有一个是我刚和前一个男朋友分手想换个环境，再加上那时候我爸钱也挣够了，能供我出去了。这些因素加在一起，大三的时候就决定出国了。当时跟爸妈说，爸妈也很支持。

出来的时候本来是想学新闻的，因为我从高中的时候就开始看两份刊物，一个是《南方周末》，一个是《三联生活周刊》。哦对了，还有凤凰卫视，都是每周必看。在大学里也开始做记者，校园媒体，包括校外的纸媒。所以申请的也是新闻学院[1]，前二十名我都申了。但在收了五六封拒信之后，我和我爸妈就都有点坐不住了。那时我爸妈正好认识了一个在杜克[2]教liberal studies[3]的中国教授，就让我去上海找他“套磁”[4]。可能他是看中了我们家的背景吧，最后接受了这个“套磁”，我也就申请了这个liberal studies，并拿到了奖学金。新闻学院那边呢，最后拿到了四个offer（录取通知），但都是第十名左右的位置，排名最靠前的学校都没有拿到。拿到的学校里，我本来倾向于去佛罗里达[5]，那边的课表我看过，还是很喜欢的。但我爸妈说，按照综合排名来看，杜克其实是最高的，排第十一位，印第安纳[6]要到五十多了，佛罗里达就更不知道多少了，而且杜克的奖学金还最高。所以当时在那个背景下，最后做出了这个选择。现在看来呢，这个选择其实是非常不明智的，因为我从来都不知道，我学了这个之后会是什么样。当然，这个是后话了。

在杜克那两年还蛮惬意，因为能按照自己的心愿选一些课。比如“中东叙事学”，是因为我觉得国内媒体的叙事方

---

① 对中国学生来说，美国高校的新闻学院申请难度较大，其对语言运用的要求也较高。关于在美国新闻专业留学生的生活状态，可参看哥伦比亚大学新闻学院毕业生刘逍然的纪录片《米字路口》。

② 杜克大学（Duke University）位于北卡罗来纳州（North Carolina），创建于1838年，是一所世界著名的研究型大学，也是美国南部最好的私立大学之一。

③ 指通识学习。杜克大学设有通识型硕士（MALS）项目，该项目学员可以在诸多领域的课程中选择自己感兴趣的报名，在设计自身发展路径上亦有较大的自由度。

④ 指申请人为了得到美国高校教授的推荐，主动联系对方并推销自己，以期得到对方的重视。

⑤ 似指佛罗里达大学（University of Florida）。该校位于佛罗里达州盖恩斯维尔（Gainesville），创建于1853年，是一所知名的公立研究型大学。

⑥ 似指印第安纳大学（Indiana University，简称IU）。该校在印第安纳州内共有8个分校，其中布卢明顿（Bloomington）分校最为知名。需要指出的是，秦晓提到的排名是学校的综合排名，并不是专业排名。此外，各种排名的标准和结果往往差异较大，并不能一概而论。

式比较老旧，想在叙事手法方面学一些新的东西。虽然实际上这门课最后讲的是中东不同阵营的国家是如何描述对方的，而不是我想象的讲媒体叙事，但我还是觉得很愉快，因为我按照自己的心愿选了课。后来还根据自己的兴趣，选了媒体经济学、中国流行文化，还旁听了德语。也没有去想选这些课最后会有什么功利的效果，就是凭自己的心愿。

但也会抑郁。尤其是刚来的那一年，男朋友还在国内忙着申请，不在身边，然后我在美国的室友又在刚来不久就谈恋爱了，每天家里就只有我一个人，就很孤单。我现在还记得，当时我们买了一个沙发，我就躺在那个沙发上玩手机，切水果。我其实是知道我不是在真的玩手机，我是在等着我室友回来。但我室友一直没回来，于是我就开始想象我男朋友就住在楼上，就是，想象着好像有个人在陪着自己。那个时候我吃的东西也巨多，抑郁嘛，暴饮暴食。你可能都不相信，我当时一个人能吃完一只鸡（笑），一顿饭能吃完一个大份的pizza（比萨饼）。然后天天跟男朋友在电话里吵架，作业啊阅读啊也经常会拖延。没有办法，只能去看心理医生，这才好了一些。后来开始养猫，也逐渐去健身房[①]。再后来男朋友也来美国了，虽然中间隔着一千多公里[②]，但是毕竟能去看对方了。就这样，心情慢慢好起来了，拖延症也缓解了。现在回想起来，当时之所以会抑郁，我觉得主要还是没有积极地面对挑战。

毕业后来纽约实习的那一年变化很大。很重要的一点

① 许多中国留学生在赴美留学之后，会养成健身的习惯。尤其是在“乡下”学校上学的留学生，由于业余生活不如大城市丰富，健身和烹饪往往会成为他们生活中的重要组成部分。另外，美国许多高校的健身房都对学生免费开放（也可以认为这些服务已包含在学费里），设施也较先进，这也提高了中国留学生健身的积极性。

② 从杜克大学到秦晓男朋友所在的普渡大学，开车约需15个小时。秦晓每次过去时，会在清晨四五点钟就出发，深夜抵达。

是，遇到问题我开始不逃避了，开始面对和解决。当时爸妈给我联系了纽约的凤凰卫视实习，一开始我不会化妆，素面朝天的那种。这一点还被老板批评过，很含蓄地批评，说你可以捯饬捯饬吗？那时候就挺伤心，回去自己看化妆的视频，开始捯饬。你看我这眉毛，也是当时修的。然后也觉得自己胖，胖的话出镜就不好看嘛。就开始运动，节食。大概有三到六个月吧，每天不吃晚饭，午饭也吃得很少，然后每天都去健身房。第一天跑步一个小时，然后锻炼半个小时肌肉，第二天游一个小时泳，然后第三天再去跑步，就这样周而复始。

但最后也没有人给我资助抽H-1B。凤凰卫视不会提供H-1B，这个我以前就知道，但关键还是我自己也没有努力去找（提供资助H-1B抽签的工作）。以前都太顺了，一切都是爸妈安排好了。从小就是在北京最好的学校，高考的时候也用到了优秀干部的加分，专业是父母选的，我只要好好学习就行了，然后这个实习也是爸妈给联系上的。所以刚毕业的那一年，我其实没有好好找过工作，觉得有份带薪实习已经很不错了，甚至在别人说“哇，你刚毕业就去纽约实习呀”的时候，还有点小得意。钱也没怎么攒，都花了。然后H-1B在4月份抽签，我其实2月份才开始找工作，那时已经晚了。

后来有个在凤凰的同事自己出去开公司，我就问他能不能去他那儿干，做财经类的新闻报道。他们就要我了。但是他们那个项目也是试验性质的，没有工资。我爸听了就特别不愿意，说没有工资你做什么做，为什么不回北京，回北京我还能给你联系到全职工作。我那时候就很生气，说再怎么说这个工作也是我自己联系上的，而且老板也同意了第二年赞助我抽H-1B。我妈倒是挺理解我，她知道无论他们在国内有什么样的资源，在美国这边也用不上。她知道我不容易。

8月份入职了这个新公司，刚开始就报道股市开盘什么的。其实我之前一直做社会新闻，财经这边都不懂，但我的优点就是好学，既然不会，那我就花百分之百、百分之一百二十的力气先去学，尽量做到熟能生巧。我记得那时候股市是九点半开盘，我们是十点钟在纳斯达克录节目，我每天就三点钟起床开始看新闻，然后化妆，然后花五十分钟的时间从家赶到纳斯达克，开盘以后还得关注股价变动。虽然现在想起来，我们那个节目其实是没有人看的，毕竟公司太小了，老板的市场开发做得也不好，但那个时候我真的是在很努力地做。而且后来也确实能看到自己的一些进步，从三点起床，渐渐地可以到四点起床，五点半起床。为什么？就是熟能生巧了。

第二年抽H-1B的时候，我已经学会了未雨绸缪。第一年的事情发生之后，我爸妈、我男朋友都在批评我，问我为什么不早做准备。我也知道是我的问题，我懒。好，那第二年我就早做准备。比如说3月份申请，我在前一年的11月就去咨询律师了，问他我到底需要做什么。律师说你现在来问有点早，你1月份再来吧。等到1月份我再去问，律师说还是有点早，你2月份再来吧。2月一开始我就又过去问。但是当时有一点我是挺难受的，因为律师跟我说，我们不建议你用研究生身份抽，因为你虽然上过电视新闻的课，但是毕竟专业不对口，美国政府做签证审查的时候可能会通不过①。

那我就面临一个取舍，就是我以本科生的身份抽，获得一个较低的抽中概率，还是仍然以研究生的身份抽，但是可能通不过审查？我当时就给我爸妈写了一封长信，大意就是说，

① 在H-1B抽签中，持有美国高校研究生以上学历的申请人抽中的比例更高。在秦晓参与抽签的当年，8.5万个签证名额中，有2万个专门面向持有美国高校研究生以上学历的申请人，其余6.5万个则面向所有申请人。在这种背景下，如果秦晓不以研究生身份参与抽签，则她抽中的概率将降低不少。

抱歉让你们失望了，但是我是有几个应对办法的，一定会坚强地活下去（笑）。我妈倒是说没事，要惜福。但我爸就不行，他后来一直暗暗埋怨我妈，说都怪你，非要让女儿去学这个专业。今年我爸过来看我，在地铁上还在抱怨这个事儿。

后来我就用本科生身份去抽，没抽中（秦晓吐了吐舌头）。虽然我知道我不应该为这么一个运气的事儿否定自己，但当时就是控制不住，每天下班就回家哭。我记得那个时候正好在公司做一个新项目，每天晚上忙到10点，忙完就觉得整个人都被抽空了。11点回到家，就开始在布鲁克林荒凉的街上跑步——那时候也没钱去健身房了，然后就边跑边哭。早上醒来就继续哭，觉得不想活了。那段时间也变得格外敏感，身边有哪个好朋友找到好工作了，就对我刺激特别大。我就会想，你看，别人都有，就你没有……跟那么近的朋友做这种比较，这在以前我是想象不到的。

那段时间男朋友也一直在安慰我，说没抽中毕竟不是你的责任。但其实我知道，没抽中就是我的责任。一来我又懒了，律师当时那么说我就信了，我也没有想再去咨询咨询别人。二来是我自己去杜克学了这么一个项目，我来之前也没有仔细了解这个项目毕业以后是什么样的，能找哪方面的工作，抽签概率有多大。归根到底，就是自己的责任。

这种情绪大概持续了一两个月吧，我就想，伤心也没有用，遇到问题还是得解决问题嘛。所以从这个角度上说，我还是有进步了，至少我不再逃避了。当然了，你也可以说是我天性乐观，或者说命不该绝（笑）。

秦晓说自己“天性乐观”，大概是真的。在讲述的过程中，她的面部表情一如既往的丰富。讲到自己在杜克心情抑郁的那段日子时，她一边自嘲“一顿饭能吃掉一只鸡”，一边手上比画着鸡的大小，然后还冲我做了一个鬼脸。那种卓别林式的微笑，有时甚至让我误以为她在讲述别人的囧事。

然而，这种“乐观”又真的来自“天性”吗？我想未必。当秦晓自己说出那句“以前都太顺了，一切都是爸妈安排好了”的时候，答案其实已经不言自明——这种“乐观”与其称之为“乐观”，不如说是父母用他们的资源为秦晓编织了一张安全网。罩着这张网，秦晓经历了无忧无虑的学校时光。然而，一旦离开了这张“网”，离开了男朋友的安抚和鼓励，秦晓则显得无所适从。从初到美国时的心情低落，到身处纽约的第一年错失求职的时机——这种在人生决定上的“懒惰”，与从事具体工作时的“勤奋”之间形成的惊人对比，大概正是这种无所适从的证明。

秦晓的下一步打算是结婚。再过四个月，她就将离开纽约，前往男朋友所在的普渡[①]。到那时，她在美国的身份也将变成留学生家属所持的F2签证。也就是说，无论这一次H-1B抽签结果如何，她都将至少可以在美国再合法地居住一段时间。

“我是真心喜欢纽约，但是为了家庭，我只能做出牺牲。我知道我要承担的角色。”说这番话时，她用了一种斩钉截铁的语气，仿佛是在对某种外界怀疑的辩驳，也像在给自己打气。

这让我有些疑惑。因为我记得在我刚刚认识她时，她便经历了一次分手——尽管那次分手无论从哪个角度来说，都更像是一次自导自演的闹剧；而在这一次我前来采访之前，又听说她和男朋友再一次起了争执。我很好奇他们是如何重归于好的。

而更让我不解的，则是在前一段讲述中，她提到在H-1B抽签未中后自己的反应。按理说，抽到H-1B的留学生毕竟是少数，像秦晓一样因未能抽中而不得不另谋出路的人还有很多，但他们的反应却似乎远远没有秦晓这么激烈。我很好奇她这种情绪的来源。

---

① 普渡大学（Purdue University）是美国老牌理工科名校，主校区位于印第安纳州西拉法叶市（West Lafayette）。中国“两弹”元勋邓稼先、火箭专家梁思礼均毕业于该校。

回答这两个问题时，秦晓展现给我的，是她性格中的另一面。

刚才也说了，刚到杜克的时候，经常跟男朋友吵架。现在想想，我的问题可能是，我太爱跟别人比（笑）。比如说那时候我室友刚来就谈恋爱了，和接机的师兄，可能人家觉得她漂亮吧——虽然我没觉得她漂亮……9月份接机，10月份就在一起了，然后那个师兄也经常过来留宿，甚至后来车都是那个师兄送的。那我就想，我也刚来，怎么没人看上我呀（笑）。男朋友也不在，不能陪我。就有这种对比。

这几年渐渐学会面对和解决问题，其实在感情上也是。之前你听过的几次分手，说实话，大多是我闹着玩，没想真分(秦晓吐了吐舌头)。但两个月前那次是真的，因为感觉很多问题无法解决。后来我们就进行了一次“马拉松式的谈判”，八个小时，两个人互相给对方写长信，提出问题，然后一起来看有没有解决的办法。后来一看，其实都有。就决定结婚了。

异地也辛苦。去年一年我们只见过四次面，每一次也就一到三天。就这，我说要过去结婚的时候还有朋友跟我说，你怎么能放弃纽约呢，你跟男朋友吹了吧！我就跟她说，你体验过异地恋吗，我去年一年只过了八次性生活，你体验过吗？

再说H-1B的问题。H-1B没抽到对我来说，肯定是我路途上的一件坏事。你问我别人怎么面对这个问题，说实话，我压根儿没有关心过，也不会去想可能还有70%的人和自己得到的是同样的结果。我只是盯着那些抽到的或者找到好工作的人看，心想为什么是他们而不是自己。尤其是去年那个时候，我之前的闺蜜正好嫁给了一个美国人，然后顺理成章地拿到了身份。我就在想，为什么他们的路途就这么顺呢，他们到底有没有苦恼呢？那个时候甚至因为嫉妒，会切断和他们的所有联系，只有在我境况好了一些之后，才开始重新关注他们的动态。

我现在感觉一无所有，真的。我现在还经常问老天，为什么要给我设置这些磨难。当然，我也在想，这可能是命运把我之后要遇到的一些问题提前了，要让我更早地明白什么是命运，什么是现实，毕竟有人前半生坎坷，后半生发达。但是说真的，谁想要坎坷呀？不过，到现在我还在和别人比。比如说前两天去参加一个同学聚会，大学时轮滑社的。其中有一个学物理的男生，别人问他是不是要去做金融，他说哎呀别做金融啦，我老婆是JP Morgan[①]的，我就不去了，我去做技术吧，万一哪天她失业了呢（秦晓模仿了男生轻描淡写又不失显摆似的语调）。然后我就想到自己，我马上要去做F2了，F2是不能工作的[②]，我男朋友读生物博士，现在的奖学金一个月1500美元，将来一个月3000美元，这之后生活怎么过还不知道呢。还有去荷兰的同学，天天跟我说有忧愁。我说你这马上身份就要办下来了，又要结婚了，你还有什么可忧愁的。她就说，哎呀，我在纠结之后是在荷兰发展还是回国。听到这儿，我气就不打一处来，这有什么可忧愁的。要说是忧愁，那也是幸福的忧愁。我现在还是这种想法。

秦晓有点激动。每一次提到那些被“幸福的忧愁”围绕的“别人”，她的语调都明显升高一个八度，语气中有一种愤慨，仿佛在对这些“假惺惺地晒着幸福来诉苦”的“别人”展开控诉。我在对面静静地望着她。有一刻，我几乎感到眼前的这个人是如此的陌生，仿佛与半个小时前那个刚刚说过自己开始面对和解决问题、坦承H-1B抽

---

① JP Morgan即摩根大通集团，总部位于纽约，美国最大的金融服务机构之一。

② F2签证是美国政府签发给留学生家属的签证类型，F1签证则是美国政府签发给留学生的签证类型。在日常对话中，往往以F1指代留学生，以F2指代留学生家属。关于F2陪读生活的具体情况，本书第四章“出走还是留下”一节中会有更详细的论述。

签失手“就是自己的责任”的秦晓判若两人。我想，她大概没有意识到，在即将踏入婚姻殿堂、无论何时归国都不愁找不到一份体面工作的背景下说出这番话，她所谓的“忧愁”，或许在另外一些人眼中，也是一种“幸福的忧愁”。

沉吟片刻，我问她是否想过“家家都有本难念的经”，每个人在光鲜的表面背后，可能都藏有不为人知的哀怨。但当我提起这一点时，她却有一种子路“率尔而对”似的不吐不快。“我承认家家都有难念的经，但你们这经难念，是好念基础上的难念，就好比是一篇外语文章，一行里有一两个生词。而我的呢，是每个词都看不懂，我得从查字典开始，一个个来。”说这话时，秦晓依然有些愤愤不平。而我也注意到，她使用的是“你们”，而不是“他们”，似乎把在美国许久未能找到合适工作的我也包括在内。

我再次陷入了沉默。我不想在这个问题上再争执下去，因为我突然想起了上大学时的自己——那个时候的我，不也在每天哀叹自己“怀才不遇”，过着一种“人比人，气死人”般的生活吗？就拿我的三个室友来说：我羡慕恩石一入校就交了女朋友；嫉妒老蒋成绩高；即使是对上大学前从没有摸过电脑键盘的虎哥，我也会纳闷“为什么他看电视剧时可以笑得那么开心，而我却笑不出来”。那时的我自然没有想过，在和女朋友日复一日的争吵中，为了维护两个人的关系，恩石是如何委曲求全；没有想过老蒋次次考试都名列前茅的背后，是日复一日的手不释卷；我也从来没有想过，在很长一段时间里，对于因不适应北京的环境而心情压抑的虎哥来说，晚上看上十来分钟的电视剧，其实是他每天仅有的一点欢乐时光。

我从来没想过这些，是因为在年轻时很长的一段时间里，我都把这些本应付出努力来取得的回报，视为“得来全不费工夫”的一种天经地义。只是在很久之后，当自己高举着这种“指导思想”的旗帜，在生活的各个角落不断碰壁时，我才渐渐羞愧地意识到，我大概正属于钱理群先生笔下的那一类“年轻人”——在《漫说大学之大》中，他这样写道：“现在年轻人最大的毛病就是贪得无厌，什么都想得全，恨不得什么都是第一流的，稍有一点不满就牢骚满腹。”也是在很久之后，我才读到薛涌——这位比秦晓早二十多届的中文系学长，在书中写下的这段话：

> 网络中那些瞬间变幻的戏剧，在绝大多数年轻人身上根本不会发生……在自拍中长大的一代，很快就觉得自己被边缘化，变得无足轻重。在这种现实的撞击下，他们难以进行心理调适，马上从“把自己太当回事”变成“把自己太不当回事”。这也是屌丝心态的一个重要面向。
>
> ……
>
> 他们似乎觉得：生活中有许多现成的东西早该在那里等着自己。就像在网络上那样，自己只需点击一个“喜欢”或“不喜欢”。他们似乎没有想明白：生活中本没有这么简单的点击键。当他们找不到这样的点击键时，似乎就不知道该怎么生活了。

有趣的是，秦晓说她一无所有，而这本书的书名，叫作《年轻可以一无所有》。

虚幻与真实（上）

1

我对凡姐的成见，从第一次见面起就形成了。

那是2014年的1月，北大校友会的鲍会长打电话给我，说正在筹备华盛顿地区的春节晚会，想让我去做主持人。“好啊，”我答应得很痛快，同时也对我的搭档充满好奇，“那另一位主持人是谁呢？”

“胡凡。”鲍会长说，“她比你高一年级，我把她的电话号码给你，你们自己联系。”

一周之后，我和胡凡约在华盛顿的中国城[①]见面。正值隆冬，胡凡穿了一件桃红色的西服外套，踩着高跟鞋，再加上外形靓丽，在人群中分外显眼。我们在一家中国餐馆坐下，随便点了几样菜。我试着和她聊了几句，却总是说到一半便戛然而止——面前的这位合作伙伴

① 中国城是华盛顿市内最繁华的地区之一，史密森尼美国艺术博物馆（Smithsonian American Art Museum）和NBA华盛顿奇才队主场凡泽中心（Verizon Center）都位于此地。不过，随着越来越多的华人和留学生住到华盛顿郊区的马里兰州和弗吉尼亚州，近年来中国城的华人人口日渐稀少，黑人越来越多，“中国城”的名字渐渐名不副实。据2015年的媒体报道，目前只有约三百名华人居住在中国城。

给人一种明显的距离感。这种距离感，并不来自话语的投机与否或是对晚会设想的意见异同，而是来自她言谈举止中流露出的一种不屑。我不知道她在对谁不屑，对餐馆的服务员，对晚会的筹备组，还是对我？揣着这个疑问，我几乎每一次开口甚至动筷都会感到不安，直到她问我："在学校里朋友多吗？"

"很少，"我皱了皱眉，"感觉在美国这边和周围的中国同学聊不到一块儿去。"

"我也是。"她放下手中的茶杯，眼睛没有看我，而是一直望着别处，"我之前读研究生的时候，周围有一半的同学，他们本科学校的名字我都没听说过。"

"都是些什么人啊。"说完，她冷笑了一声。

我吐了吐舌头，不知道说什么好。

一个月之后的春晚进行得很顺利。如果说我在台上还有些紧张，放不开手脚的话，那么在辩论场上久经沙场的胡凡则展现了她在观众面前的自在与大方。也正是从那时开始，我和她渐渐熟悉起来：一来，我们学的都是公共政策专业，有许多共同话题可以交流；二来作为哈尔滨姑娘，她把东北妹子的豪爽展现得淋漓尽致，有一说一，有二说二，绝不藏着掖着。一来二去，也就让我对她有了更深的了解。

转眼到了第二年的春节，凡姐叫了我和另外三四位朋友，出去一起吃年夜饭。那天她身着一件红黑格的棉布衬衫，坐在餐桌正中的位置，像主人一样招呼着因大雪突至而迟来的老何喝汤——用老何后来的话说，那天她仿佛"少了些盛气凌人的神色，多了些靠谱学姐的风范"。我称赞她这件衣服好看，还半开玩笑地说她现在真是越来越有品位，年龄越大越喜欢学生装扮。凡姐乐了，从包里掏出来我见过的那件桃红色外套，略带自嘲地对大家说："半年前我还是这个风格呢。"

"行了行了，赶紧收起来吧。"大家笑她。

"好久没穿了，今天本来想穿这个来和大家吃饭的。"凡姐瞅了瞅手中的外套，又收回了包里。“之前在世行[①]上班，天天都把自己打扮得光鲜靓丽的，好像不这样上不了班一样。现在可好，每天牛仔裤人字拖就去了。”她若有所思地说。

“大概是你换了工作之后，环境更随意了吧。”有朋友这样说。

“也许吧。”凡姐答道。我没看见她是摇了摇头还是点了点头，因为那时我突然想说一句：“大概是你自己的心态改变了吧。”

我看了看周围的人，终究没有说。

2

如果说在这段时间里，凡姐的心态已经发生了明显的改变，那么在接下来的一年里，她在自我反思这一问题上的变化速率，则让几乎每周都能见到她一面的我瞠目结舌。尤其是在2015年最后的三个月里，她几乎每一天都在打破我对她曾经相当“稳固”的印象。记得在12月初的一天晚上，她叫我去她家喝酒，一边喝一边问我，她觉得自己很坏，该怎么办。我想不出好法子，便借给她一本弗洛姆的《爱的艺术》。在接下来的半个月时间里，从她的言辞、短信和精神状态中，我分明能感受到，她正在经历一段内心的挣扎。这种挣扎的主题是明确的——在发给我的短信中，她这样写道：“姑娘还需要社会历练，你知道又不能催她，这时候怎么办？”我也不知道该怎么办，但我知道，从长远的角度来看，这种挣扎也许是好的。因为失去了挣扎的能力，人也就离麻木不远了。

而凡姐，无疑正在从麻木中醒来。

---

① 指世界银行（World Bank），总部位于美国华盛顿。该行有不少中国青年学者和员工，凡姐2014年5月毕业后，曾在该行实习。

我很希望听她讲讲曾经的麻木与现在的挣扎。于是在2016年第一天的晚上，我们在我家的客厅里，进行了一次相识以来最为深入的交谈。作为曾经的辩论队选手，凡姐的讲述逻辑严密，条理清楚，还大量运用了比喻等修辞手法。在这连珠炮似的自述中，我甚至找不到打断和提问的机会。

我觉得2015年对我来说并没有辉煌的地方，至少没有在朋友圈上成为亮点的那种辉煌。但在这一年里，我经历了一个找到自我的过程，而这一年也是自我反思最多的一年。尤其是在接近年末的时候，我进行了来美国之后最集中的一段自我反思。所以说在现在这个时间跟你聊这些，其实蛮好的。

很多想法也许不太好概括，但总的来说，我觉得自己是一个典型的中国高考制度催生出来的“产物”，进入北大之后又成为别人眼里的“社会精英”。但直到从学校毕业后进入社会，我才发现我非常不适应这个社会。为什么呢？因为直到最近我才意识到，其实很长时间以来，我一直活在过去和未来，而没有活在当下。

说活在过去，是因为我们都经历过高中时期的辉煌，进入北大后有一种自己站在世界之巅的幻象。而北大又是一个兼容并包和丰富多彩的地方——不管你是在BBS上非常能灌水，在英语比赛上拿奖，在辩论场上获胜，还是在模拟联合国等社团里走南闯北到世界各地参加活动，在各种场合北大学生都有脱颖而出的机会。而在社会上，人们还是会给北大，或者说给北大人很多不必要的光环和敬仰，尤其是在所谓的“北大才女”“北大美女”已经成为社会的一种标签的时候，在工作场合会很容易得到宽容和褒扬。那时我凭借自己在英语上的优势和比较外向的性格，参加了各种活动，也有过各种各样的实习经历。我去过奢侈品公司，在新东方当过老师，在教育公司做夏令营营长，去过银监会（中国银行监督管理委员会），也在苹果公司这样的外企工作过。而对于未来，因为在北大有这个光环，因为有无穷无尽的机会去展示自己，所以我也就很自然地觉得，将来在社会上自己一定会成为一个受人瞩目的、很有成就的人。

然而事实是，这个社会是一个人才济济的社会，我们周围的其他人都很出色——即使是在北大，也是有很多“人物”的。但是因为自己曾经有过辉煌，因为自己有那种站在世界之巅的幻象，在北大期间又参加了各种各样的色彩斑斓的社会活动，其中有些还拿了奖，因此我一直不能接受这样的事实。现在想来，在整个大学期间，我一直在麻痹自己。或者说，归根结底，我当时没有清晰地认识这个社会和认识自己，也没有清晰地认识自己在这个社会上的位置。

正因为没有对自己、对自己在这个社会上的位置的清晰认识，我的整个大学四年——或者说直到来美国读研究生的这两年，这整个六年的求学生活，用两个字就可以形容，那就是“追逐”。追逐什么？追逐光环，追逐展示自己、从人群中脱颖而出的机会，也在追逐身边别人的脚步。这一部分是因为我在意社会的眼光，比如说，人家觉得你是北大的学生，那你就应该拿高薪的职位，在大机构工作。另外也是因为同辈压力，比如说当我们接触的人越来越多，圈子越来越大的时候，我们的眼睛就会被那些闪耀的人的经历所吸引。于是在我最夸张的时候，我就会采取不择手段的方式去获得别人羡慕的经历。虽然说“不择手段”这个词我可能用得夸张了些，但现在想起来，之前做的有些事确实是没有必要的——应该说，非常没有必要。

现在回过头去看，我会觉得当时我的应对方式对我的影响是负面大于正面的。因为不管你是富二代还是穷人家的孩子，早晚有一天你都要意识到世界不是为你转的。而对我来说，我的应对方式其实延迟了我意识到这一点的时间。我不敢说我和那些一进北大就心怀谦卑的人最后会殊途同归，但我觉得人这一辈子是起伏的，也许你会在一个偶然的时间点在往上走，但总归有一天你会跌下来。你还是要认识到你是很卑微的，问题只是在于，你什么时候会认识到这一点，你什么时候会受到这种打击。

说实话，听了这十五分钟凡姐的自白，我甚至感到有些惶恐——因为她太坦率，坦率得令人吃惊。的确，在一个月前我们的一次谈话中，我给她讲过《务虚笔记》中那句著名的“咒语由被施咒的人自己说出来，就是解除咒语的方法”。但尽管如此，我依然没有想到她会像今天这般，“像殉道者般把自己放在自我批评的解剖台上”——不仅批评，还批评得如此有理有据。

但她并没有给我停下来思考的机会。“之前我那么积极地想跳出卑微跳出平凡，想从周围的人群里脱颖而出，现在看起来其实特别可笑。”凡姐说，“我意识到我就像湖边的一只小青蛙，我的那一小跳，根本就跃不出广阔的水面。”

3

这种“跃不出”水面的感觉是从来美国之后开始的。准确地说，是从四年前她步入乔治城大学[①]的那一刻开始的。

那是凡姐从北大毕业之后，第一次和其他学校毕业的中国学生坐在一起。与许多刚刚走入社会的北大人一样，作为硕士班里唯一一名

① 乔治城大学（Georgetown University），位于美国华盛顿，创建于1789年，是一所著名的耶稣会天主教综合性私立大学。美国前总统克林顿曾就读于该校。2011年至2013年，胡凡在乔治城大学读研究生，其间还赴英国交换半年。

北大毕业生，她遇到了如何适应新的人际环境这一古老而常新的课题。记得在北大时，我们几乎能在各种课上听到老师充满警告意味的提醒——“走上社会，北大人最大的问题就是心气太高，谁都瞧不起，大事做不了，小事不愿做。”对于凡姐来说，刚刚离开北大这个让自己被各种光环笼罩的小社会，进入一个全新的陌生环境，感到不适甚至失望几乎是必然的。在乔治城，她为班上有一半的中国学生来自国内“二三流的院校”而感到失望。而与此同时，当她在美国的求职之路上跌跌绊绊，却发现这些来自“二三流院校”的学生反而能找到更好的实习机会、生活比她更精彩的时候，她也意识到，并不是所有人都把北大当回事儿——至少在美国是这样。

她给我讲了这样一个故事：

我记得在我研究生快毕业的时候，有一个朋友跟我说了一句话，是一个很好的写照。那个男生是南方某个金融院校的学生，在国内读完本科和金融硕士之后又来美国读了一个金融硕士。然后他留在美国工作了，也是从事金融行业。我不知道我和他是怎么成为朋友的，但无论如何，他和我正相反：我是名校毕业的，本科时经历过很多高潮，而到了研究生阶段，我进入了人生中的一个小低谷；而他则一直在二三流院校里面，来了美国之后，即便是这样一个一年的项目，对他来讲也已经算是人生中的一个小高潮了。留在美国工作后，他跟我说了一句话，他说，我不管你们是什么清华北大毕业的，到了研究生阶段，我们又拉平了，我们又处在同一起跑线上了。我当时非常不屑，我说我在北大四年参加的社会活动、见过的人和打开的眼界是你永远都达不到的。但他眼中流露出的那种不屑，或说是因为他自己的努力而获得的那份骄傲和自信，让我觉得自己曾经一直想要的那种脱离平庸、脱离平凡人群的想法变得非常幼稚。也许我一直没有离开，一直没有脱离。

“不屑”——不仅仅是她不屑，他也不屑。当她提到这个词，提到她在面对这样一位“挑衅者”时展露出的那一份多少有些色厉内荏意味的不屑时，我想起了在中国城我们第一次见面时，她言谈举止中流露的那种不屑。时隔两年，直到听她讲起这个故事，我大概才最终理解了她当时的不屑来自何方——那种不屑不是对我，不是对餐馆的服务员，也不是对晚会的筹备组，而是对平庸的生活，对“平凡的人群”。

在这次采访结束后很长一段时间里，我都在琢磨凡姐曾经的这种“不屑”。当我把这篇文字的前三节发给她看时，她一边表情凝重地跟我说“感谢你告诉我，原来三年前我看着这么可憎”，又一边为自己曾经的“不屑”感到困惑。她这样问我，也仿佛是在问自己：“我性格里其实有很多对平凡人的善意，或者说对弱势群体的关注，这也就是为什么我选择在国际发展领域[1]工作。如果是这样，我的这种不屑又是哪里来的呢?”

我想，她恰恰忘了，“不屑”往往并非来自优越感，而来自优越感幻灭之际内心的负隅顽抗。当她面对“平凡人”，面对弱势群体的时候，她其实是站在“优越”那一方的——他们之间的鸿沟是如此明显，以至于她几乎不会意识到自己的“优越”。然而当周围的“平凡人”开始“异军突起”，曾经的弱势群体居然“咸鱼翻身”，这样的“优越感”也就渐渐丧失殆尽。为了挽救这所剩无几的“优越感”，她不得不开始自我麻醉，用对周围人的“不屑”延续自己的幻梦——不管别人怎么样，不管外部世界在发生什么，在这个幻梦里，“我”总

① 国际发展，英文为 international development，是公共政策领域一个重要的研究和实践主题，主要涉及领域有发展中国家经济社会发展、扶贫，发展中国家与发达国家之间的关系，等等。发展经济学、国际经济学等学科是其理论部分的重要来源。需要指出的是，国际发展中一个重要的实践领域是发达国家对发展中国家的扶助，当凡姐提到她选择在国际发展领域工作时，她想强调的似乎是这一方面，因为它体现了“对弱势群体的关注”。

是最优秀的。

说到底，这样的“不屑”是一种心理防御机制。因为害怕“参加了各种各样的色彩斑斓的社会活动”的自己在这个社会中“英雄无所用武”，她不得不通过强化对别人一无是处的认识来证明，自己的存在并非毫无意义。事实上，这样的一种认识（或者说“自恋”）并非全无裨益——正如弗洛姆在《人之心》中指出的那样，一定程度的自恋是人们生存下去的必要动力。然而，这样的“自恋”又是一柄双刃剑——健康的自恋来自“我们做了什么”，它让我们为自己所取得的成就而感到自豪；而病态的自恋则来自“我是谁”“我属于哪一群体”。对凡姐来说，她当时的“不屑”无疑是一种典型的“病态自恋”。在谈到这一点时，她回忆说：“到了美国这样一个并不看重‘北大’标签的地方，别人对你的尊重和喜欢完全取决于你对待他们的方式，完全取决于你做了什么。但是由于我的背景我的光环，由于我觉得我是北大的，我以为周围人的尊重和喜欢都是我应得的，我不需要主动做什么事情。而由于我没有主动做什么，别人对我的不优待反而让我产生了一种很强的失落感。”

“自恋受损的结果，除了剧增的激怒外，还有一种就是沮丧。”在《人之心》中，弗洛姆这样写道，“如果他的自恋遭受这样严重的损害以致他不能再维持自恋的话，那么，他的自我行将崩溃。”当“挑衅者”作为原本“平凡的人群”中的一员，此刻却与她平起平坐，支撑凡姐内心世界的骄傲感也就不可避免地摇摇欲坠。为了挽救“行将崩溃的自我”，避免赖以生存的自恋受到更多的损害，她感到，她必须得做点什么。

于是，她选择了逃避。

4

“当你面对自己的软弱，用了一种更软弱的方式去解决这种软弱的时候，你就会变得非常自我厌弃。”当三年多以后，凡姐回忆起自己在逃避之路上的那段日子，不禁这样感叹。

事实上，她逃避的方式非常简单，就是找男朋友。面对初来乍到美国时的孤独，她很快接受了一位帮她接机、带她买菜的男生提出的交往请求（虽然在今天再谈起这件事时，她甚至都难以相信这样“狗血而平庸”的剧情会发生在一向“拒绝平庸”的自己身上）。然而这样的逃避并没有真正解决她的问题，反而更加强化了她的孤独。这种强化体现在她开始为此感到自卑，用她自己的话来说，“一个你身边普通的同学，不管他来自哪儿，不管他优秀不优秀，当你发现他比你更善于处理孤独这样的心理情绪的时候，你会感到，原来和他们相比，自己是如此的软弱。”

这样的自卑并没有让她真正意识到自己的问题。很快地，随着对周围人“不屑”的日益增强和不断出现的“挑衅者”对自己构成的威胁与日俱增，她开始了新一轮的逃避——或者说，自我麻痹。在研究生第二年去英国交换的日子里，她结识了一位商学院的亚裔“高富帅”，并很快确立了恋爱关系。借助这根“救命稻草”，她成功地远离了自己那个“挑衅者”辈出的中国同学圈子。她告诉我，正是在这种逃避中，她度过了“研究生阶段最开心的时光”——曾经的幻梦起死回生，甚至看起来更加欣欣向荣。

然而这看似美好的一切，却在她即将毕业之际戛然而止。

“就在毕业典礼前三天，我失恋了。”讲起这段经历，凡姐紧紧攥着手中的水杯，眼睛一直望着别处。如果说第一次在中国城见面时，她“望着别处”的眼神中充满了不屑，那么这一次，她流露出的则是一种清醒与困惑交织而成的复杂情绪。清醒，来自对曾经的自己的客观反思；而困惑，则源于今非昔比之后，“我当时究竟是怎么了”式的疑问。

毕业典礼是我来美国之后最痛苦最黑暗的一天。本来，我和那个男生要一起毕业，约好了要去参加对方的毕业典礼，我也买好了去参加他毕业典礼的裙子。我的父母来不了，但他的父母和妹妹都会来，会来参加我的毕业典礼，一起吃晚餐，然后一起在华盛顿附近逛逛。对当时的我来讲，这就是理想中的生活了：有男朋友，有工作，有家人朋友——无论是他的家人朋友还是我的家人朋友。但我并不觉得我为此应该付出什么，我觉得这些都是应得的。男朋友是应得的，因为我足够优秀，因为我觉得我长得也足够漂亮，是好学校毕业的，我身边的朋友也理应喜欢我，等等。一切的想法都非常肤浅，非常肤浅。所以当这一切非常肤浅的东西破幻掉了的时候，我非常难过。他跟我提出分手的时候，我的第一个想法居然是，我毕业典礼当天该怎么办，我好窘（笑）。

那时候因为我以前的言行，我的中国同学基本上都不跟我玩了。我没有朋友，家人也不在身边，这让我特别痛苦。分手的那天晚上，我给我在纽约的一个朋友打电话，她就说那她来参加我的毕业典礼。我顿时松了一口气，就好像又抓住了一根救命稻草。我当时的想法是，我起码有个好朋友来参加我的毕业典礼，我不至于那么没有面子。现在想起来，这样的想法太肤浅了，实在是太肤浅了。

这个朋友是我在大学打辩论时认识的，后来在纽约读书。她大部分时间都过着单身生活，比较有自我，或者说知道自己是谁。她来参加我的毕业典礼，只在我家待了半天就走了，但给我带来了非常大的影响。听我讲自己的难过时，她说了一句话，我觉得是我来美国之后最受用的一句话。她说，胡凡，你从来没有和自己独处过，从来没有找到过自己。

我说我很受用，那是现在回想起来这么觉得，在当时我其实是非常不理解的。我一直都在谈男朋友，从来没有和自己独处过，这是事实，但什么叫“没有找到过自己”？我不就是我嘛，怎么还有一个“自我”好像还得我去找它？这个问题我想不清楚。但冥冥之中我又觉得她说的是对的，因为我确实无法与自己相处，当我遇到问题的时候，我从来都是借助于外界的力量，而不是自己内心的力量。

虚幻与真实（下）

在接受我的采访前半年，也就是从乔治城大学硕士毕业两年之际，凡姐在华盛顿建立了一个微信群，说要把在美国读公共政策专业的中国留学生都加进来，一起分享专业学习和找工作的经验。“我自己现在工作稳定了，觉得也该帮帮你们这些弟弟妹妹了。”凡姐这样解释说。

在接下来的两周时间里，群里的人数实现了指数级的增长。凡姐张罗了线下聚会，邀请在盖茨基金会的前辈在群里分享工作经验，还不遗余力地搜集中美两国政策分析相关的实习机会，发送给新入行的弟弟妹妹，忙得不亦乐乎。唯一的问题似乎是，从这时开始，她花在微信上的时间越来越多。我去找她讨论微信群下一步的活动安排时，她面带几分哀怨地对我说：“现在我每天起床后的第一件事居然是刷微信，这好可怕。”

“那你以前起床后做什么？”我问她。

“读《圣经》。”

我一直知道凡姐信教，却从来没有细问过她入教的经历，也从来没有注意过每个礼拜日的上午她会在何处活动。这种不自觉的“忽视”一直持续到11月底的感恩节。就在感恩节的第二天，我给她看了一篇我刚刚写完的文章，标题叫《不断地反躬自省是实现内心安全感的唯一方式》。凡姐一边读，一边问我："你说，如果一个人觉得自己很坏，想改变，他该采用什么样的方法坚定自己的决心呢？"

我一愣——这个在文章中确实没有写。

凡姐笑了，说："我给你讲个故事吧。"

她给我讲了两年前她参加的一次教会活动。那是在新泽西[①]的一次教众聚会上，五百多人坐在一起，一个接一个地站起，向众人、也向上帝说出自己内心的罪恶。我有哪些地方需要改变，我决心怎样进行改变——说完这些，演讲人获得的不是众人的嘲讽和指点，而是大家的掌声、鼓励和拥抱。

"一开始我特别震惊，心想他们怎么能把那样的事情都说出来。"凡姐说，"后来我才明白，那可能是实现自我解脱的最好方式。"

我品味着凡姐的这句话，想起我曾经跟她提过的《务虚笔记》里的那一句："也许咒语由被施咒的人自己说出来，就是解除咒语的方法。"

在采访凡姐的第二天，我去她家里吃饭，让她继续讲讲毕业后的经历。也许是因为前一天聊到太晚，碰杯时凡姐的脸上露出一丝疲惫，讲起话来也有些凌乱。然而在谈到要紧处时，她依然声情并茂，给人以很强的感染力。

你可能都想不到我当时有多么压抑多么痛苦。这个压抑和痛苦除了来自和男朋友分手，还有很大一部分精神压力来自父母。毕业之后我觉得我理应回趟国，因为当时大家都在

---

① 新泽西（New Jersey），美国东部一州，面积约2万平方公里，人口近900万，首府特伦顿（Trenton）。该州与纽约市隔哈德逊河（Hudson River）相望，不少在纽约上学、工作的中国留学生居住于此。

计划回国待一两个月然后再回来找工作，反正EAD卡[1]也正在办嘛。要么就是选择出去旅行——大部分人当时都是这样的。我当时没有什么旅游的心情，所以我想干脆就回趟家，因为我研究生两年都没有回过家了，之前的假期要么在上学，要么去英国交换了，要么在实习，要么出去旅游了和男朋友在一起，一直没有回家。但是我母亲坚持不让我回去，说你在美国也没有找到工作，回来耽误时间，还不如留在美国找找工作。其实对我来说，她这么说并不意外。但在当时的那个环境下，它确实加重了我的压抑。

然后当时也没有钱。研究生两年的开销比较大，我妈在我花钱这个问题上也在压制我。这些因素放到一起，再加上和男朋友分手，让我觉得我一无所有了。另外还有最重要的一点，可能很多人都会经历，当你真正走出校园的那一刻，你突然发现自己没有力量和欲望去找工作了，好像突然会对为什么要留在美国工作这个问题产生置疑。我要去找什么样的工作？我适合干什么？我要找谁？我怎么找工作？我在美国不认识任何人，自己又是说着不同的语言的外国留学生，那么人家为什么要雇我？这些问题好像以前都没有想过，毕业的时候一股脑儿地冒出来压在一起，让我觉得自己没有力量去找工作了。我突然觉得这是一个对我完全陌生的国度，突然一下空白了，停在那儿，似乎整个时间和空间都停滞了。

我为什么要留在这儿，我为什么要找工作，我为什么要去找实习——现在想想觉得完全不可思议，怎么会有这样的想法呢？谁毕业之后不都是想马上找到工作吗？但当时就会

① 指美国政府发放给外籍者的允许持卡人在美国境内为任意雇主工作一定时间的许可，也被叫作工作许可，通常有效期为一年。中国留学生毕业之后若希望留在美国实习或工作，则需要申请EAD卡。

想，我留在美国的意义是什么？毕业之后的那两周，我一直在家里面待着，一直憋着，没有力量出去，也不想和朋友见面——那时也确实没什么朋友了，中国同学已经把我遗弃掉了。该玩的都出去玩了，另外我和他们不在一起玩很久了，他们也不关心我在做什么。当时真的是处在一个没有朋友没有男朋友没有父母没有钱没有任何工作动力的状态，所以是非常黑暗的两个礼拜，基本上每天就是在家待着。

但在第二周快要结束的时候，情况发生了一些转变。研究生期间有一个跟我关系不错的女孩，是上海交大毕业的，一直比较西化。她在研二的时候就加入了基督教教会。我记得当时好像才刚刚开始用微信，我跟她说我最近不开心，她就说她这周五正好要去教友家里面唱诗，这个家庭是一对马来西亚夫妇，他们做了很多好吃的，你就来吧。当时我家冰箱里有什么呢？什么都没有，我每天靠吃方便面过日子。因为抑郁和焦虑，离我家走路只有十分钟的Safeway[1]对我来说好像远得不得了。我不想出门，不想去买东西，就怕见到什么人。每次去买什么呢？就去买方便面和方便面里能泡的蔬菜，还有一些面包、牛奶、鸡蛋，只买这些东西。她给我发信息的时候，我已经吃了好多天方便面了。所以那时我就想，既然他们家有好吃的，那我就去吧。纯粹是被食物吸引去的。

在这里我不得不提到一个学姐，也在教会里。她是港大[2]毕业的，福建的一个小女孩，个子非常小，但是比我大一届，所以我尊称她为学姐。在研二下学期临近毕业，也就是我还在意气风发的时候，她在商场里见到我。当时我们只

---

① Safeway是美国大型连锁商店，四大零售业巨头之一。

② 指香港大学（The University of Hong Kong），成立于1911年，是香港历史最悠久的高等教育机构。

是随便打了一下招呼，但后来我才知道，她回去就跟给我发微信的那个朋友说，你能不能把胡凡拉到咱们教会的活动里。我这个朋友听了觉得很意外，因为我们专业这一级里有二十多个中国女生，她没有提别人，却只提到了我。我现在回想起来会觉得，她作为一个基督徒，能够看到当时我虽然表面上意气风发，却其实是最需要主耶稣的时候，是最需要主“渗透”我的时候。因为人有的时候虽然表面上意气风发，但在明眼人看来，她有一天是会跌倒的。而且当这个女孩跌倒的时候，她很容易爬不起来。

那天晚上去了大概十五个人，主要是乔治城的学生，亚裔的比较多。我因为有朋友和学姐在，所以也不感到特别生疏。去之前我处在一种特别忧愁的状态，但过去以后，我发现去的人好像都特别开心，气氛特别轻松，完全没有在学校里那种苦大仇深、找不到实习找不到工作、到处求人、人心惶惶、人们好像并不真的相互信任和喜欢的那种感觉。到了教会家庭我发现，每个人都非常热情，每个人都非常开心快乐，好像完全没有愁事。所以那时我的第一印象就是，怎么这些人都这么喜乐——对的，用基督教的词就是，喜乐。

后来他们开始唱经。直到现在我对这个经节的印象都十分深刻，我记得里面有一句话：“主耶稣希望你像羔羊一样，躺在他的青草地上，栖息在他的河水旁边。”[①]就是这么一句话，我不记得是不是原文就是这个，但是当时就是这句话打动了我，就好像那个经节是特地为我准备的一样。“躺在他的青草地上，栖息在他的河水旁边”，我那时处在很焦虑的状态，我觉得我很久以来都没有找到这种平安的状态。晚上回家之后，学姐主动打电话给我，在电话里她也没有问

① 似指《圣经》诗篇第廿三篇，原文为：“耶和华是我的牧者，我必不至缺乏。他使我躺卧在青草地上，领我在可安歇的水边。”

我最近过得怎么样——但她也看得到嘛。她也没有问我去哪里找实习找工作，她只说，我们基督教徒都要晚间祷告，我能不能和你一起读两个章节，然后就睡觉了。我当时就说可以。

这其实又是一个挺微妙的逃避自由的印证。就是当时我觉得既然有人愿意跟我做这个事情，我已经接了电话了，然后又是她在读，我不用做什么，那就让她来做好了。于是她又念了那段话，复述了之前的章节，然后在祷告的时候说了几句话，比如说“你要到主耶稣的施恩宝座前，跪在他的施恩宝座前”[①]等等，他会对你恩上加恩，他会把所有的事情都安排好了，类似这样的几句话。但是当时不知道怎么，我的眼泪“唰”地就流下来了，就不由自主地好像心里所有的坚冰一下子通过我的眼泪全都流出来了。她可能也不知道我到底是什么情况，但我长久以来一直没有找到的那种心里的平安，就在她那天晚上跟我讲的也许是无心的几句话中找到了。我一下子觉得心结打开了。

你可以说这是一种逃避自由，或者说是长久以来我没有找到的那个救命稻草我突然一下子又找到了抓住了，我突然想让自己服从另一个权威，因为我知道基督教为什么这么多人信那肯定是有原因的，那我为什么不去多学习一下呢？也没有任何的戒备心理任何的辩证思维，没有去想会不会有其他的可能性，是不是它只是其中一个，就完全拜倒在了一个力量面前，一下子就跪倒在这个力量面前，然后就变得非常虔诚。那段时间她每天早上晚上都给我打电话，跟我一起读，帮我在手机上安装了很多看《圣经》的东西，告诉我怎么听《圣经》的歌曲，每周五每周日还要去教友的聚会。

---

① 似指《圣经·希伯来书》中的一句话：“所以我们只管坦然无惧地来到施恩的宝座前，为要得怜恤、蒙恩惠作随时的帮助。”

那段时间这些教友也频繁地找我吃饭或请我吃饭，还给我讲我这个学姐的例子，说她即便是在找工作的时候也每天来教会祷告，最后得到了两个H-1B的offer。那我就觉得，既然有这么强大的例子在面前，我当时就服从了。8月份的时候，我去新泽西参加教会聚会的活动，就在那儿受洗了。受洗的时候也是哭得泪流满面，就真的感觉是一个重生的过程。在这个过程中边读《圣经》边参加聚会，边找工作修改简历。而工作基本上就是在8月也就是受洗的那个月里出现了转机。所以彼此间有个印证，让我觉得是这个宗教的作用。

这是我第一次了解到凡姐那一段焦虑不安的生活。在讲到自己以方便面过活的那一段时，她神情中再次流露出的“我当时到底是怎么了”的困惑，以及在讲到参加教友聚会时，她仿佛眼睛中亮着光的那种喜悦，在采访结束很长的时间里，都让我记忆犹新。而她在讲述时延续的前一天晚上的那份真诚，不仅让我印象深刻，也让我不禁为之感动。我在想，即使在我最亲密的朋友中，也绝少有人可以像她这样，哪怕是讲起自己最黑暗的时光，也可以做到如此的坦率。

不过，在听她这一段叙述的过程中，又有几个问题萦绕在我的脑海里：如果说当初面对孤独和对新环境的不适应，她通过找男朋友来尝试“解决”是一种逃避，那么面对毕业之后找工作的压力，她“突然想让自己服从另一个权威”是不是依然是一种无法直面自我的表现？在对这种权威的服从中，她所获得的对自我和对这个世界新的认知，究竟是一种虚幻还是真实？如果说在接触和加入教会的那段时间里，她的脆弱、她的“压力山大”导致她在这样一个强大的力量面前“没有任何的戒备心理任何的辩证思维”，那么在早已今非昔比的今天，她是否还认为主耶稣是她精神生活中唯一的依靠？对于自称“一向功利心非常重”的凡姐来说，在这山重水复疑无路的漫漫求职路上，皈依宗教究竟意味着什么——这是一种临时抱佛脚式的“中国式实用主义”，还是像斯宾诺莎主张的那样，重要的不是正确的思想，而是这种思想能够指引我们做出正确的行动？如果是前者，那么她的这种虔诚，与成百上千求子求姻缘的北京人大年初一涌入雍和宫“抢头香”，究竟有怎样的区别？

我拿这些问题问她。她想了想，问我说：“你听说过基督教里‘奉献’这个词吗？”

“奉献？”

“对，奉献。”

基督教里有一个很核心的概念，就是“奉献”。在聚会的时候，你要站起来说把自己的什么东西奉献给主，比如说父母、工作，等等。这并不是说从此以后你就不需要孝敬父母了，不需要找工作了，而是说把他们以后的命运，把你找工作的结果，都交付给主。我当时找工作正找得心力交瘁，就想那太好了，我就把找工作这件事交给主吧，正好我可以歇一歇（笑）。因为当时自己本来就没有想清楚为什么要留在美国找工作嘛，这时候突然出现了一个强大的力量让我能够依赖和交付，我想那何乐而不为呢。所以，我就站起来说，主耶稣我要把我找工作的过程奉献给你，我的工作是为了你而做，是为了荣耀你。

我把找工作奉献给了主，那我自己该做什么呢？我之前上过这样的课，说的是如果你真的是一心奉献给主的话，你就会感觉到你做的事情是不是主想让你做的——你的工作是主真正给你的，还是说主还会给你更好的。在后来我找工作的过程中，这些想法产生了相当大的影响。

在受洗后不到两周的时候，我收到了世行实习的offer。收到offer的时候，我又回到了之前的那种状态，那种功利心和骄傲感又回来了，觉得这都是自己做到的，自己很牛很厉害。我很快就和父母和身边的朋友说，我要去世行啦。但是没多久，我就受到了一次打击。因为就在我收到offer的那一周，世行出了一个新的规定，不再接收unpaid intern（无薪实习生），而我的实习正好是unpaid（无薪）。我当时就慌了，这对我来说是一个晴天霹雳，因为去世行这件事我都已经说出去了。

后来招我的老板就跟我说，有三种身份可以解决这个问题。一个是在校学生，一个是中国政府派出来的职员，再有就是世行员工的家属。我说我都不是。后来有人就跟我说，你可以伪造一个中国某个机构的证明，证明是他们派你到世行来的——之前有人这样做过。我听了之后有点慌，一个是自己从来没有做过这样的事，再一个就是从内心来说，也确实不太愿意这样做。但当时我又真的太想得到这个实习，所以犹豫了一下，最后还是想，要不我就去做吧。在这个过程中，我一直没有想主耶稣的事情。

后来我真的就去问了两个在国内的朋友，他们回答说不确定，因为他们也从来没有这样做过。当时我心里面就有一个感觉——我做不下去这个事情，我的心往前走不了，像有什么力量在前面挡着我一样。那这个力量来自哪儿呢？这时候我想起了之前受洗的经历，就在想，是不是主耶稣不想让我这么去做呢？

招我的那个老板正好也是基督徒。他问我想不想去他们教会，他会给我找个牧师来祷告一下。我当时就觉得很奇怪——他既然没法儿给我一个实习，干吗带我去祷告呢？但当时确实也没有别的办法，就去了。祷告回来之后，我觉得我好像就想通了，我觉得这既然是神的旨意，那自然有他的道理。就在那天晚上，不知道为什么，我突然就跪倒在床前——床上放着一本《圣经》。也不知道从哪里来的力量，我开始跟主耶稣说我要向你忏悔，我要忏悔我自己的骄傲，我要感谢你给了我这次打击，因为我不知道如果没有这次打击，我在拿到了offer之后会张扬跋扈到什么程度。

现在回想起来，我真的不知道当时这句话怎么进到我脑袋里的，我怎么一下子就跪下来的。我当时只是心里觉得有些事情不对劲，但等到我真的跪下来忏悔，说我是个罪人的时候，我突然就感到，一切事情都理顺了。然后我就觉得心里很平安，我反而觉得没有了这个实习也许是件好事。那天晚上我非常开心地跟自己说，我可以向前走了，我可以放下这个offer，有力量重新开始找工作了。

经历了毕业后两个多月的焦虑不安和拿到offer后十几天的内心挣扎，跪在《圣经》前的忏悔让胡凡终于实现了内心的平和。对于那个曾经志得意满、对周围的一切充满不屑的凡姐来说，这一天的到来是如此的难能可贵，却也是如此的不可思议。“我要感谢你给了我这次打击”，“我反而觉得没有了这个实习也许是件好事”——放在三个月之前，大概没有哪个她身边的朋友，哪怕是她自己，会想到在不远的将来，那个曾经怀着深重功利之心的，自称为了能获得别人艳羡的经历而“不择手段”的凡姐，会怀着对上帝的敬畏之心，说出这样的话。

这个故事的结局无疑是美妙的——就在“忏悔之夜”后不到三天，经过部门领导向上级的争取，胡凡最终破格获得了世行的实习机会。在世行工作的时候，她依然会带着十足的自豪感，会像我在上一篇描述的那次年夜饭上所说的，“天天都把自己打扮得光鲜靓丽”。但在经过了“忏悔之夜”的洗礼后，这种自豪，这种光鲜靓丽，已如她自己所说，不同于第一次接到offer时的狂喜。它更多的，是一种内心平静后生命力的绽放。

“因为这个事情，当时我对主耶稣特别虔诚，真的是全心全意地信。”凡姐接着说，“后来有朋友经历我毕业那段时间的状态时，我还会带她们去教会。”

“可我一直没有见你去过。”我说。

“对，”凡姐平静地说，“因为后来又有过很多次反复。”

“反复？”

“因为我想我已经掌握了那种方法，那种反思自己的方法。”凡姐说，“于是我开始想，去教会是不是反思自己的唯一方法，会不会还有其他途径？”

她给我举了几个例子：“比如做瑜伽。如果说宗教是认识自己内心的方式，那么做瑜伽其实就是认识自己身体的方式。再比如冥想，比如和身边的人交流，再比如看书。”说到看书，她特别提到了我给她的那本《爱的艺术》。

“重要的是你要有感知自己和反思自己的意识，”她总结说，“现在想来，当时是宗教唤醒了我的这种意识。”

“给你讲完这些我才发现，我都快不认识当时的自己了。”说到这里，凡姐笑了起来。

“当然我也知道，我还有很长的路要走。”她这样总结道。

是的，她还有很长的路要走——参加教会活动的反复、在短信中提到的“姑娘还需要社会历练”，以及在采访即将结束时坦诚的“我都不知道之前的那种不屑我是彻底摒弃了，还是只是暂时冰冻了”，无一不在说明这一点。这不难理解：在最艰难的时刻涅槃重生自然难能可贵，然而在转危为安之际，如何捍卫自己内心变革中的积极成果而不至于故态复萌，或许才是更大的挑战。

而凡姐说，她认为最大的危险还是“不屑”。就在我们结束这次漫长的谈话之后一个月，我收到了她发给我的一张照片，上边是她自己写的四个字：

洋插队

离我最终回国还有两周，凡姐在微信群里发起了一次聚会。聚会的地点定在乔治城附近的一处码头酒吧——那里每周五的下午都会有Happy Hour[①]的时间招徕顾客。我到的时候，凡姐正穿梭在人群间，无暇和我谈话。我便要了一杯橙汁，在码头上凭栏眺望：分隔华盛顿市与弗吉尼亚州的波特马克河，从不远处以美国国歌歌词作者Francis Scott Key命名的石桥下静静淌过。水面上波光粼粼，桥上映着落日余晖，一派静谧祥和的景象。

群里的人来了二十多个，大多是我还不熟悉的学弟学妹。他们三三两两地聚着聊天，不时还有年轻的面孔过来和我打招呼，一副“师兄，我们是来向你取经的”神态。我不好意思地笑着，一边说“喔喔没有啦，我马上就要回国了”，一边故作轻松地去吧台续橙汁。在那里，我看到一个中国姑娘和一名美国男子正在交谈——她的相貌其实并不出众，但一袭深色的修身连衣裙却让整个人显得典雅、风韵。金发的美国男子讲话讲得眉飞色舞，而她却只是在一旁静静地听着，偶尔露出一点礼貌的微笑。

---

① 直译为“欢乐时光”。美国酒吧和餐厅常在下午或傍晚时进行饮料减价、餐前小吃免费供应等促销活动，这一段时间称为“Happy Hour”。

我续满橙汁正准备离开，凡姐忽然端着一杯酒走了过来，和深衣姑娘碰了杯。“他太直接了，刚刚问我要不要一起出去喝一杯。”我听见深衣女子说。

凡姐安慰了她两句。而我也转过头，管酒保要了几张纸巾。再回过头时，金发男子已经不见，我听到凡姐招呼我道：“元辛，你快来，这好像是你高中的学姐。”

“真的吗?”我有一点兴奋——我们高中来美国的校友中，在纽约工作生活的人数最多，而在这首都华盛顿，却并不多见。

一问，果然是同校。深衣姑娘——林天，在高中时比我大一级，之前在加拿大读本科，毕业后来华盛顿念研究生，现在正在一家非营利组织工作。我和林天在吧台前聊起来，从学校的掌故、各个年级的风云人物，到来美国学的专业以及未来的打算，都有涉及。同刚才和美国男子的交谈相比，林天的谈兴明显提高不少，但依然显得内敛。不过，在得知我正在写一部留学生访谈录时，她还是眼睛一亮，说：“或许我们可以找个机会聊聊。”

一周后，我和林天约在市中心的一家墨西哥餐馆吃烤鸡。林天刚刚从办公室出来，神色有一点疲惫。我们在餐厅的二楼坐下，林天拿了两副刀叉，一边递给我餐具，一边说：“我看了你写的序，觉得挺好。什么都比不上真实，这个最重要。”

我心中一震，“真实自有万钧之力嘛。”

“那我们边吃边聊。”说着，她一边切起盘中的鸡腿肉，一边打开了话匣子。

我的故事其实挺反面教材的（笑），所以也很少给别人讲。不过看了你的前言之后，我觉得倒是可以跟你说一说。

我呢，是属于从小就很乖的那种女生。平时就是好好学习，上了高中之后都很少跟男生说话（笑）。上课也不举手发言，回家就是看书写卷子，没有培养什么别的兴趣爱好，也从来没有想过未来要干什么。其实要说兴趣班什么的呢，也不是完全没上过——上小学之前吧，我就被我妈各种驱使，学钢琴啊小提琴啊画画儿啊，什么都学，时间也都被填满了。但这导致一个什么后果呢？就是长大之后，一到暑假，我就在家看电视剧。我妈一走，我就把电视打开看《还珠格格》，她一回来，我就关电视，就这种。觉得平时好累了，有点时间赶紧就歇会儿，也不会去想未来怎么样，觉得未来还远呢。所以一直到高中快毕业的时候，我都是懵懵懂懂的。问我上大学之后想学什么专业，我也回答不出来。

要说出国呢，这个我爸妈考虑得比较早。从我小学四年级的时候开始，我妈就已经开始愁我初中上哪儿了。还没上初中，就开始愁高中上哪儿了。然后刚上高中，就开始愁出国应该去哪儿了。其实从我小时候，我爸妈就说将来要把我送到国外去，从我小学五年级开始，就带我去海外留学的展会。现在想起来，我就记得我每次去展会上就哭，就觉得他们不要我了，甚至我妈妈每次去洗手间时，我都要把她的包留下来做“人质”（笑）。他们就觉得很可笑，觉得小孩儿不懂事，说你长大之后就明白了。

后来上高三，其实高考前我几次模拟考成绩还不错，也就没认真想过出国这事儿。但在我妈的逼迫之下吧，最后还是参加了多大[①]的招生——咱们高中和他们有合作项目嘛。截止日当天报的名，然后就是笔试、面试，都过了，还拿了奖学金，算是我们班里最好的offer了。后来我妈说，高考完你先去那边适应一下。我心想这样也好，如果高考考得好，我再回来，就当是去加拿大玩一个月了。所以我就走得早，6月8号高考结束，6月9号我就走了。结果到了那边之

① 指多伦多大学（University of Toronto），位于加拿大第一大城市多伦多。该校始建于1827年，是著名的公立研究型大学。

后，高考出分，一看，没考好。

为什么没考好？说实话，我心里也清楚，高考前最后几个月确实没有拼命。我肯定是受了多大那边的影响，各方面都有影响。主要是觉得有了退路吧，不像周围其他同学，有那种背水一战非它不可不行就死了的感觉。结果出分以后呢，他们都说，你看幸亏你报了多大，否则你不得去二本学校了嘛。

既然考得不好，就只好留在多伦多了。但在多伦多的那几年，尤其是大三下半学期之前，一直不太开心。我可能都没跟你说过，我呢，一直到最近两个月，才告诉我爸妈我本科时的真实成绩（笑）。申研究生的时候，他们还说要我申斯坦福，申哥大[①]，说以他们对我的了解，我肯定是没问题的。然后我就在那儿直笑，心想以我本科的那个成绩，有个研究生上就不错了（笑）。那为什么成绩会这么差？就是因为在那边不太开心，就没有怎么好好学习。我知道我不喜欢那儿，但是我又不知道我怎么着才能回去，就卡在这儿了。

我这个不开心呢，有几个因素。一个呢，是在那边的圈子里没有找到跟我相同价值观的人。走“绿色通道”过去的留学生，尤其是南方一些学校过去的留学生，很多过去之后就是喝酒泡吧，性关系挺混乱的，很多情侣大一就同居了——一方面省房租，一方面也确实更自由了嘛。我大一刚过去的时候，室友天天在宿舍里开party（派对），其中还有一个同性恋，天天带她女朋友回来过夜。我呢，刚才也说了，属于从小很乖的那种女生。所以我刚过去的时候就特别不习惯，心想这都是些什么人啊，跟我在国内接触的人都

---

① 指哥伦比亚大学（Columbia University in the City of New York），简称哥大，位于纽约曼哈顿，建立于1754年，是美国历史最悠久的大学之一，也是美国八所常春藤名校之一。历史上该校校友曾多次获得诺贝尔奖，美国前总统奥巴马亦曾在该校就读。

太不一样了。

刚去的时候也觉得自己英语不够好，不太敢说话，上课时也不太发言。如果老师要我发言呢，我也是一定要等想好了再说，不像外国同学，想到什么说什么——虽然有时候会觉得他们说的那些话很无聊，没过脑子。然后我那个生物专业呢，学起来确实不太容易，阅读啊写作啊都要花大量时间。班上又是印度人比较多，他们比较抱团，我也不太能融入。另外就是我住得也偏，不在downtown（市中心），最近的超市走路需要半个多小时。附近只有一趟公交车，还从来都晚点。多伦多又冷，下雪能下到五六月份……这么多因素叠加在一起吧，就导致我刚过去的时候各种受不了，就比较喜欢沉浸在自己的世界里。有时候就是在网上唱唱歌录下来，追动漫，或者自己写写小说。总归就是宅了，不愿意出去。

也跟父母说过自己不开心，但他们不理解。他们会觉得，你看你这不是挺好的吗，在那么好的学校，自己一个人住一个房间，不用跟别人挤宿舍，父母供你上学还不用你打工，你有什么不开心的？

可实际上自己也不愿意多花钱，毕竟父母挣钱也不容易。像我和另外几个留学生，住在一个house[①]里，房东把一个大房间用木板隔成六间，我们就住在那里，冬天冷夏天热，灯光昏暗，动不动就跳闸。这些事儿，父母不在身边，他们感受不到。

后来什么时候他们渐渐理解了？有一次我爸翻看我本科

---

① 在租房问题上，留学生经常需要在House（独栋的房子，通常有两到三层，带院子和车库）和Apartment（公寓，即国内通常说的“两室一厅”“三室一厅两卫”等）间进行选择。前者大多位于城市郊区和乡村地区，房租较低，但离商业区较远，用车需求较高。后者则大多位于城市中心区域，房租较高，但物业和安保措施也较完善。

时读的书和做的笔记，看我在书上画的那些生理结构图，看着看着就哭了，觉得他闺女不容易。后来我毕业时他们来多伦多看我，看我的生活状态，就跟我说，闺女啊，原来你这是“洋插队”去了。

“洋插队”——一个看起来似乎已经过时的叫法。20世纪80年代中期，随着自费留学制度的不断调整和完善，数以万计的中国学生离开温暖舒适的家，远渡重洋，从餐馆的洗碗妹和外卖小哥做起，勤工俭学，为了最终能在异国站稳脚跟而艰苦奋斗。这些人，被国人形象地称为“洋插队”。

那么，如果将今天的新一代留学生仍冠以“洋插队”的称呼，是否依然合适呢？在听完林天的讲述之后，我一直在思考这一问题。的确，三十年后的今天，大多数中国留学生已不必再像他们的前辈一样，一下飞机就要为生计发愁。中国经济长期的高速增长、人均收入的不断提高，让这一代留学生的父母为子女出国留学积累了充足的物质保证。独生子女政策的普遍实行，又客观上保证了这一代留学生在成长过程中垄断了家庭中全部的教育资源，而不必像他们的上一代或其他国家的同辈一样，做出“为了让弟弟上学，提前辍学去打工”式的牺牲。此外，在这一代留学生的父母中，还有不少曾受益于20世纪70年代末恢复高考以来的高等教育发展，深知教育改变人生的道理。为了给自己的孩子提供更好的学习机会，他们中的一些人宁可卖房卖车，也决意送子女出国。这一切，与三十年前那一批“洋插队”的留学前辈，显然有着天壤之别。

然而，在这看似醒目的外在条件变化下，其实还隐藏着更多未曾受时间撼动的主题：语言隔阂、文化融入、价值观差异、“好山好水好寂寞”的异乡生活——这些主题，百年前的容闳、胡适经历过，三十年前的“洋插队”们经历过，今天的林天、丁丁也正在经历着（如果比较她们初到加拿大和美国的经历，会发现其实并没有明显的不同）。而我相信，这些课题，正在成长中的未来留学一代，也终将面对。

因此，如果从这个角度去观察，我们或许可以得出这样的结论：所谓80后、90后无忧无虑的留学生活，在某种程度上只是一种海市蜃楼——在“不用跟别人挤宿舍，父母供你上学还不用你打工”的光鲜外表下，“海归”含金量的逐年褪色、国外工作机会竞争的日益加剧，以及从国内繁华都市生活到美国乡下大学城与牛、羊、马相伴的巨大差异①，无一不会增添这一代中国留学生的焦虑。而这样的焦虑，又往往不是身在国内的父母亲朋轻而易举便能感同身受的。当林天讲到“也跟父母说过自己不开心，但他们不理解”时，我几乎是哽咽地说了一句“在我最焦虑的时候，我爸对我焦虑的焦虑更增添了我的焦虑”。林天说，她特别能理解这种状态，因为这些年来，她也一直是这么过来的。

“其实大三之后的那一年半学得还不错，就是之前欠得太多，到最后积重难返。”说到这儿，林天叹了口气，“那时候我也比较轴②，非要四年毕业。要说如果我延期一下，延到六年毕业，不仅成绩可能会提上来，而且可能也会想清楚自己真正想做什么，总归比现在这样强。”

虽然现在已经拥有一份稳定的工作，但林天总觉得，自己对于真实自我的探索还远未结束。她告诉我，从多伦多大学毕业之后，她没有立刻申请研究生，而是先去了美国的加州实习。在从本科毕业到研究生入学的这一段间隔年（gap year）中，她真真切切地感受到了美国同龄人的自主意识。

---

① 笔者在2015年3月前往位于印第安纳州的圣母大学（University of Notre Dame）时，曾因该校位置偏僻、距各大城市均比较远，询问当地的朋友附近是否有值得一看的地方。朋友笑称，此地有“三宝”可看，分别为牛、羊、马。关于中国留学生赴美后从繁华都市生活到美国乡下大学城的适应问题，第三章“城乡”会有更为详细的论述。

② 轴，北方方言中形容一个人性格固执、执拗。

我现在想，如果当时再有勇气一些的话，我可能会考虑延一年然后再申请（研究生）。大四的时候我就想，毕业之后先gap一年，去实习，或者去旅行，无论如何放空自己——因为这四年过得确实不开心。所以本科毕业之后，我先去了加州实习。但说实话，这个实习9月份才开始，而12月份我的研究生申请就截止了，这里面还是要花很多时间去准备申请，根本没什么时间去想研究生到底想学什么。也不是没想过晚一年再申请，但父母那儿还是有压力，他们觉得好像你晚一年就晚了很多年，觉得我gap了一年就已经很久了。现在想gap两年，他们就不能接受。我想这可能也是很多中国父母的观点吧。

那段实习虽然只有六个月，但是给我的触动是很大的。我当时在加州的一个研究地质的机构。跟我一起工作的美国实习生，他们申请学校时完全看自己对什么感兴趣，不看学校的排名。很多Berkeley[①]本科的学生，喜欢地质，我记得有一个女生，长得又好看，还聪明，她跟我说她要去Denver[②]，去科罗拉多。当时按照我的思维，我就觉得挺奇怪的——你干吗不留在伯克利，伯克利那么好。她就跟我说，她就是喜欢serpentine（蛇纹石），就想一辈子研究这个，天天说"I love rocks"（"我爱岩石"）。还有的人选学校，就是因为离家近，或者公司给赞助。那时候我就在想，对于美国学生来说，读研或者不读研到底意味着什么？我看到有些人之前准备研究生申请准备了两年，ps[③]啊推荐信啊

---

① 伯克利大学，全称为加州大学伯克利分校（University of California, Berkeley），位于美国旧金山湾区伯克利市，加州大学10所高校之一，著名公立研究型大学。

② 丹佛（Denver）是美国科罗拉多州（Colorado）首府和最大城市，2015年市区人口约68万，大都会区人口约281万。科罗拉多州是美国海拔最高的州，落基山脉横亘南北，地质结构复杂。

③ ps为personal statement的缩写，意为"个人陈述"。在申请美国高校时，学生大多需要提交一份个人陈述，简介自己，并陈述申请该学校的原因。

都准备好了，临到申请的时候突然觉得不行，还是得先工作两年。那个时候我就觉得，他们念研究生确实都很有想法。念还是不念，念什么，去哪儿念，为什么念，怎么念，都有自己的想法。不像我，还是很受外界，尤其是我爸妈的影响。我想国内不少人可能都和我一样。

那我是怎么选专业的呢？咳，说起来那也是个很苦的事情。当时也没有什么明确的想法，就是觉得读研究生是一次机会，一次重新开始的机会。但因为我本科成绩比较低嘛，申请其他理科专业的研究生没有什么信心。GRE也是临时抱佛脚，到最后才考。因为本科成绩不好，也不敢找老师要推荐信。我记得当时我在一个老师办公室门口站了一个小时，就是不敢敲门。就到这种程度。

后来来华盛顿学文科了。一个是地理位置好，我之前来过一次，当时就很喜欢这里。另外也是机缘巧合，我看到我们系的那个系主任的时候，就觉得很有眼缘，后来证明也确实很有缘。他带了我两节课，给我写了推荐信，后来又帮我找到了实习。文科理科的研究生我倒是都申请了，理科的基本都把我拒了。

现在在华盛顿已经住了三年，还算挺安稳，有时候会觉得，是不是就留在这儿了。但更多的时候又觉得，还不一定，我还在经历一个不断发现自己的过程。我出来已经八年了，经历了不少事，也换了不少地方，可好像一直没有一个地方，一个领域或者一个圈子，让我觉得就是这儿了，让我觉得一到这儿我就到家了。有很长一段时间我都在想，其实我没有很想出国，我还是挺想在国内待着的，让我出国是我父母的决定。现在想想，这样想其实挺自私的，其实是我自己在推卸责任。我自己没有想好做什么其实就是我出国的原因，所以后面这些苦我就得吃。

说到后面几段时，林天的语调有些压抑，与餐厅里正在播放的墨西哥歌曲的欢快节奏形成鲜明对比。不过，坐在她的对面，我又能看出此刻的她心境是平静的，甚至有一种甘之如饴似的达观。她告诉我说，既然从小是以“乖孩子”的方式长大，现在就不妨看看生活“能低落到什么程度”，看看社会的真实样子。

“我自己没有想好做什么其实就是我出国的原因”——我在想，无论是否出国，在林天离开家乡的十八岁年纪，又有多少中国学生说得清自己今后想做什么呢？即使留在国内上大学，他们填写的专业志愿不也大多经由父母之手吗？而在大学毕业之后，不也还有70%甚至比例更高的中国学生最终会进入与他们所学专业并不相关的领域，从事他们原本并不熟悉甚至并不热爱的工作吗？

《谁的青春不迷茫》——这剧名起得真好！对于这种“迷茫”，钱理群先生曾一针见血地指出：“你们这一代人是在应试教育下成长起来的，从小就以考大学，特别是名牌大学作为自己人生的全部目的；现在如愿以偿，进了大学，在最初的兴奋过去之后，就突然失去了目标与方向。”的确，我们这一代人，从小受到的教育就一直在告诉我们：你们要上一个好初中，好好中考然后考到一个好高中，好好高考然后考到一所好大学，在大学里好好学习实习然后找到一份好工作，在岗位上好好工作然后找到一位好伴侣，与伴侣好好过日子然后生养一个好孩子——尽管从来没有人告诉我们，什么才叫做一份“好”工作，怎样度过大学四年才叫作“好好”学习与实习，或者，为什么要生养一个孩子。久而久之，这看似颠扑不破的“亘古法则”伴随着我们出生、长大，融进了我们的头脑与血脉，像一场大雾，弥漫在生活的各个角落。而我们，则像张悦然在《茧》中写到的那样，“驱着双脚茫然前行，完全看不清前面的路，也不知道要去哪里。多年以后我们长大了，好像终于走出了那场大雾，看清了眼前的世界。其实没有。我们不过是把雾穿在了身上，结成了一个个茧”。

美国学生是否也会经历这样的迷茫？答案是肯定的。事实上，越来越多的社会学和心理学研究已经表明，随着人们受教育年限的延长、互联网的使用，以及社会生活多元化的发展，“越来越多的年轻人会经历一段迷茫期”可能已经成为一个全球现象[①]。

然而，尽管这种迷茫的来源可能是相似的，但美国学生在探索个人兴趣和发展路径上的自由，却往往令中国学生望尘莫及。与后者一毕业就开始承受父母希望他们“尽快稳定下来”的期待不同，美国学生在发现自己的职业兴趣后，几乎总是可以在第一时间寻觅到通往这一领域的道路，并开始为实现自己的愿望付诸努力。试错、碰壁是不可避免的，转行也无须大惊小怪——谁说成功只有华山一条路呢？在研究生上课的教室里，退役的海军老兵、生了娃的中学数学教师、刚刚回国的外交人员——当他们在工作中、在阅读时、在异域文化的熏染下萌生改换门庭的念头，决定向新的领域进军时，他们就会重新现身校园，与我们这群从未离开过学校、在对中国社会还未有一知半解的情况下便来到新大陆的中国留学生同窗共读。尽管他们有时的确会如林天所说，发出一些“没过脑子”似的提问，但当我和他们坐在一起，听他们聊起自己的人生经历时，我还是会和林天一样，为自己的人生不够丰富多彩感到遗憾，为自己不如美国同学那样笃定地认同自己所从事的专业而感到悲哀。

可又有什么办法呢？尽管在我问过的中国留学生里，有相当多的人都认为，像美国学生那样，在积累一些工作经验之后再读研究生，可能效果会更好，可又有什么办法呢？在国内的用人单位普遍看重文凭、看重“海归”的背景下，又有多少人肯埋头先干上三五年，再像他们的美国同辈一样，带着工作中遇到的实际问题，返回象牙塔中回炉淬火、加钢锻造呢？

---

① Jeffrey J. Arnett在2000年发表的Emerging Adulthood：*A theory of development from the late teens through the twenties*一文中指出，当代的年轻人往往会在完全融入社会、成家立业之前，经历一段主题为“自我发现和身份探索”的时期。他将这段时期称为Emerging Adulthood（“初始成年期”或“成年早期”）。关于这段时期的划分，他认为应在十八至二十五岁之间，但有时可以延续到三十岁之后。

反倒是自我麻醉看起来更得人心——就在林天说起“我想看看社会的真实样子”时，我突然想起一位正在宾大[①]读博士的朋友。我想起在我问他有没有想过，自己读博可能是在逃避现实的选择、逃避融入真实的社会时，他耸了耸肩膀，略带无奈却也直言不讳地对我说：“我来读博士，其实就是为了逃避。”

---

① 宾夕法尼亚大学（University of Pennsylvania，简称Penn或UPenn），简称宾大，美国八所常春藤名校之一，1740年建于费城。创始人是著名的本杰明·富兰克林（Benjamin Franklin）。

第二章

融　入

纽约中央公园池畔眺望远方的中国留学生（**供图/杜波迪**）
对许多留学美国的中国学生来说，留学的顺利与否，很大程度上取决于能否跨过文化冲突的藩篱。

他们在寻找美国，一个还不是他们的，更正确一点，自己还没有资格被接受的爱人。

——费孝通《美国在旅程的尽头》

至少对我来说，美国就好像是“夫家”，咱总不能有事没事就往娘家跑，是不是？

——刘菁（北卡罗来纳大学中国留学生）

我回高中的时候，高中的老师跟我说，这么多年我觉得你都没有什么变化。这一点让我既惊奇又欣慰。惊奇的，是我出国都快十年了，居然在别人眼里没有变化。欣慰的，是我对自己的身份认同始终没有改变。

——俞法（哈佛大学中国留学生）

窗前的升旗手

从哥大出来去见薛佳宁的路上，我的心情有几分忐忑。时值盛夏，我伫立在纽约没有空调的地铁站台上，蒸笼一般的热气令我的身体也仿佛膨胀起来，头昏沉沉的，心突突地直跳。“我大概想象不出这种十多年之后的重逢是一种怎样的场景，”在那天的日记里，我这样写道，“她变了吗，变了多少？有没有交美国的男朋友？甚至……她还说中文吗？”

我和薛佳宁——这个小学时最好的朋友，已经有十三年没见了。十三年前，她还是六年级（1）班的学习委员，我作为班长进行“班级建设”的得力助手。她肤色黝黑，身材娇小，不多的话语中透露着一股大智若愚般（这是我后来才想明白的）的淡然。因为个头小，她被大家“小靴子”“小靴子”地叫着，安排做广播操站队列时，她和身材同样娇小的李晓萌究竟谁该站在队伍的最后一个，常常是让我纠结不已的问题。

小学毕业之后，同学间刮起了一阵串门聚会的风。我、刘骏、王栩然，甚至家在四环之外的陈木子，都纷纷邀请班上的同学来家里做客。只有佳宁——尽管她就住在学校附近，却从来不曾参与或发起这样的聚会。

“我要去美国了。”有一次我问起她的时候，她突然这样告诉我。

十二岁的孩子，说起这样的决定居然格外地平静，脸上的表情也看不到憧憬，仿佛有一种隐忧。

而我，也是后来重读她给我的来信时，才理解了这隐忧的含义。

我和佳宁，还有张悦——我们的另一位同学，坐在纽约一处离佳宁住地不远的面馆里，聊着张悦筹划中的婚礼。“要不给小学同学建个微信群，把这个喜讯告诉大家?”佳宁问我。她告诉我，她已经接受了张悦的邀请，要去做婚礼上的伴娘。

明显看得出，佳宁变了。不知道是不是因为在威斯康星[①]“大农村”里受过“乡居”训练的缘故，她的话比小学时更少了，对用中文遣词造句也感生疏，“你姥姥还活着吗”的发问让我一度感到毛骨悚然。我和张悦讲起“雷人”“人品问题”“囧”等网络词语时，佳宁明显摸不着头脑，只能偶尔露出淡淡的微笑。不笑的时候，她脸上常挂着一副凝重的神色，说不上冷峻，但明显能看出，她有一个自己的“小世界”，一个具有深刻洞察力的“小世界”。

但佳宁也没变。在纽约做股票交易的她，只在脸上涂了淡妆，而不似许多久居纽约的中国女性，眼影画得妩媚张扬。听我讲起过去两三年在美国的酸甜苦辣，她几乎每一句评论都恰到好处，而不是那种“不管实际上我是否理解，都要装作理解”似的敷衍。聊起五年级时谁给谁买了一支冰棍后立刻传起了八卦，六年级时谁又拔了谁自行车的气门芯时，我们那一阵阵捧腹大笑，又好像在说，许多真正美好的东西并不会因时间的流逝而褪色。正像我后来写到的那样——青春常在，十年未晚。

“下次来纽约记得告诉我，我一直在。”分别的时候，佳宁对我说。

---

① 威斯康星州（Wisconsin，简称WI）位于美国北部，东临密歇根湖，西北濒苏必利尔湖，面积16.96万平方公里，人口约578万（2016年）。首府麦迪逊（Madison）是名校威斯康星大学麦迪逊分校（University of Wisconsin - Madison）所在地。

再一次见到佳宁，是在第二年的开春。那时她母亲正好从北京过来，叫我一起去吃晚饭。在纽约下城西村①一处难得安静的住宅楼里，头发微微花白、身体已经有些发福的薛母热情地招呼我进去。我一边换鞋，一边注意到门口的桌上还放着“小靴子”的两样东西：一只她正准备就读的沃顿商学院②的文件夹，一本深蓝色封面的美国护照。

“你们先聊，我去做鱼。”佳宁递给我一杯水，有点不好意思地说，“我第一次下厨，要是不好吃，你可别介意。”

我笑着点了点头，和薛母一起在厨房旁的吧台坐下。

“你父母知道你要回去，应该还挺高兴的吧？”薛母问我，“我也希望佳宁回中国，但是不太可能……”

“开玩笑，绝对不可能。”佳宁突然打断她。

“你听听，你听听这话。”薛母一副又好气又好笑的样子，“所以最近有朋友问我把孩子送出来的经验教训，我就跟他们说，如果你们最后还是想把孩子留在身边，就别在孩子很小的时候送出来。”

佳宁“咯咯”地笑着，我也笑了。十三年的时间，她在美国的日子已经比在中国还要长了。然而对我来说，记忆却仿佛始终停留在十三年前，停留在距离学校不远的那栋红砖砌成的筒子楼前，停留在她那句淡淡的“我要去美国了”。我知道，从某种意义上说，那次分别，意味着我们童年的结束。

“班上有不少人后来都出国了，但佳宁还是最早的。”我听见自己说。

“是啊，你问她，当时把她送出来之前，给她恶补英语，她还死活不学，说什么‘学什么鸟语’。结果来了美国之后跟我说，上课时

---

① 西村（West Village），位于纽约曼哈顿西南部，是纽约最古老的社区之一，具有闲适的欧洲小镇风格，亦是纽约艺术家群体聚集的区域之一。

② 全称为宾夕法尼亚大学沃顿商学院（The Wharton School of the University of Pennsylvania），创立于1881年，是美国第一所大学商学院，也是全球最著名的商学院之一。

就看老师嘴动，完全听不懂。”说起当年的趣事，心直口快的薛母笑得合不拢嘴。她一边用余光瞅着佳宁手中的锅，叮嘱她鱼要多煎一些时间，一边给我讲起送女儿出国时的经历。讲述时，她不时夹杂着幽默和几句英文，这在我采访的上一辈人中并不多见。

她呀，是上完六年级走的。当时本来已经定了要去首师大附中——为此我把房子都搬到那边去了①。我呢，之前一直做外贸，来美国来得比较多，所以从一开始就计划着把她送出来。但一开始我是想让她上完初中再走的，因为初中的课程，尤其是语文，还是有很多中国文化的精髓在里面，我是想让她再学一些的。但那时候她舅舅，也就是我弟弟，建议我尽早把孩子送出来。那时候他正在新泽西，告诉我说有不少国内送出来的高中生，来了之后上课也听不懂，家里又没有人管，在美国这边就不好好上学，就学坏了。他说如果在上初中之前就送出来，可能会尽早适应美国这边的环境，对孩子有利。再加上当时他正要在威斯康星买房，就跟我说，如果佳宁过去，他就多买一间。后来我说，那就去吧。结果这一来，就回不去了（笑）。

就像你说的，那时候很少有她那个年纪就出来的。刚来的时候啥也听不懂，谁也不认识，同学都以为她是日本人。我弟弟的小孩也在那个学校，是个男孩，五年级就来了，等于比佳宁早来了一年，语言什么的都不太有问题了。所以那时候就想，是不是他能帮帮佳宁。但是小男孩嘛，六七年级正是淘气的时候。每次找他，他“嘣”地就跑了（笑）。所以那时候就她一个人，话也不会说，找教室也找不到，挺可怜的。

---

① 佳宁插话道：“我怎么不知道我要去这个学校？”她母亲回应道：“你那时候学‘鸟语’去了，你怎么会知道。”

后来她旁边有了一个tutor（导师、助教），ESL[①]的，告诉她回家该做什么作业。那时候他们班里就她一个外国学生，她有什么“冤屈”都跟那个老师说。但是那会儿确实也没有什么朋友，美国的同学都有自己的圈子。而她呢，可能又属于心比较重那种。很多小孩可能并不太care（在意），无论在哪儿，只要happy（高兴）就行。但她可能就比较敏感。再加上父母不在身边，当时就挺难的。

说到这儿，薛母叹了口气。“没有陪着她成长，我觉得挺遗憾的……我一直都是把工作看成第一位。”

我正不知该如何宽慰，佳宁已经把菜端上来了，盘上整齐地铺排着橄榄、西红柿和藜麦，正是正宗西餐厅的格式。尽管薛母一再叮嘱，鱼还是煎生了。趁着佳宁拿去回炉的当儿，我问她：“你给我写信的那段时间，都是这么过的？”

“哪儿有，那时适应语言其实挺快，半年一年就好了。”她轻描淡写地说，“只是适应环境时间要长一点，我觉得我直到高中……”

“你呀，是现在说得容易。”薛母突然打断女儿的话，“你估计都忘了，当时你每天在家升中国国旗，升了好几年呢。”

看到我显出莫名其妙的表情，薛母缓缓地解释说：“她在卧室的窗帘绳上挂了一面中国国旗，每天拉窗帘的时候，那国旗就顺着绳子上去了。”

说到这儿，薛母笑了，佳宁也笑了，只有我闭上了眼睛，右手紧紧地攥着水杯，一度说不出话来。那一刻，我突然想起五年级时，那个在学校周一上午的升旗仪式上披着“升旗手”红色绶带，整整齐齐地戴着红领巾的“小靴子”，作为我们班的代表，在礼台上热情洋溢地朗读着“国旗下讲话”的稿件，然后在庄严的国歌声中，将鲜艳的

---

① ESL全称是English as a Second Language，是针对母语非英语、把英语作为第二语言的学习者开设的语言课程。

五星红旗冉冉升起。那时候，谁又能想到，仅仅两年之后，昔日的升旗手将在自家的窗前，日复一日地重复这一仪式。卧室床头柜上的录音机一遍一遍地播放着《义勇军进行曲》的旋律——那平日听起来庄严雄壮的歌声，对于这位窗前的升旗手来说，该是怎样的如怨如慕，如泣如诉？

想到这里，我不禁感到心酸，但更多的还是内疚。我想起她刚来美国的那一年给我每月一寄的航空信，不曾流露太多的感伤，却一个劲儿地告诉我她“一切都好”。我想起留在北京过得有滋有味的自己，时常拖延回信的时间，甚至最终因为忘记回信而失去了和“小靴子”的联系。而我想起最多的，则是在最后的一两封信里，她附上的一张她和班上一位美国同学的合影。她用英文告诉我：“She′s the most beautiful girl I have ever met.”（她是我见过的最美的姑娘。）

照片上，那位胖胖的美国姑娘露出灿烂的笑容——那种典型的在自由阳光下长大的美国姑娘的笑容。对中国“观众”来说，她显得粗犷有余却清秀不足。和瘦小的佳宁相比，她则显得身材格外宽大。初中的年纪，同理心尚未发展充分。我现在还记得，在收到这封信的时候，我脸上露出了轻蔑的笑容。

“这个姑娘是不是有点fat（胖）？”我问她。那时的我并不了解，用“fat”来形容人，并不是一种友善的表达。

但佳宁并未流露出明显的不悦。在回信中，她只是说：“She′s indeed a big girl.”（她确实体格大。）

十三年之后，当我重新回忆起这段对话，不禁为自己曾经的肤浅感到羞愧。“她是我见过的最美的姑娘”——当佳宁不假思索地写下这句话的时候，她大概是想说，在这远离父母与故友的异乡，她终于结交到新的朋友，并因此开始感受新环境对自己的接纳。我想，正是这种接纳，让她渐渐脱离了在窗前升旗时的孑孓独立，开始融入美国，融入乡村，融入美国的都市，并最终如她提到的那样，成了一个“爱纽约爱得可以在这里死掉”的纽约人。

鱼终于煎完了。佳宁往上又撒了些调料，整个厨房和客厅都弥漫起氤氲的香气。“你晚上就在这里住下吧，我家客厅的沙发挺舒服的。”她告诉我，明天等她上完瑜伽课回来，我们可以一起在附近喝咖啡，聊聊她去年跑去尼泊尔爬珠峰的经历。“我上到了5800米呢。”她说。

我重重地点了点头，说了句谢谢。拾起刀叉，我带着五味杂陈的心情，埋头吃了起来。

我在美国的三个贵人

5月底，已经在费城交换过戒指的张悦，又在北京举办了一场婚礼。照片上，她身旁的金发男子身着中国传统的红色吉服，灿烂的笑容中带着一点羞涩，似乎对东方的婚俗仪式还不太习惯。“他是那种典型的在费城土生土长的男生，以前一直没有离开过美国。”记得在婚礼前一个月，张悦曾这样向我讲道。

张悦是我小学时的同桌，也是我们班仅有的“三道杠”。她个子高高的，瘦长脸，平日里不苟言笑，对待那个年纪淘气的男生往往露出一副冷面，因此不免成为男生们调皮捣蛋的对象。我印象最深的，除了有一次赵思聪出于报复，拔了她自行车的气门芯之外，便是在四年级的一次体育课自由活动上，七八个男生拦住张悦，对着她吹胡子瞪眼（尽管那时他们还没有胡子）。身为班长的我看到此情此景，大喊一声“张悦快跑”，拦在了男生身前。那时正是情窦初开的年纪，我为这件事曾长久受到男生们的嘲笑——“元辛英雄救美了”的说法，在很长一段时间里，让我几乎抬不起头来。

小学毕业之后，我和张悦就读于同一所初中，但由于不在一个班，关系毕竟不如以前近了。高中的时候，她去了美国，先在北卡[1]

① 北卡罗来纳州（North Carolina，NC），简称北卡，位于美国东南部大西洋沿岸，东濒大西洋，北接弗吉尼亚州，南邻南卡罗来纳州和佐治亚州，西与田纳西州接壤。面积13.9万平方公里，人口约1000万。首府为罗利（Raleigh），最大城市为夏洛特（Charlotte）。

的“大农村”里读了两年书，然后去费城上大学。大三时有一次我赴美路过费城，在她家的沙发上睡了一晚。也许是出国已久饱经风霜的缘故，张悦在我眼里显得格外干练，与同年龄许多在国内大学里浑浑噩噩地打游戏、刷韩剧，沉浸在韦伯所谓“软绵绵的幸福”里的中国孩子形成鲜明对比。除此之外，不知怎的，我便只对她发现忘带钥匙时脱口而出的那句“shit”（屎、狗屁）印象深刻。“原来一向不苟言笑的张悦，来美国后也开始说脏话了呀！”我感叹道。

又一个五年过去，张悦已经在费城安顿下来，成为一名商业咨询师。在从纽约返回华盛顿的路上，我和张悦约好一起吃晚饭，听她讲讲这些年渐渐融入美国、直至嫁为人妇的经历。时间已临近“五一”，但费城的天气还是阴沉沉的，风刮得很盛，有一种“路上行人欲断魂”的感觉。我在约定的地方远远地望见她——她裹着一件黑色大衣，双手插在口袋里，迎着风向我招手，似乎对这样的环境早已习以为常。走近我才发现，踩着半高跟鞋的张悦肩头已快与我齐平，而略显浓重的眼影，则常常是中国女生久受美国人圈子濡染的标志。

“我想说的话，其实挺多的。”寒暄拥抱之后，张悦对我说。她告诉我，她在美国读书的经历或许谈不上多么传奇曲折，但把其中的酸甜苦辣分享给今天的留学生，大概仍有参考的意义。

讲述时，这位商业咨询师条理清楚，层次分明，对很多问题的见解也入木三分。

来美国其实挺突然的。中考的时候没考上咱们中学的高中部嘛，就去隔壁念了。新学校虽然也不错，但管理上确实比较传统、刻板，什么穿着啊、发型啊，都有严格的要求。我一下子就不太适应，心理也有落差。不过当时我也没有一开始就想到要出国，我想的还是高考要考一个文科比较好的、校风比较自由的大学。但到了高二寒假的时候，出了一个事儿。我有个朋友——就是咱们小学时隔壁班的那个陈曦，去美国参加冬令营，走访了好几个美国的学校。等到春季学期开始前，她回来了，跟我说要给我讲她的旅行见闻。当时我正在赶寒假作业，数学的那一本我已经做不完了，已经开始直接抄答案了（笑）。我就跟她说我没时间听你说，我作业要做不完了。但她不听，她说她一定要说。我说不过她，就跟她去了我家楼下的肯德基，两个人在那儿坐了一下午，她开始给我讲那边怎么怎么好，怎么怎么不一样。我当时听了之后就有点心动，那天晚上就跟我爸妈说，我想去美国读书。

我爸妈是比较开明的那种，就去问在匹兹堡[1]的一个亲戚，让他帮忙打听能不能到美国读书。后来那边说可以，但是每年要交四五万美元的学费，而且托福要考到80分以上。我当时对托福完全没有概念，再加上学费又贵，就没有再考虑这条路。不过没过多久，我听说国贸那边有一个交流会，就是教育展那种，有美国的很多大学过来做宣传，我就和我妈去了。在那个交流会上我发现有一个“中美交换生”的高中生项目，大概是刚刚开始没多久，我认识的人里只有一两个人去过。听到这个项目的时候我就想，这个似乎没有什么风险，去了如果不喜欢，还可以回来，最多是留一级，也不影响高考。长话短说，我就打算去了。

来美国之后的第一站是北卡，我在那儿上高三。其实无论对谁来说，来美国之后的第一年都是最困难的一年，再加上我那个时候年龄也小，以前对美国的印象都是电视上看到的曼哈顿高楼大厦那种，而我去的那个小镇在森林边上，刚来的那段时间尤其不适应。我记得到美国的第二天，一早起来，不知道为什么，一听见飞机飞过的声音，我就特别想让

① 匹兹堡（Pittsburgh），位于美国宾夕法尼亚州西南部，市区人口约30万，大都会区人口约235万（2017年）。该市曾是美国著名钢铁工业中心，近年来已转型成为以医疗、金融和高科技产业为主的城市。匹兹堡大学、卡内基梅隆大学等高校坐落于此。

飞机带上我回家。那时我就在想，我这才来了一天就想回家了，今后这一年该怎么办啊？现在想想，咳，当时怎么那么轻易地就听了陈曦的话呢（笑）！

大概过了一周吧，我开始去学校，在学校第一天的经历我印象非常深刻。在美国的高中里，到了中午，不管你是去买饭还是自己带饭，大家都会去cafeteria（自助餐厅），和自己的朋友坐在一起吃饭。我当时走进cafeteria的时候，看见大家都说说笑笑的，就觉得很自卑，因为我一个人都不认识，不知道该坐在哪里。我不知道你有没有看过一部电影叫*Mean Girls*，里面有个场景是一个女生在洗手间里吃午餐——我在开学第一天的经历是和她一样的①。那一天里，我一个字都没有说过。

那段时间也很敏感。不仅仅是我，应该说我们那批中国留学生吧，一听别人提起中国或者亚洲，就非常敏感。我记得我上高三的那一年汶川地震，当时就有很多美国人说和中国政府在西藏的管制有关②。我记得当时我上一节美术课，其实我们美术老师是一个特别和蔼的人，但不知道为什么那天就提到了西藏。我听了之后就特别义愤填膺，站起来就直接出去了。其实当时也不知道自己是怎么想的，只是觉得你不能这么侵犯我们国家的尊严，但又不知道该说什么，就出去了。后来美术老师还向我道了歉，说不该讲这么incentive（刺激性）的话。现在在美国待得时间长了，心态确实会改

---

① 需要指出的是，张悦的这一讲述无独有偶——在《跨文化适应的留学生活》中，作者徐光兴曾记录了一位在日本留学的中国中学生的自述：“我拼命地学习日语，鼓足勇气用日语对同学说话，但女孩子们总是哧哧窃笑，男孩子们学我说话的样子，嘲笑我。这时，除了厕所，我没有其他可以逃避的地方。下课铃一响，我就一个人躲进厕所，等着下一节课的上课铃。只有在厕所时，我才是一个自由的人。”

② 美国影星莎朗·斯通（Sharon Stone）在汶川地震后不久接受采访时，曾有“中国政府对待达赖喇嘛不友好，这次地震是否是一种因果报应（karma）”的表述。其言论遭到众多影星和中国民众的声讨。

变一些，不过想起当时这件事，还是会觉得自己特别有骨气（笑）。

就这样过了一年。那时候想，反正已经高三了，没有必要回北京然后再申请美国的大学了，干脆直接在美国申请了。9月份考的SAT，10月份考的SAT II，11月份就截止嘛。不管好的坏的，准备了三个月，都申了。后来就来了费城，Drexel[①]。

来Drexel这件事，当时也有过考虑，不少朋友都说，你是不是可以去一个更好的学校——毕竟在国内，甚至在美国，很多人可能都没有听说过这个学校。但后来想起来，我觉得去Drexel这个决定还是挺英明的（笑）。为什么？因为我觉得一个人身处的环境要和他自己的实力相匹配，有时候你需要去一个压力不是那么大，但又不是那么容易的环境，这样你才能不断取得进步，积累信心，获得新的机会。咱们设想一下：假如我当时被U Penn（宾大）录取了，或者被其他更好的学校录取了，以我自己平时在学习上处于中上游的实力，在那种环境下也许不会表现得特别出色，大家也不会知道我做过什么，我能够做什么。相反，在压力稍微小一点的环境中，会觉得自己还可以——很多时候只有对自己有信心了，才能做成一些事情。

这几年走过之后，就觉得只要有信心，很多事情都能办成。但大一刚开始的时候并不是这样，那个时候我其实是很自卑的。一方面是因为学业，上课的时候很多都听不懂，经常需要熬夜看书，准备考试。但更重要的一方面其实还是融入的问题。在高中其实没有这个问题，那时主要是和留学生比较说得来，包括中国留学生，也包括其他国家的留学生，

---

① 德雷克塞尔大学（Drexel University）建立于1891年，被称为“费城三大名校”之一。按2017年US News排名，该校位列美国综合性大学第96位。

比如韩国的、日本的，但是跟美国学生交流不多。美国十二年级[1]的高中生处于一种什么状态？他们彼此之间都认识十二年了——尤其在我们那种小地方，一起玩了十二年了，他们没有时间也没有兴趣去了解你这样一个连英语都说不好的留学生，他们还没有到想法特别成熟的年龄，不会想到我要对别人nice（友善），不会去想跟自己背景不同的人打交道去拓展自己的视野。反倒是到了大学之后，因为大家都是从各个地方来的，刚进学校的时候一个人都不认识，所以都处在一个特别想认识人的阶段。这个时候如果因为语言、文化上的差异而迟迟不能融入，你会发现那种shock（冲击）会更大。因为高中的时候你会觉得没有朋友、不能融入当地的圈子很正常，但到了大学阶段，当大家都在一点点地认识新的朋友，周围的人也越来越愿意了解你的时候，如果你还是不能融入整个的氛围当中，就会觉得很孤独、很自卑。我当时就是这样。

大一的两件事对我的影响很大。一件是在我们学校创办一个学生组织，叫Global China Connection[2]。当时我觉得我英语不好，我要去学习英语。我们学校有许多外国学生在学习中文，我就在想，我为什么不建立一个组织，大家在语言上相互帮助呢？我就在Facebook上建了一个群，加进来不少学中文的美国学生，也有一些学英文的国际学生。当时哥大有两个美国学生正在学中文，他们希望把在美国对中美关系感兴趣的人都联系起来，就建了GCC。他们听说我在Drexel做这个，就问我愿不愿意在费城建一个GCC的分部，后来还来费城找到我，谈了很长时间。

---

① 等同于国内的高三。

② 简称GCC，中文名为“全球中国联接”，旨在为与中国有关或对中国有兴趣的学生提供一个建立联系的平台。在第三章“城乡”中，这一组织还会被提到。

我觉得挺有意思的，但是我从来没有做过这种事儿。在美国大学里成立一个学生团体，并不是说你想成立就能成立的。你需要学校批准，有人给你签字，需要去申请资金，需要参加学校的很多活动。我当时就觉得，我英文这么差，对美国又不了解，又没有什么朋友，我怎么能办成这么一件事呢？但是后来通过和另外几个人的努力——有美国学生，有中国留学生，也有ABC[①]，最终还是建起来了——这也是GCC在美国的第八个分部。这大概是我第一次经历一个从始至终凭自己的努力不断解决问题的过程，也是我第一次觉得我办成了一件自己以为办不到的事。大概是从那时候开始吧，我开始想，如果我真心想做什么事，还是可以做成的。

大一时另外一件事也让我增长了不少信心。当时我们有一门课，叫University 101，就是告诉你大学生活是什么样的。大多数美国人对这个课都不在乎，但我是属于那种上课就好好听好好写论文的那种，结果就因为我特别认真，第二年被选成了这个课的助教。这件事让我的自信心提升得特别大，因为我们班里一共三十个人，他们最后选助教选了我这个唯一的一个国际学生。我记得当时我去面试的时候，面试我的那个老太太跟我说，我的那个老师是一个特别难对付的人，他几乎不会对任何人产生特别好的印象。所以后来我通过面试之后，我就特别受鼓舞，我觉得，诶，好像我自己还可以，你看连美国老师也很认可我。

还有个事儿我得说一下。大三的时候我去了一趟土耳其，交换了一个学期。当时我本来是要去瑞典的，但是那个项目临时取消了。我因为已经计划出去交换了，所以在美国什么东西都没有了，也没有房子。这时候学校就跟我说，我

---

① American Born Chinese（ABC），指在美国出生的华裔。因其黄皮肤、美国思维（即“外黄内白”）的特点，又称“香蕉人”。

们现在在土耳其还有项目，要不然你去土耳其？那时我的反应是，土耳其在哪儿啊（笑）？后来我就问土耳其讲什么语，他们说土耳其语，但是学校的那个交换项目是讲英语的。也没有别的办法，我就去了，结果去了之后发现所有人的英语都不如我了（笑），真的。他们是土耳其排名第二的大学，老师什么的都是沃顿毕业的，上课都是英文教学。在那边除了和我一起交换过去的几个美国人和加拿大人之外，我发现我的英语就是最好的，我什么都能听懂，上课发言最多，写的论文分数也最高。就这样过了四个月，我的信心一下子就上去了。我去之前和回美国之后完全是两个人，回来之后我就什么都敢说了，和别人交往也不怕了。而且你自己有变化之后，别人对你的态度也会有变化。他们会觉得 She´s really cool, she´s super popular（她很酷，超级受欢迎），会愿意来了解我，和我交流。这是我大学时的一个转折点。

说了这么多，才讲了几年的故事，不知道你会不会觉得我很啰唆。简而言之，就是我觉得上大学的时候，我一直持有一个信念，就是什么都要试一试。我觉得这个态度给我的好处就是，我获得了很多我从来没有想过的机会。在国内呢，你不太可能会想干什么就干什么，肯定有人会跟你说这个太难你干不了什么的。但是在美国，连特朗普都可以竞选总统，就真的没有什么你不能去尝试（笑）。想建立一个学生组织？OK，去试一试。想去别的国家学习？OK，去试一试。想到什么都可以去做。

“信心”——张悦的讲述中一个反复出现的词语。明显看得出，这些年来，她那初来乍到时作为“局外人”的自卑，与一步一个脚印前进所逐渐建立起的自信，像一对拔河的对手，进行了漫长的拉锯。从最初那顿在洗手间吃完的午饭，到如今“想到什么都可以去做”，变化不仅切切实实地展露在日复一日的生活中，也体现在张悦讲述这段经历时的语调上—— 一向以严肃认真示人的她，在讲到去土耳其做交换生的体验，以及如今“真的没有什么你不能去尝试”时，语速明显快起来，眼神中也有一种坚定的力量，似乎有一种“痛说革命家史”的现场感。

“现代的学校所有的重要性并不在课堂里所传授的课本知识，而在它所形成的年轻人的集团。”在回忆自己年少离家求学的经历时，社会学家费孝通曾这样写道。的确，对于独自漂洋过海的张悦来说，除了自信心的获取，如何在当地找到适合自己的“年轻人的集团”，并在其中获得一席之地，也曾是摆在她面前的另一道难题。

张悦最终还是融入了“整个的氛围当中”。正所谓“自助者，天必助之”，她告诉我，在Drexel的那几年，除了自己信心的不断增长逐渐让她在新环境中站稳脚跟外，更重要的是，她遇到了带领她融入美国社会的三位“贵人”。讲起他们的故事，张悦的语调显得格外铿锵，感激之情溢于言表。

大三之后，会有很多国际学生在交流会上问我经验，问我怎么融入。但我觉得真的没有一个公式可以告诉你，你做到这第一点第二点第三点，你在美国的生活就可以一帆风顺。我觉得我运气的部分其实挺多的（笑），像我高中时的接待家庭、第一个男朋友，包括我现在的未婚夫，都一直在推动我，算是我生活中的贵人吧。

先说接待家庭，他们就好像我在美国的养父养母。有很多在美国的生活习惯其实是他们带着我确立的。比如我一直很喜欢去grocery store（杂货店，这里指大型超市），其实就是从住在他们那里时开始养成的。当时每到周末，他们就会开车带我去买菜，买水果，买完之后再一起吃个冰激凌。另外像怎么办银行账户，怎么给车加油，这些都是他们教给我的。

大一在学校办GCC的时候，认识了我在美国的第一个男朋友，叫Peter，是一个在加拿大出生长大的华人。我觉得在我融入美国社会的过程中，应该说他起了非常重要的作用。其实我之前上高中的时候，我的接待家庭就开始带着我接触美国社会了，但毕竟他们和我不在一个年龄，和平常与我交往的人群没有什么共同话题。而Peter是在这边长大的人里第一个跟我能有共同话题的，他对中国文化了解一些，对美国文化也了解一些，所以就起到了很大的衔接作用。另外很重要的一点是，他虽然说粤语，不说普通话，但他能听懂普通话。这样我在跟他说话的时候，无论是说英文还是说普通话，我都不会感到有什么压力。再加上他有很多美国朋友，会把他们介绍给我，这也让我增加了很多信心。

哦对了，还有一位贵人，刚才忘了说（笑），是我大二时的室友。她是个菲律宾裔的美国人，是个特别开朗外向，说话满嘴脏字的女生，很多俚语她说得都特别溜。就是这么一个人，无形中让我更加理解了应该如何跟别人相处，也理解了美国这个社会的很多事情。当时我本来有可能和一个中国武汉的女孩一起住的——如果我跟她一起住了，我可能就不会有后来和这个美国室友一起说脏话的经历了（笑）。这并不是说，说脏话有多么重要，而是说在开这些玩笑的时候，她让我理解了很多玩笑背后的意义[①]。

除了语言之外还有一点，不知道你有没有注意到，就是中国留学生在这边不是很会穿衣，穿衣的审美跟美国这边的审美差别很大。我这个室友其实是改变我穿衣习惯的一个人。我记得我大二的时候，她有一天过来跟我说，“我要是有你这个身材，我一定不会像你这样穿衣服”。我当时穿什么？夏天的时候大概每天就是穿一件T恤，一条牛仔七分

---

① 在学习外语的过程中，对于脏话的掌握通常更容易。心理学家认为，当一个单词或事件能够激起人的情绪反应时，人们会更加无压力地记下这个单词或事件。

裤，一双旅游鞋。她就说，你怎么从来不穿短裤和裙子？我说我不习惯穿短裤，还是穿牛仔裤比较舒服。她就说，你不能这么穿。那天下午她和我们另外一个室友就拉着我出去逛街，逛了三个小时，买了一整套衣服，都是她们俩帮我选的。后来我发现，当你穿得不同的时候，你的心态也就不一样了，毕竟入乡随俗嘛。而且周围的人看你也会不一样，以前可能人家看你的穿着跟他们不一样，就不愿接近你了。当然了，这并不是说好像你一定要融入美国的主流社会，但既然能让生活变得更容易一些，为什么不去做呢？It doesn´t hurt anybody.（这没有伤害任何人。）

再后来，找到工作之后，就开始和我现在的未婚夫date（约会）。他其实是我以前男朋友的朋友。一开始认识的时候，他对我就有好感，不过我当时有男朋友，就一直没有说什么。而这个人也比较正直，他觉得既然是朋友的女朋友，那自己也不应该有什么想法。后来我和前男友分手后就觉得，这个人挺不错的，所以后来我就去问他，是否交往一下……他是一个特别特别政治正确，特别特别“白”的人。怎么说呢，你就想象一个美国人，一个典型的美国白人，家庭条件比较好、受教育程度也比较好——他就是典型的这么一个人。跟他接触的时候，我就感觉和上学时不太一样，他身边的人，他父母接触的人，全是那种……嗯，不能说是美国主流社会，但是你印象中美国是什么样，可能就是那个样子的一群人。

跟他的交流对我的工作很有帮助，因为我在工作中每天也会接触很多类似的人，他们说话的习惯、谈论的话题、开的玩笑，如果我没有遇到我未婚夫的话，我都不会了解。所以说是他一直在推动我慢慢地进步，去开拓自己的视野，去体验不同的生活。他必然是我生活中的贵人（笑）。

不过说实话，一开始我也没想到我最后会和我现在的未婚夫在一起。上大学的时候，尤其是在大三逐渐有了自信之后，觉得自己特别有野心，也有能力。而他是属于那种——在费城出生长大，生活比较安逸，可能觉得大学毕业之后找到一份工作，就这么过下去了，没有什么野心。当时我觉得，我肯定不会喜欢这么一个人，我肯定还是喜欢那种很有野心，在特别好的公司工作的那类男生（笑）。但接触之后就觉得，和他在一起，我心里就特别有底。我不知道在你采访的别的留学生里，有没有和美国人成为男女朋友或者结婚的，但对于我来说，我觉得感受最深的一点是，不管工作有多忙，不管文化融入有多少，如果你真正有一个依靠——尤其是他在美国，生活条件又是比较好的情况下，你真的是什么都可以不用怕了。当然不能说我找他是为了找一个靠山，但我觉得对于一个外国人来说，这样的关系确实会让自己感觉心里有底。比如说我去年做了一个手术，找什么医院，找什么医生这些问题，对一个留学生来说其实是很大的事情。但因为有他在，就感觉没有什么可担心的了。

讲到和未婚夫的相识相爱，一向严肃的张悦难得地温柔起来，神色中除了一贯流露的坚定，似乎也多了几分娇羞。事实上，这大概也是很多年以来，我第一次完整地听身边的女生朋友讲述她们与美国男友的恋爱经历——在此之前，我一直对这类事情不以为意。然而在听张悦讲述这段经历时，尤其是讲到“感觉心里有底”的安全感时，单身已久的我竟不由得心里一阵悸动。那一刻，我突然想起了“北漂”已久的前女友，想起她在搬出校园自立门户之际，对我无故缺席那一场从房东手里领过钥匙、第一次拥有自己独立的“家”的仪式而流下的眼泪。曾几何时，从未长久地远离家乡的我，还直言不讳地批评她矫揉造作。然而我却没有想到，三年多之后，坐在这万里之外的美国中餐馆里，在与张悦的交谈中，我第一次理解了作为一名“异乡人”，那种迫切地需要获得安全感的心境。

“不过也有不好的一点，就是在有了依靠之后，我个人作为一个中国人的这一面在弱化。”讲完和未婚夫的温情记忆，张悦突然话锋一转，也让我从百感交集的回忆中回到现实。“说实话，渐渐融入美国人这个圈子之后，我身边的中国人越来越少，这一点让我觉得不是很舒服。”

说到这儿，这位“美国的儿媳妇”脸上的神色又一次敛了起来。她略带无奈地，仿佛在向我求贤问计似的，一字一字地说：“我在想，自己身上的一些特点，要怎样才能不被所谓的美国主流文化削弱。”

美国化与世界化

在采访张悦之前的2016年1月，我曾驱车五十公里，来到位于巴尔的摩市近郊的埃里克城，拜访一对旅美已二十余年的北大前辈。在离居所不远的一家咖啡馆里，同样曾在北卡读书的刘菁问我："你们这一代留学生，想回国的大概不少吧？"

我点了点头，略带冒昧地反问道："您二位呢，这二十多年里，有想过回中国吗？"

心直口快的刘菁笑了起来。"至少对我来说，美国就好像是'夫家'，咱总不能有事没事就往娘家跑，是不是？"

夫家、娘家——那是我第一次听到这样的比喻。在此后半年多的采访中，每当受访人与我聊起在美国的"融入"经历，这一对概念竟如挥之不去的幽灵，长久地萦绕在我的心头。

无疑，中美在社会文化上的差异是巨大的。尽管近些年来，席卷全球的消费主义与好莱坞式的文化输出已经让中国的城市渐渐染上美国的气息，但不可否认的是，在深层的价值观上，鸿沟依旧存在：中国社会注重集体意志与互助精神，美国人则崇尚个人觉醒与个人奋斗。中国社会倾向于将真正情感以外的领域人情化，美国人则习惯于让权利义务与人情往来"井水不犯河水"。中国社会强调父慈子孝，父母供子女上学，结婚甚至买房买车，几乎是通行的标准；而美国人则对此不以为然，不仅大学生的学费大多依靠助学贷款支付，就连奥巴马医改中“26岁以下的年轻人可使用父母的医保套餐”的设置，也招致巨大争议……一句话，从“娘家”来到“夫家”，生活的观念、消费的习惯，乃至“公公”的脾性与“父亲”相比，都可谓有着天壤之别①。

正是在这样的背景下，留学生在“融入”一事上往往进退维谷。一方面，为了能够迅速融入社会文化上的“夫家”，以女生居多的一部分留学生以惊人的速度将自己美国化。“从抵达美国那一天起，她们的朋友圈再没有出现一个黄色面孔，全都是和白人一起派对的照片。”李小晓在《别爱曼哈顿》中这样写道，“原本刻板的四线城市姑娘到了美国突然非低胸吊带不穿，朋友圈文字全都变成英文，仿佛她的手机落后得不支持中文输入了一样。”另一方面，随着一些热门学校和专业里中国学生的比例越来越高（有的甚至高达90%以上），诸如“系学生会就是系中国学生会”的现象也屡见不鲜。中国传统中“自我疆界”的不分明，以及“在家靠父母，出门靠朋友”的倾向，也为许多留学生日复一日地待在中国人的圈子里，只在外出购物或就餐时才偶尔用上一两句英文埋下了种子。诚然，“既然已经确定一毕业就回国，那我为什么还要认识美国朋友呢”的逻辑尽管听起来功利，却也无可厚非。不过，只在中国人的圈子中活动，生活的格局亦未免狭小。“他们常常在一个地方一住就是几年，每天在校园里见到的就是那几个人，说的就是那几句话，甚至买东西，去的就是那几家商店。”在《留学美国》中，钱宁这样描述道，“过年过节，也就是几家相互认识的中国同学之间请来请去……大家聚在一起时所说的话，许多都是上一年说过的了，只是说的人忘记自己过去已经说过，而听的人也不记得自己以前是否听到过。”

---

① 有研究表明，按照荷兰学者霍夫斯泰德（Hofstede）对于文化要素的四分法（后改为六分法），传统的中国社会文化与美国社会文化差别最大。

“无论怎样，（融入）这个过程都显得悲壮。”对于这两种极端化的倾向，我的一位学弟曾这样概叹。“夫家”“娘家”、美国化、英文、汉语、身份认同……对于许多留学生来说，应对这样的矛盾已成为每日必修的“功课”，一如百年来面对汹涌而来的西方文化的华夏文明，在惊喜、疑虑与不安中徘徊前行，时而抱残守缺，时而矫枉过正。“我这么做是否不被美国人接受”“我今天的发言会不会让中国朋友感到难堪”——对于一些具有较强自我意识和反思意识的留学生来说，自己的一言一行都有可能成为“吾日三省吾身”中疑虑不安的来源。而正在担心自身特点会“被所谓的美国主流文化削弱”的张悦，则无疑是其中的典型一员。

那么，在“夫家”与“娘家”之外，是否还有别的道路可以选择？在迅速的、不假思索的“美国化”与孤立的、“身在曹营心在汉”似的规避美国文化的影响之间，是否存在着某种妥协、和平相处的可能？我想，这大概正是张悦所提问题的实质。

这个问题，让我想起了雨嘉。

认识雨嘉，是在2015年的夏末。那时我正在华盛顿筹划一期以“走进真实的拉美”为题的沙龙，机缘巧合下认识了正在布朗大学[①]读书、暑期来华盛顿实习的雨嘉。在福建出生长大、高中时去新加坡待了三年的雨嘉，皮肤晒得黝黑，笑起来时，洁白的牙齿显得格外明亮。她戴着一副黑框眼镜，身着一条藏青色的连衣裙，在人群中显得活力十足又不乏庄重。沙龙上，刚刚结束在布宜诺斯艾利斯一年交换经历的她，惟妙惟肖地讲起阿根廷人的日常生活。讲到阿根廷货币贬值，外国人不得不乘船到邻国乌拉圭兑换美元时，听众席上也不由得发出一阵惊叹——真是一条河隔着两重天啊！

---

① 布朗大学（Brown University）是美国八所常春藤名校之一，世界著名的私立研究型大学。该校成立于1764年，坐落在罗德岛州首府普罗维登斯（Providence）。罗德岛州是美国面积最小的州，位于马萨诸塞州与康涅狄格州之间，人口约106万（2016年）。

一半是源自对这段经历的好奇，一半也因为与她的交流大都十分顺畅，我和雨嘉很快熟络起来。在去费城采访张悦的前一周，我刚好路过普罗维登斯，便约雨嘉一起吃饭。雨嘉那天刚刚提交了毕业论文，据说已经熬了好几夜，却仍不显憔悴，依旧是一副活力少女的模样。寝室的墙上，还挂着一幅“业精于勤”的毛笔字，令上小学时因为怕墨水弄脏袖口而退掉软笔书法班的我有些汗颜。“自己写的，别笑我写得差。”雨嘉笑着，带着我向校外的一家韩国料理店走去。

点完菜，我们聊了起来，话题仍然与“融入”有关。从十六岁到二十三岁，雨嘉的社会化是在国外完成的。然而，在华人文化相对浓厚的新加坡和白人社会居于主导地位的普罗维登斯，“融入”的过程有着哪些区别？在体验了东南亚与南美的风情之后，雨嘉的生活与初出国门便来美国读书的留学生又有怎样的差异？这些问题，正是我希望从她那里听到的。

雨嘉的讲述，是从对“适应”一词的理解开始的。她的表达一如既往的流畅，说起自己特别认定的观点时，语气尤其铿锵有力。

我觉得吧，在一个新环境里，你能够结交朋友，这还不能算作真正的适应——这个只能说是你可以在那儿活下去。真正的适应，应该是能够快速地找到自己在这个新环境中的位置。换句话说，你交到朋友是一回事，交到什么样的朋友，在和他们互动的过程中你采用的是什么姿态，这就是另一回事了。很多中国留学生来了之后，会有想挤进一个圈子的感觉，比如说美国人去party（派对），中国学生就也去party……这是一个在尽量放低自己，暂时放弃自己原来东西的过程，也是“适应”的一个阶段。但要多快地走过这个适应的阶段，最后找到一个双方都舒服的方式，这可能是我当时在新加坡学到的一点。

在新加坡的时候，每天考虑的最基本的一件事就是，要在多大程度上接受新的语言。因为在当地你既可以说英文也可以说中文，那你在多大程度上说中文，这个当时在我们看起来觉得是一个涉及是否“忘本”的事（笑）。比如说，当时我和我的室友商量，说能不能周一到周五说英文，周六周日说中文。她本来是答应了，结果只坚持了三天，因为她还是觉得，不说中文就是在取消自己中国人的身份。然后就是唱国歌的问题，那时我和她每天吵架最多的事，就是每天唱（新加坡）国歌的时候我们要不要唱的问题。我自己是觉得，只要我认同自己中国人的身份，那我唱不唱新加坡国歌，或者唱不唱美国国歌，是一件无所谓的事情。但对她来说，就不能接受，后来呢，干脆就不理我了（笑）。

现在想想，来美国前先去了新加坡，其实对于我之后不断适应新的环境还是很有帮助的。尽管在新加坡也发生了和我室友这样的争论，但重要的是，在那样一个环境中，我经历了很长一段思考的过程——现在去看我当时记的日记，每一件鸡毛蒜皮的事儿都会写一篇长篇大论。但也正因为经历了这样的思考，我开始有了一个“度”的概念，就是要在进入新环境前认真地想一想，什么是自己愿意放弃的、可以放弃的，什么样的生活和地位是自己想要的。如果出国前没有这样一个思考过程，那你为了挤进新的环境，就会很被动。比如说一些留学生过来之后，可能会吸毒，沉迷夜店，乱花钱，等等——尤其是在纽约那个环境，之所以更容易，我觉得一方面是因为社交的需求——如果你不这样，好像就融不进这个环境[1]；但另一方面，其实也是对自己缺乏思考。在

---

① 除雨嘉提到的“同辈压力”因素外，在“融入”过程中遇到困难也会带来类似结果。凯利·麦格尼格尔在《自控力》一书中指出，无法获得所属“圈子”的认同会削弱当事人的意志力，其抵抗外界诱惑的能力会下降，做事时更容易分心，也更容易在面对具有挑战性的任务时选择放弃。另外，雨嘉所提到的吸毒等问题也与留学生在国外的言行缺少外界制约条件有关，这一点笔者会在第五章“性灵”中做详细论述。

一个完全不一样的环境中，如果没有掌握好这个“度”，就很容易被带进去。

有了这个“度”之后呢，从新加坡再来美国的时候，虽然文化上和国内的不同比在新加坡时更大，但适应的过程我会感到舒服很多，对于自己在新环境中“融入”多少，也并不像在新加坡时那样强求了。

比如说在姐妹会。你想到美国的时候，可能想到的最“美国”的东西就是兄弟会、姐妹会了[①]。我当时知道我不会喜欢那个环境，但是我还是愿意去尝试一下。我们学校本来有两个姐妹会，一个是白人主导的，有不少有钱家庭的孩子，有比较严格的筛选机制，另一个主要是亚裔或者是黑人。后来我参加的那一年，新建立了第三个姐妹会，主打diversity（多元）的旗号，白人、黄种人、黑人都有，我觉得比前两个有意思，就去试了试。

我在姐妹会里做什么呢？做secretary（秘书），council member（委员会成员）。但是我后来发现，要让我融入这个美国的文化，其实是很困难的。因为她们组织的活动，她们认为有意思的活动，我都认为很没意思。比如说我们学校有八个兄弟会，我们每一周或者两周跟其中一个兄弟会搞联谊。不是说让你去相亲（笑），其实就是喝酒，搞party。一个月要交300美元的会费，一个学期就是900多，那拿这些钱来干吗呢？就去买酒、装饰场地。

到第二年的时候，我基本就退出来了。说实话，姐妹会在美国也搞了一百年了，但是这种形式，我看不到它的生机在哪里。当然了，很多人加入是为了networking（社交），毕竟不同专业、不同背景的学生都希望彼此认识，交些朋友。

---

① 兄弟会（fraternity）与姐妹会（sorority）通常用1–3个希腊字母为名，学生参加时需要缴纳会费，美国学生多视入会为拓展人脉的机会。

但在我看来，如果你的活动形式都是这样的话，那么实际的networking效果是非常差的。换句话说，性价比很低。另外就是，在简历上你可以写一笔，说你在姐妹会负责什么。我个人觉得这是一个非常虚的过程，但美国人真的是非常喜欢——对于他们来说，加入姐妹会是一件非常大的事情。你去看看姐妹会那些人的自拍，那真的是跟轰炸一样（笑）。所以我当时真的是很努力地去试了，但是一年之后我就从council（委员会）基本退了出来。真的是试了，但是觉得没有给自己的人生带来什么价值，我觉得就没有必要再去融入了。我觉得，任何东西你都要open-minded（思想开放）地去试，但是同时也要知道什么时候适可而止。我知道我过来不是为了找热闹，我是为了认识一些人，那我在认识了一些人之后，可能就会转去一些更学术的活动，或者去其他的一些社团。

后来去阿根廷交换，也有这个“度”在，但体现在另一个方面，就是人与人之间的关系问题。我不知道有没有给你讲过，第一次过去的时候，我发现人们的肢体接触特别频繁。比如有一次遇见一圈朋友，我一看，以为都是一对一对的。结果第二天再一看，怎么这么快就换了——牵手的人和第一天不一样了（笑）。中国人对这个还是比较敏感的，我们倾向于在关系上有一个清晰的界线，觉得如果我们不是恋人关系就不应该卿卿我我。但是到了那边之后你会发现，他们觉得只要心里知道彼此是朋友就行了，拉拉手、亲亲脸都没有什么。当然了，他们不接吻（笑）。

这些都是待了一段时间以后才会发现的。刚去的时候，他们要搂我抱我，我也会很不舒服。但是过了一段时间之后，发现这是一种social norm（社会规范）之后，就会去想，能不能接受这种方式，能接受到什么程度，就是说在尊重当地文化的基础上，找到一个适合自己的度。这种思考肯定是要放到当地的环境中才能完成。如果是没有体验过的人，那你跟他们说了也是白搭。一个是，他们平常根本不会想到这些事。再一个，如果没有切身经历过自己调整的这个阶段，这种度其实是非常难找的。从这个角度来说，我其实是很庆幸自己能在上学的时候，就经历了这几次比较大的环境变化。就像你刚才问的，建立起一个“度”之后，是不是把我放到墨西哥、哈萨克斯坦或是埃塞俄比亚去，我都能过得比较自如……虽然这么说有点夸张吧，但是我觉得，你现在把我放到墨西哥或者其他什么地方去，我可能第一天会去观察当地的social norm，第二天就会和当地人一样了（笑）。

当然了，融入多少这个事儿也跟性格和成长经历有关。你看我这种，已经算是喜欢出去交朋友，喜欢到处晃晃的人了。不过还有一部分人，他们好像觉得为了让自己在哪里都是一样的，必须要给自己建立一层保护膜。比如说我在新加坡时的那个室友，就是很宅的一个女生，也不太愿意在别人面前展现自己。其实我们是很好的朋友，有什么事儿她不愿意跟家里说的，会过来跟我说。但在外面，她就不怎么愿意跟当地人接触，去参加活动什么的也都是坐在角落里不说话。我就有点苦口婆心地想把她拉出来，但每次她都说，她一直就是这个样子，干吗非要为了迎合别人而委屈自己？为了这个事儿，我们没少争执。

后来她去了英国，现在在牛津。她也在慢慢改变，最近也在问我是不是自己太宅了，如果想交些朋友应该怎么办。不过还是会拘谨，和别人打交道还是会不自然。跟她聊得多了，我其实也在想，我之所以很喜欢跟她聊天，是不是因为在她身上看到了出国前的自己？直到现在，她都可以算是一个保存得非常好的传统的中国人——家里也是非常传统的，不太和外人接触，从小也没有谈过恋爱。她现在跟我聊天时传达的一些观念，说实话，会让我在心里想，她真的已经出国这么久了吗?

不到半个小时的等餐时间，雨嘉已经把七八年来的经历感受“一网打尽”，让刚刚拾起筷子的我有一种关公斩华雄后“其酒尚温”的惊诧感。讲述时，雨嘉显得从容不迫，游刃有余，这大概一方面是因为她不必像张悦那样，将自身的“融入”与未婚夫的想法感受捆绑起来通盘考虑的缘故，另一方面，也与她少小离家便“周游列国”，在不断地对比中思考着中西方文化，思考着自己在新环境中所处的位置有关。

回学校的路上，我们又陆续遇到她在学校里的几位朋友——美国的、拉美的、韩国的，都有。雨嘉和他们亲切地打着招呼，并把我介绍给他们认识。由于马上就要毕业离开校园，这几次“偶遇”可能是他们在普罗维登斯的最后相逢，几位朋友都送给她热情的拥抱，雨嘉也一一与他们相拥。看得出，在普罗维登斯这座白人文化主导的小城，雨嘉无论是关注的话题还是社交的圈子，都呈现出一种鲜明的“世界化”（而不仅仅是“国际化”）倾向。在她的生活字典里，似乎只有“朋友”，而没有什么“美国朋友”“中国朋友”“拉美朋友”或者“印度朋友”的区别。在某种意义上，这正是一种世界主义者（cosmopolitan）的观念。而有趣的是，当她有意识地审视和扬弃一些自己固有的习惯，以一种开放的心态有选择地接纳当地的文化风俗时，她并没有走向自己所担心的“忘本”歧途（虽然是否唱国歌的问题至今依然会引发争议），而是越来越接近于传统中国文化中“四海之内皆兄弟”的古训：“君子敬而无失，与人恭而有礼，四海之内，皆兄弟也。”

这让我想起临去美国之前，父亲对我的担忧——他担心我总生活在中国人的圈子里，而无法真正适应美国的生活。对于这一点，我当时的回答显得是那样“斩钉截铁”——“我会择善而从，”我踌躇满志地说道，“和中国朋友聊得来就和中国朋友聊，和美国朋友聊得来就和美国朋友聊。总之，要不卑不亢、不偏不倚地与别人交往。”然而现实是，真正做到不卑不亢、不偏不倚，又何其难也！语言的短板、成长环境的不同（比如难以与美国朋友讨论《葫芦娃》或《三国演义》）、中西文化在待人接物上的差异（我曾长久地以为我做中文家教的那一美国家庭待客不周，只因授课结束时女主人并未送我到大门——后来才知道“贵客自理”实为主客关系亲近的体现），以及留学生圈子中“同辈压力”与从众心理无处不在的影响，都会让原本清晰的个人与他人的界线变得时而僵硬，时而模糊不清，时而甚至显得面目可憎。在美国的那几年，我一度既没有美国朋友，也失去了原有的中国圈子，只得在遥远的异国茕茕孑立，踽踽独行。

也许正像雨嘉提到的那样，在只身赴美之前，我并没有在“融入”这一问题上建立起一个清晰的“度”。“度”看似抽象，但从根本上来说，它又在不断地提醒我们，无论是“完全的隔绝”还是“完全的融入”，在理论和实践中都无法实现。“完全的隔绝”自不必说——在这样一个万物相连的时代，没有人可以“闭门造车”。与之相比，“完全的融入”却时常带有浪漫色彩——在国人心目中，美国往往是“民族的熔炉”的代名词，而“合众为一”（E pluribus unum），更是作为美国国徽的格言为国人所熟知。但事实上，完全美国化式的“融入”越来越表现为一种理想，而并非现实。早在20世纪60年代，就不断有学者指出，“熔炉”式的同化其实是人们想象中的一种“童话”，不同族裔的多元文化在保留自身完整性的同时和谐相处（即“沙拉碗模式”），才是美国社会现代化进程的结果和保持社会活力的重要元素。菠萝、胡萝卜、生菜、黄桃、玉米粒——它们的口感自然各有不同，但沙拉酱的存在保证了每一勺滋味的相对稳定。而沙拉酱在每一种食材中的浸入程度，我想，大概就是雨嘉所说的“度”。

这种“度”的建立，自然不是一蹴而就的，它是在不断地反思与对比中渐渐形成的。而其基础，正是中国社会历来缺少的清晰的自我意识。“一个害怕落单而必须常常和别人‘在一起’、不敢‘脱离群众’或‘掉队’、总是要由别人定义自己，因此不能脱离这个定义自己的符号系统而去单独面对世界的人，在另一个独来独往、由‘自我’这个基础通过内省的方式去定义外在世界，而又不断去使自己面对以及享受新经验的人面前，就会感到自己整个人都好像很单薄，别人的内容好像比自己丰富。”在分析从传统文化环境中成长起来的中国人面对外国人的心态时，孙隆基曾在他的著作《中国文化的深层结构》中这样写道。在他看来，个体意识的不发达，正是许多中国留学生在“融入”问题上呈现两极分化的原因之一：一方面，“在一起”“圈子”意识的无孔不入，促使“由同一个地方来的人所组成的圈子，很快地就变成一个‘母胎’”，于是“往往就是自己人抱成一团，既不需要私生活……更没有对外界的好奇心”；另一方面，“觉得自己的想法总是站不住脚，而对方在任何事情上都比自己有主见似的”，也导致一部分留学生对于“融入”抱着一种“多快好省”和“拿来主义”式的急功近利，甚至像我的一位受访人描述他的一名同学时提到的那样，“恨不得自己原本就长着一副白人的面孔”。

“你不需要去考虑什么中式思维或者美式思维，因为重要的是‘你在思考’这个问题本身。”后来在回答一位学妹关于中美思维差异的困惑时，我这样写道，“不要像很多人一样，用‘你我思维方式不同’作为借口，去掩盖他们其实根本不在思考的事实。”事实上，这句话也是我对雨嘉所强调的“度”的个人总结。

落笔的那一刻，我再一次想起了雨嘉。

海报设计师

有这样一种说法：融入美国有两大标志，一是加入教会，二是成为当地橄榄球队的套票会员。程博并没有成为会员——他加入的，是球队的志愿服务队。

程博——我本科时代的好朋友，正在宾夕法尼亚州立大学[1]读博士的文艺青年，是在2015年的夏天开始为学校的橄榄球队设计海报的。感恩节我们通电话时，他已经为球队设计了好几幅比赛海报，图上色彩鲜明，元素众多，与他此前迷恋的极简风格差别很大。“我吧，现在P（修）图的速度比以前更快了，但构思花费的时间也比以前更长。”聊起自己的“设计生涯”，程博在电话中不紧不慢地告诉我，“像今天的这张作品，我已经花了六个小时。”

对于程博在美国做海报，我并不感到意外。早在本科时代，这位在四川攀枝花长大、肤色黝黑的学生会干部就以在业余时间为各种活动设计海报而出名了。我好奇的，是他如何产生了服务学校橄榄球队的想法——在一般人的印象中，五大三粗的橄榄球运动员与文弱娇惯

---

① 宾夕法尼亚州立大学（The Pennsylvania State University, PSU），美国著名公立大学，被誉为“公立常春藤”。建校时，宾夕法尼亚州两大城市费城与匹兹堡都希望学校建在自己城市附近，最终妥协的结果是，主校区University Park建在了两大城市之间的小城斯泰特克里奇（State College，又称“州学院”）。

的中国留学生，即便不能说“形”同陌路，至少也是“道不同，不相为谋”。尤其是，在来美国之前，程博在北京过的一直是一种自得其乐式的生活——挎着相机穿梭在北京的大街小巷，抑或是从自己听过的数百张专辑里信手拈来几曲为我们一同合作的话剧或是微电影配乐，已经成为他沉浸在自己世界中的标志。而现在，他却仿佛变了。在遥远偏僻的斯泰特克里奇，橄榄球与P图似乎才是他生活的核心。微信朋友圈上，那一张张在酒吧里与志愿者们推杯换盏时的合影，还有那每场比赛后尖锐而不乏戏谑的评论，似乎在时刻提醒大家：我爱球队，球队让我快乐！

“这半年来，究竟发生了什么？”在启程探望程博的那个圣诞节前的下午，我不禁这样想道。

斯泰特克里奇是一座典型的大学城，坐落在宾夕法尼亚西部的丘陵地带，与各大城市都有至少三四个小时的车程。我驾着已有十几年“高龄”的二手车“步履蹒跚”般地驶进小城时，夜色已深，街道上不见什么行人，车也很少，大概是美国大多数大学城放寒假之后的一贯模样。程博住在离学校五分钟车程的一栋公寓楼里，室友是他的一位师兄，正在接待从离华盛顿不远的小镇罗克维尔过去看他的女友。我进去时，程博正在厨房里炖排骨。由于房间的暖气开得异常“凶猛”，他像不少美国男生一样，冬天里仍穿着短袖短裤在屋子里走来走去。透过浅绿色的T恤，明显看得出他健硕的胸肌，这让一向嘲笑他小肚腩的我惊讶不已。“看来进了橄榄球队就是有效果啊，胸肌都有了。”

“哪有，都是在健身房练的。”程博笑着，“大家不是都说嘛，村里只有两件事，健身和做饭。”

排骨还没有熟。程博让我先把行李放下，到他的卧室休息。卧室很整洁，格局也很讲究。房间的墙壁上，张贴着几张球队的海报，其中既有程博制作的比赛海报，也有一米多长的球队全家福。床头的小桌上，不出意外地摆放着一台迷你音响。一进屋，程博便拧开转钮开关，带有浓郁拉丁风情的悠扬歌声很快在房间中回荡起来。

“咱们聊点啥？”程博靠在床头，翘着脚，一边刷起手机段子，一边问我。

“就从你参加球队的面试讲起吧。”我说。

现在想想，通过球队的面试应该是我来美国之后最开心的事了，因为之前从没有想到自己能有资格获得这份工作。

那是上学期期末，考计量经济学之前，我在图书馆自习，刷Facebook，刷到了球队发出来的一张图，说要招图像设计方面的志愿者。申请人要交一份简历，交一个作品集，再交一个设计样本，截止日期是考完之后五天。我就觉得，虽然自己是非专业的，但是毕竟自己以前设计过海报，再加上对球队也感兴趣，去尝试一下也无妨。所以我考完计量之后就在家闷了四天，整理了一下之前自己做的东西，做成了一个册子，又做了一张海报，准备了一份简历，投出去了。然后就杳无音信了，整个暑假都杳无音信了（笑）。

为什么对这个感兴趣？一个是之前自己就在做海报，这个事儿你也知道，但我开始做的时候比你知道得更早——我上大学之前就开始做了。我从小就画画，上中学时也对画板报这些感兴趣。那时高考完，反正也没有事情做，我爸就跟我说你不是喜欢设计东西吗，我的一个朋友就是搞这行的，你要不要跟他学学？我一听觉得好啊，就跟那个叔叔学。所以刚入学的那会儿咱们组织第一次学生会活动，邀请函就是我设计的，不过这事儿太早了，你可能都忘了。

还有一点，我本来就有计划如果顺利通过资格考[1]的

---

① 指美国高校博士项目的资格考试，只有通过该考试，博士生才能够继续进行其博士项目。在不同学校和不同专业，资格考试的时间会有所区别。关于美国高校博士项目的具体情况，第四章中的“当我们谈论PhD时我们在谈论什么”会有更详细的论述。

话，第二年就会参加社团。不管参加什么活动，都要走出自己的comfort zone（心理舒适区），因为不想一直在一个圈子里待着。第一年要准备资格考，压力是很大的，有很多文化的东西第一年都很少有机会去了解，包括第一年我去看球，很多东西都看不懂。即使在家看电视直播，也有很多东西不完全懂。而第二年如果考过了资格考，就没有像第一年那么明显的压力了，我就觉得我应该去做这样的事了，应该给自己更多的机会去融入这个环境。

一直到我资格考之前，才有邮件通知我参加面试。开学的那个星期四面的试，其实都是一些很水的问题，比如你的兴趣爱好、什么时候毕业，等等，而且面试我也认真准备过的。但真正去面试的时候，我整个人依然处于一种非常愣神的状态，因为我从来没有参加过设计方面的面试，何况还是英文面试（笑）。不过有一点非常好，就是中国面试官不会在面试当中就给你鼓励，但是外国面试官会。他们听完你说的话之后会给你正面的反馈，比如跟你说“不错不错”，所以渐渐地后来我就聊high了。再加上在之前等待面试的时候我见到了主教练，问我学什么，我跟他说我是来念博士的，但因为很喜欢做海报设计又很喜欢球队，所以想来试试。主教练跟我说“I like you”（我喜欢你），这让我特别激动，能量非常正。最后选人我感觉也并不是完全看作品来招的，因为当时我们面试的八个人里至少有两个人是设计专业，但最终录取的四个人里没有他们。我自己的作品集从理念上肯定还是和设计专业的人有距离，但也许是因为他们正好是在学校的最后一年了，不知道毕业之后会去哪里，球队就没有录他们。

现在我是在recruiting team（招募组）做志愿者，这个组主要的工作是吸引和接待高中生毕业来我们学校加入球队。用国内的话说，大概就是“体育特长生”了。每次比赛前，他们都有专门的渠道来报名，来了之后球队会有人去量他们身高臂长等数据。他们在球场里有专门的座位，能见到我们的教练，还能在场地上观看球队的准备活动。所以我除了做海报，在比赛日的时候还要接待他们，给他们登记信息。像周六的比赛如果是中午12点开始的话，我大概6点就要起床，7点30分赶到球场和同事们集合。不过有一点可惜的是，NCAA[①]的管理很严格，除了像签到这样的场合外，不让我们这样的志愿者和这些高中生有交流。

之前跟你说过，我现在虽然P图更快了，但在构思上花费的时间会更长，换句话说，就是活儿更难了。因为在国内做东西的时候，你是清楚自己用的元素是否合适的，你知道需要把哪些元素放进去。但是在这边，完全不一样。因为你不了解——或者说不够了解这边的文化，所以就不清楚哪些东西应该放，哪些东西不应该放。比如说今年我做的第一张图，是我当时在学生球迷看台拍的一张照片，是一个非常漂亮的妹子，很性感。她那个动作真的很性感，就是用手指着你，非常high（兴奋）地加油的感觉。我就把这张图片放到海报上，因为recruiting team（招募组）要吸引新球员来，所以我当时起的标题叫作“We Want You”（我们想要你）。当时我在想，美国征兵的广告就是这样的标题，很经典的。我当时自认为这是一个很不错的创意，而且我在设计时还用了一个炫酷的效果。然后我就给老师看，老师说很不错，但可能标题要再考虑考虑，因为不知道如果女性球迷看到之后会不会觉得被冒犯了。正好这时候有我们另外的一个同事，一个小姑娘，来办公室，老师就说来来来你也过来看看。结

① NCAA全称为National Collegiate Athletic Association，即美国全国大学体育协会。该协会由美国千百所大学院校参与结盟，其主要活动是每年举办的各种体育项目联赛，其中最受关注的是上半年的篮球联赛和下半年的橄榄球联赛。

果她看完之后立刻就说，这个标题“暗示性”太强，必须换。我们又去问了另外几个人，有男性也有女性，他们都觉得图做得不错，但标题确实得再斟酌——其实给自己的球员看还好，但就怕如果有媒体捅出来，问题就大了。

再比如说今年感恩节之前，老师说这周要做一个与感恩节有关的图。我就和另外一个设计师商量了一下，融合了一下我们的创意，做了一个图拿给老师看。老师看了之后就说，图是很好看，但你没有觉得感恩节的气氛太淡了吗？那张图我用的是一个蓝天白云的背景，是我能找到的唯一一张好看的球队合影的照片。他说感恩节的气氛淡了点，那我就在想，感恩节有什么东西可以放呢，火鸡？枫叶？红色黄色，还能有啥？好像想不出什么了。后来老师就说，你能不能把背景改成暖色调。于是我就改用了一张晚霞的照片，把背景改成了暖色调。这一版倒是通过了，但说实话我依然觉得做得没有那么“感恩节”。

所以你看到了，作为设计师来讲，这样的事情就是一个很大的挑战，因为你完全不知道感恩节对美国人来说意味着什么。你可能知道在感恩节人们会家庭团聚，会吃火鸡和南瓜，但是你很难想到怎么样把这些元素放到作品里。在中国的时候，就不会有这些问题，因为中国的文化我们很了解。不用说节日，即使是为自己所在的学校或院系设计海报，你也清楚应该加入什么元素进去。所以我每一次遇到这样的活儿就会特别愁，因为我做出来的东西可能我自己认为是有吸引力的，但我不知道受众是否真的会接受，我不知道我做出来的东西在美国有多高的接受度。

说实话，有时候我会觉得我的同事设计的海报有点脏乱，虽然他们自己觉得用的技术挺酷炫的（笑），但我不知道最后人们对我们的作品哪一个接受的程度更高，会不会人们更喜欢他们的。比如说像之前这个赛季最后一场比赛打密歇根[1]，我们叫White out，就是所有观众都穿白色[2]。我当时在脑子里有一个草稿，在想如果是我来做的话，我会用一个很干净很简单的背景来做。但因为老板看到我有其他活儿在忙，就把这个活儿交给了我的搭档妹子。她最后弄出来的一套，白色很少，背景全是砖墙似的那种灰色的纹理。当时我的第一反应就是，这个根本就和White out没有关系嘛——哪怕是"White out"这几个字，她都用的是从浅灰到深灰的渐变。不知道她的这个图最后有没有被采用，也不知道效果如何，但至少从这件事你可以看出，在文化上你并不能和别人想到一块儿去。

听到最后这一两段的时候，我逐渐陷入了沉思。的确，在来之前观看程博发给我的海报时，我就注意到他在设计手法上的变化，也不时听他讲起现在一套图要做三四天才能完成。不过，我却从来没有思考或想象过这作品背后的故事：一个在中国社会成长起来的业余设计师，与设计、传媒或艺术专业出身的美国年轻人相比，在创作理念上有着怎样的不同？来到一个陌生的国度，面对"感恩节"这样并非闻所未闻却也只有一知半解的文化符号，会是一种怎样的束手无策？而对于"We Want You"一事所反映的美国社会秉持的"政治正确"的原则，作为中国留学生，又怎样才能在彰显个性的同时避免对当地文化习俗的冒犯？这些问题，都是我以前并未意识到的。

程博跟我说，作为球队志愿服务队里唯一的中国人，也是唯一正在读博士的学生，他虽然在工作中与同事们关系非常好，私下里却很

---

① 指密歇根大学安娜堡分校（University of Michigan, Ann Arbor），建于1817年，是美国著名公立研究型大学。该校橄榄球队非常有名，其橄榄球场是美国最大的橄榄球场，也是全世界最大的体育场之一。

② 据程博介绍，在遇到像密歇根大学这样的重要对手时，观众一般会采用如White out的方式，形成震撼效果。类似的做法还有Black out，即所有球迷都穿黑色，以及Stripe out，即球迷按所在看台的不同身着或黑或白的衣服，使整个体育场的看台呈现出"斑马"式的颜色格局。无论采取哪种方式，场面都十分壮观。

难有一起出去玩，进行更多交流的机会。为此，他常感到惋惜。但与此同时，他又感慨道，仅仅是每周两天的志愿服务经历，已经让他受益匪浅。在海报设计过程中体验的“隐形”的文化碰撞和交流，竟比实实在在地与当地人的交谈互动更有启发——这一点，也是在我采访的众多留学生中，程博留给我的最深刻的印象。

第二天中午，斯泰特克里奇下起了小雨。正沉浸在“暖冬”里的小镇一下子凉了下来，却没有阻挡程博带我参观校园的热情。离学校的橄榄球场“海狸大球场”越近，程博的兴奋就越溢于言表。“我们这个体育场据说是全球第三大。”他不无骄傲地介绍说。

我抬起头望着这座程博心目中的圣地——十万余个深蓝色观众座椅密密麻麻，巨大的比分显示屏矗立在有十二三层楼高的建筑顶端。体育场前栽种着一排排金黄的，“暖冬”中树叶尚未完全脱落的银杏，背后则是一大片宽阔的草坪和空空荡荡的停车场。

“只可惜，这么大的体育场，每年也就在主场打七场比赛。”程博叹了口气，略带无奈地讲道。

事实上，既然提到了体育场，就不妨说说美式橄榄球这项运动本身——在美国，人们对橄榄球的狂热，着实令许多中国留学生目瞪口呆。一来，由于美式橄榄球的规则是以双膝着地处为进攻停止处，选手又都比较强壮，大部分情况下球员只有用力撞击或抱摔对方，才能达到拖住对方，不让对方拿球前进得分的目的，因此在比赛场上，人仰马翻往往是家常便饭。所谓“内行看门道”，美国观众从小耳濡目染，大概早已习惯了这样的运动方式，看比赛时往往会为球员的跑位或是球队的战术而津津乐道。然而对于许多“喜静不喜动”的中国留学生来说，他们往往并不熟悉比赛的规则和战术，感受不到四分卫的指挥调度究竟起到了怎样的作用。一进赛场，首先映入眼帘的便是一群五大三粗的壮汉在草地上扭成一团。对他们来讲，场上发生的这一切，往往只有“暴力”，没有“美学” 。

二来，几乎每一场橄榄球比赛都能成为美国人的一场盛大节日。

且不说中国人已经渐渐耳熟能详的“超级碗”[①]，即便是一场普通的常规赛，也会有成千上万的球迷蜂拥而至。球场内山呼海啸一浪高过一浪，还常常有管乐队前来助威，无论自己的球队落后多少，都精神抖擞地奏着欢快的进行曲。而在像斯泰特克里奇这样远离大城市的地区，周末的一场大学橄榄球比赛往往会成为方圆数百里居民一周的生活重心。人们开着汽车（甚至房车），从四面八方纷至沓来，在球场外喝啤酒、吃烧烤、办派对，甚至露营。“如果周六打比赛的话，很多人周五晚上就会开着房车过来，吃烧烤，看比赛，一直吃到周日下午才回去。”穿过球场外的停车场时，程博指着几排大型车的停车位介绍说。

和许多中国留学生一样，我对美式橄榄球并不感冒。在从球场回去的路上，我问程博：“你在球队做志愿者这件事，你周围的人怎么看?”

“大概没有什么吧，当然也有人说不理解。”程博嘬了嘬嘴。

“谁这么说?”

“比如有一个俄罗斯同学，在网上看到我发出来的照片，就在下面留言，说你怎么会喜欢这么无聊的运动。”

还没等我反应，他很快又补了一句，“但是马上就有一个韩国同学跟我说，你别理他，我觉得你照得挺好的。”

我笑了，没有再继续问下去。我想起前一天晚上尚未与程博聊完的跨文化交流问题——在我的印象里，以及在我所阅读的研究中国留学生的论文描述中，许多中国留学生都缺乏了解美国社会的热情，甚至缺乏了解他们身边的美国学生和其他国家留学生的动力。不少留学

① 即美国国家美式足球联盟的年度冠军赛，一般在每年1月最后一个或2月第一个星期天举行，那一天称为超级碗星期天（Super Bowl Sunday）。“超级碗”是每年美国收视率最高的活动，电视观众通常超过1亿，因此常被中国留学生称为“美国春晚”。另外，在“超级碗”比赛当天，许多美国人会举办各种各样的聚会，“食量惊人”。据统计，在2014年“超级碗”比赛当天，美国人消费掉了12.5亿只鸡翅，1120万磅薯片和5000万箱啤酒。

生白天与中国同学一起上课、写作业，晚上与同一批或者另一批中国同学打牌、玩游戏、看电视剧，“像连体婴一样抱团在一起”，“圈子牢不可破，别人也休想打进去”。这其中，我印象最深，是清华大学阎琨与美国亚利桑那州立大学波林纳合著的一篇论文。在这篇论文中，他们这样写道：

> 一方面，中国学生与美国人的社交有限。他们中的大多数人与美国人处于社交隔离状态，而沉浸在抽象的技术学习之中。另一方面，对大多数中国学生来说，这样的隔离又是自发的。他们平时说普通话，主要与中国同学或者这一族群中经济社会地位相似的人交往。其结果是，中国学生不可避免地陷入了一种精神上的矛盾——一边是西方式和美国式的工作环境，另一边则是东方式和中国式的个人生活。[①]

还有一段写留学生在这一问题上的心态：

> 一位读化学的中国女生说：“我很享受和中国同学在一起用中文交谈，但同时我又为我的英语水平没有像之前期待的那样得到提高而感到内疚。这么多年以来，在提高英语能力和用中文进行人际交往之间所形成的矛盾，依然会萦绕在我心中，让我感到压力。”参与我们访谈的中国学生表示，他们的同胞能最好地满足他们的社交和情感需求，而很少有人把美国人作为主要的社交圈子。尽管如此，大多数中国学生同时也认为，脱离社交活动和把自己限制在中国人的圈子里让他们与美国文化更加隔绝，而这会对他们的文化适应和

---

① 原文为英文，下同。参见Yan, K. & Berliner, D. C. (2012). Chinese international students in the United States: demographic trends, motivations, acculturation features and adjustment challenges. Asia Pacific Educ. Rev., 12, 173–184.

英语水平的提高起到负面影响。

我把这些讲给程博。程博想了想，随后开启了我们之间的第二次长谈。

其实在来美国前，我就知道很多中国留学生并不太融入美国人的圈子。的确，会有一些人不太喜欢与别人沟通。就像你说的，他们可能本身就喜欢独处，既不太与中国同学说话，也不太与外国学生说话。但对于我观察到的很多中国留学生来说，他们并不是因为这个原因而很少和外国同学交流——因为平时他们和自己的中国同学聊得很多，也聊得很随意。比如说我有一个同学，来美国前在荷兰上学。我起初觉得既然他在欧洲待过四年，那么一定和外国同学很聊得来，结果却恰恰相反。他跟我说，他在荷兰时，能不说英文就不说英文。我问他为什么，他说有中国同学啊，平时用不到英文。

我们专业有二十几个学生，其中有一个台湾学生，六个大陆学生。这六个大陆学生除了我和一个女生外，另外四个人并不怎么与外国同学交流。理由很简单，他们觉得和外国同学没有什么好聊的。彼此有什么爱好，喜欢什么电影什么音乐，他们会觉得聊这些是很无趣的事情，不会有什么实质性的交流。

但实际上我觉得，重要的问题在于，文化交流这种东西并不是一个可以一气呵成的事情，很多时候它是以一种渗透的方式进行的。闲聊看起来没有意义，但很多时候你要想和别人交流，就是要通过闲聊——甚至是彼此的表情和身体语言，慢慢地去感知别人。举个简单的例子，我们系里很多同学经常在一起互黑，也就是开彼此的玩笑。开玩笑这个事情虽然小，但是时间长了，你会渐渐发现对哪些国家的学生来说，哪些玩笑是不能开的，你会发现来自不同国家的学生，他们的笑点不同。而对于幽默的理解，这本身就是文化的一种反映。

比如我们这个项目，基本上没有什么美国人，都是各国的留学生，有中国的、印度的、俄罗斯的、塔吉克斯坦的、白俄罗斯的、格鲁吉亚的、越南的、韩国的，甚至还有多哥的。跟这些人聊的时候，你就会觉得真的有很多收获。就拿那个格鲁吉亚的同学来说吧。和他交流之前我对格鲁吉亚其实没有什么了解，只知道它是一个东欧国家[①]……你会觉得这个国家和你没有什么关系，也不知道这个国家是什么情况。但和这个同学熟悉了之后我发现，在格鲁吉亚人与人之间的关系非常近，就是那种朋友是亲人般的近，这种感觉是和美国不一样的。他们没有多少现代经济，还是很田园的那种感觉。他在格鲁吉亚的朋友种葡萄，熟了之后一半卖掉，一半酿酒，大家一起来喝。我们可能已经习惯了现代化的社交方式了，但在格鲁吉亚，人们交往的圈子会更小，更在乎和自己身边的人过得开心。

我觉得我比较喜欢和他们交流，和我从小的性格有很大关系。我从小看的电影听的音乐都非常西化，对新东西接受的程度也比较高。当时父母和老师把看外国电影、听英文歌看成是一个学习英语的方式，因此没有干涉。但毕竟，学习英语只是一个方面，更重要的是，通过接触这些东西能够感受外面的文化。这一点可能也体现在旅行方式上，比如说每次我去一个地方，我不仅在看，也在观察那里人的生活。我会去听导游讲他自己的成长故事，去当地的博物馆看他们的文化。

---

① 格鲁吉亚实际上属于亚洲。

讲完了与周围同学的交流，程博也对自己前些年的懈怠进行了反思。

其实在北京读书的时候，很多人都有了更多的机会去接触外面的文化，但我没有把握住。一方面呢，感觉在北京还挺自得其乐的，比如在学生会有工作，周围有很多朋友，对北京越来越熟悉，周末还可以出去逛逛，拍拍照，这方面都挺好。所以每次遇到出国交换的机会什么的，我虽然觉得应该申请，但都总能给自己找到借口，并且还心安理得，因为我觉得我手头总有事情在做啊。另外呢，也是当时觉得自己成绩差（笑）。上高中的时候一直觉得自己成绩挺好的，觉得在上了一个好大学之后会有很多机会可以出国——那时候觉得出国是一件好简单的事情。但等到真正入了道之后，看看身边的人，我才发现根本不是这样。而且也因为你们这些人太优秀吧，我反倒不敢做自己了。比如说上中学的时候，我还会用英文写日记，但是上了大学之后，反而不敢写了，怕室友看到后笑我（笑）。所以等到大三你们都在准备申请出国的时候，我GRE还没考，成绩也不高，各方面都很堪忧，又到处瞎玩儿，就想着保研好了。

不过保研之后，想法又有了一些转变。一个是受到你们这些人的刺激，你们毕业一走，身边的朋友就不剩几个了，那我想，不如也出去好了。再一个就是大四的时候，有一次我接到艺术团老师的电话，对我影响很大——当时我给他们设计海报嘛。他说程博啊，你已经大四了，我需要叮嘱你一些事。然后他说的头一条就是，应该让自己成为“世界人”，应该要找机会去看看世界上不同文化的东西，不能固守在自己的文化里。其实之前我去听他的课时，他传递的就是这个观点。这个电话对我的刺激很大，因为我开始意识到，高中的时候我对外界的了解比大学时候可能还要多，而在北京这几年里我可能更多的是接纳了自己已经有的东西，而不是去接触更多的东西。接到电话的那天我就在想，来了北京之后有那么多的出国交换的机会，但我居然一个都没有申请过。每次一到要申请的时候，我都能很容易地给自己找到不去申请的理由。归根结底，我还是像现在市面上常说的那样，没有走出自己的心理舒适区。

心理舒适区——一个近些年来，无论是心理学畅销书还是各种“心灵鸡汤”都百谈不厌的概念。在“舒适区”中，“因为没有了因期限和期望造成的不安，我们往往会心安理得，得过且过”，不仅“失去对多做一点，学点新东西的干劲和热情”，同时也会陷入“工作坑”，“用假装‘忙’让自己待在舒适区中，避免做新的事情”。久而久之，在“舒适区”里优哉游哉的我们，便如同温水里的青蛙，一边以“佛系青年”自居聊以慰藉，一边一点一滴地丧失着生命的活力，最终走向精神上未老先衰的悲剧。

这样的悲剧，正是程博在自省中竭力避免的。在我们余下的谈话中，他又多次提起“心理舒适区”，甚至回忆自己在国内读大学的自得其乐时，还不无激动地表示，“我并不后悔在学生会工作或是和你们一起做话剧，我只是觉得，当时不断给自己找借口的行为很傻×。”事实上，从自得其乐的中国都市被“抛”到美国阿巴拉契亚山脚的“大农村”，程博对于球队工作的执着，与周围外国朋友交流的深入，乃至自身英语水平的提高，都无一不在表明，他正在从自己原本外壳坚硬的“小世界”中破茧而出。

只不过，这样的“破茧”依旧存在着诸多故态复萌的可能——在程博家借住的三天里，我能明显地感觉到，当地小镇上相对贫乏的生活内容，与程博希望不断打破自己“心理舒适区”的期待，似乎存在着某种矛盾：对斯泰特克里奇之外的大多数事情，他要么熟视无睹，要么以事不关己似的“呵呵”一笑了之；不P图的时候，他会像我来的第一天看到的那样，靠在床头不停地刷着手机段子，不时还发些

“今天村里为什么没下雨”之类的微博。这种对外部世界的冷淡和日常生活中的琐碎，与程博谈起“打破心理舒适区”时的斩钉截铁，构成了一幅奇异的图景，在回程的路上于我的脑海中不断闪现，一如随着汽车的前行与云翳的聚散，阳光在草野上投射出的变幻光影。从“村”里出来的那一天，阳光明媚，高速路沿途是成片起伏的丘陵。我望着山丘上稀稀疏疏的树，想象着三年或是五年之后再和程博相逢时，该是怎样的一种情景——那时的他，会不会已经完全敞开了“舒适区”的大门，毫无保留地接纳下美国的文化?

不由自主地，我哼起程博经常唱的一首歌来：

继续卖力地生长吧
离参天还很远呢
继续飞快地发芽吧
要遮天蔽日还要许久呢

第三章

城　乡

马里兰大学的校园牧场

如果你爱他，请送他去纽约，因为那里是天堂；如果你恨他，请送他去纽约，因为那里是地狱。

——曹桂林《北京人在纽约》

我们要认识美国，不在它外表的耸天高楼，而是在它早年的乡村里。

——费孝通《初访美国》

我们这儿有三宝：牛、羊、马。

——孙公晨（圣母大学中国留学生）

“纽约是我的家”

从“纽约文化沙龙”出来，一名头发短到近乎秃顶、身着西装的男子引起了我的注意。他个头不高，微微有些驼背，在活动室门口一边慢悠悠地踱着步，一边打量着四周的来客。如果不仔细看，还以为是个小老头。

“哟，廖元辛，好久不见。”我听见他这样招呼道。

睁大眼睛，我又上上下下打量了他一遍。不错，是吴刚——尽管整个人沧桑了不少，脸上的胡须也开始浓密起来，但那份孤傲劲儿到底没有变。

“我以为你回北京，或者去香港了。”我说。

“回不去咯，我在纽约都八年了。”听我提起北京，他略带自嘲似的笑了笑，摆出了一个“八”的手势。“都八年了。”他嘘了一口气，喃喃地又重复了一遍。

如果不是沙龙上的这次偶遇，我几乎已经忘了吴刚的存在。事实上，我们的上一次见面还要追溯到五年之前，也就是他来纽约就读哥大的第三年。那时我因为一次开会外出，临时需要把行李寄放在纽约，便辗转联系到吴刚。吴刚的宿舍并不宽敞，与我也谈不上熟识，但还是热情地招呼我过去。

"就放两天，我后天就回来。"我说。

"放放放，赶紧放。"吴刚一边从我手中接过拉杆箱，一边爽直地说道。

卸下行李，吴刚给我倒了杯水，开始了和我的第一次详谈。二十岁出头的小伙子，在皇城根下长大，又在纽约留学，自然少不了"天下大势，分久必合，合久必分"式的议论。吴刚也是——我去的时候，在哥大主修金融的他正沉迷于研究地缘政治，宿舍的桌上摆满了各种有关冷战和比较政治学的书籍。桌前的墙上悬挂着一张巨大的世界地图，上南下北的设计让人乍一看有些不适应，但吴刚却略带神秘地解释说："有时候把东西反过来看，可能会有新的发现。"也许是难得碰上我这样的正在国内读政治学的朋友，他的谈兴格外地浓，一会儿聊起次贷危机后中国的发展战略，一会儿又不厌其烦地向我介绍起他正在领导的Global China Connection的活动，问我国内高校的学生是否也有兴趣加入。我接过他们自己制作的传单和手册，反反复复研究了半天，又听吴刚详细讲了一通，到底没听出个所以然，最后还是婉拒了。但无论如何，那时他的意气风发，GCC在校园里做宣传的浩大声势，还是给我留下了十足的印象。

但自那以后，我们的联系就渐渐少了。一晃五年过去，我们在沙龙重新接上头的时候，吴刚已经在纽约安顿下来。他在一家知名的投资银行上班，去年还在曼哈顿岛靠近东河的第二大道上买了房。在经历了与前女友"剪不断，理还乱"的感情纷争后，他认识了现在的女朋友，两人的感情和谐融洽，正向婚姻殿堂的方向稳步前行。当我提起当初他为GCC的扩张而到处呼号奔走时，吴刚露出了一种"古今多少事，都付笑谈中"式的表情，摆摆手说："以前喜欢做学生活动，搞network（社交）。现在吧，喜欢静。"

大概两个星期之后，我们坐在离他公寓不远的一处茶楼里，展开了我们之间第二次较为详细的交谈。那是一个阳光和煦的周六下午，吴刚从附近的超市买菜回来，准备回家给女朋友做饭。他穿一件淡绿色T恤，一条浅色七分裤，脚上踩着老北京风格的“千层底”布鞋，看起来比上一次见面时轻松不少。提起我正在采写的访谈录，吴刚一边斟着茶，一边说：“我其实也想写点东西呢。曹桂林不是写了个《北京人在纽约》嘛，我就想啊，我来纽约八年了，不如也写一个，叫《纽约是我的家》。”

“家在纽约”的吴刚缓缓地放下茶壶，开始讲起这八年来在纽约生活的感受。他的讲述中英文夹杂，讲到兴头时，往往用一长段英文的排比，有一种说唱歌手似的节奏感[①]。

我在纽约八年。但我性格上不是那种常去夜店的人，不像现在很多网红公众号，那帮小姑娘一上来就“啊，伟大的纽约”（笑）。我没有那么多讴歌。很多人读了两年书要走了，离开纽约的时候写挽歌，说哎呀我要离开纽约了，说这儿多么伟大，我体验了纽约——吃也好，玩也好，各种高大上的东西也好，残酷的社区也好。曾经我也觉得这是一个景儿，我刚来纽约的第一天还专门跑到街上去吃热狗，去买耐克鞋，觉得自己特美国。但现在我不觉得，我觉得稀松平常，You can be anywhere（你在哪儿都一样）。对我来说，这个城市给我留下的印象并不像一场盛大的聚会，而更多的是生活中的细节和片段。比如街角的某家咖啡店，比如那边的秘鲁领事馆——我当时去那儿办的签证，然后花了四天徒步登上马丘比丘。

要说纽约最迷人的一点，那肯定是包容和多元性。无论是职业发展、艺术、政治还是吃吃喝喝，那么多的选择都会让你觉得兴奋，会觉得哪里都有机会，This is the empire

---

① 需要说明的是，在这一段叙述中，吴刚有约三分之一的地方使用了英文。为了读者阅读方便，我统一译成了中文，仅保留了若干具有鲜明表达效果的英文原话。

state of mind[1]。你也会遇到各种人，也包括老纽约人。比如在公司里做行政的大妈，她会告诉你“9·11”那天她正好从世贸中心旁边经过。比如在我们家旁边遛狗的一个大爷，抱着一只小白狗，告诉我说他曾经在百老汇唱歌。我问他演过哪出剧，他说八十年代的时候演过《西区故事》，然后“腾”地就从长椅上站起来，“哗哗”地给我来了一段十分钟的唱段。纽约是可以活得很孤独的，People have to stay relevant in their city（人们在城市里总需要一些存在感），这些人需要出来给自己找点事做，找一个群热络一下，或者找一个人来分享他们的生活。

但说实话，这些都是表象。你要是真的在纽约待久了，就会明白，It´s really hard to settle down in New York City（在纽约安定下来真的很难）。在纽约的压力有多大？有一句话叫作“Everyone is fighting everything”（每个人都在与每件事搏斗[2]），我觉得特别贴切——无论是工作、通勤、住房，都是这样。作为中国人，职业道路上也确实存在着“玻璃天花板”，因为这个社会还是很现实的，说白了，还是一个看脸、看背景的社会。

而且也分圈子——这个也是我在工作之后开始认识到的。你看纽约好像那么大，那么丰富，其实都是分割成一个一个圈子的。和其他很多城市相比，纽约好在它不看你的背景——你从哪儿来并不重要。但它又和加州不一样，加州可能会更开放，但纽约是有一个establishment（建制）的，它是分层级和圈子的，人们基本上只和自己有相似背景、相仿

---

① Empire State of Mind是由美国说唱歌手Jay-Z和女歌手艾丽西亚·凯斯演唱的怀念纽约生活的歌曲，歌词中有“纽约，摩天大楼堆砌筑成的梦想。现在你身处纽约，你已经无所不能，纽约街区让你浴火重生，纽约霓虹灯让你热血沸腾”的表达。

② 有朋友建议译作“人人都事事忧心”或“不拼者无立锥之地”。为了阅读方便，我在文中保留了直译的译法，但这两种表达亦请读者参考。

年龄的人一起出去。在纽约我见识过在长岛长大的移民、在纽约搞“民运”的老留学生、所谓的侨界领袖，哈佛毕业的银行家——他住的那房子价钱超过两千万美元，共和党的议员经常在那儿集会。这都是要分圈子的。像纽约的金融圈子——我说的是在一级市场的那帮人，都住在（曼哈顿）岛上，去一样的酒吧，讲同样的笑话。在这个圈子里，我作为young professional（年轻职业人），领着一份不错的薪水，说着流利的英语，美国人也会觉得，嗬，你看这中国小伙儿，哥大毕业的，精力充沛，又聪明，他们就会愿意跟你聊。但你可能依然融不进更本地的圈子，比如他们聊奥普拉[①]，驾着游艇出海，也不会喊你。当然我自己呢，心态也比较好，我不会太和别人比较，尤其不会和那种金发碧眼、哈佛毕业、现在在黑石[②]的美国人比较。他们那样的美国人，可能在爷爷辈儿就在做投资人了，咱跟他不在一个级别。

屁股决定脑袋，你处在什么位置，就会有什么样的圈子和主张，而且在圈子里待得久了，你也会慢慢地变成那样的人。我不知道这么说你会不会觉得我很庸常，但我觉得庸常也没有什么问题。我是一个非常实际的人，我会去关心我的工作是否稳定，因为我的圈子、我的生活质量、我的消费、我的闲暇时间，归根到底还是取决于我的工作是否稳定。以前在哥大的时候，我还经常搞点政策研究，还想辅修政治学。但是我现在觉得，这些东西都是狗屁。我现在的生活越来越……这么说吧，就是更少地关心别人的生活，但更多地去想怎么样更好地养家，去想未来有了孩子之后，怎么样给他提供一个更好的成长环境。就拿旅行来说，我之前自己去秘鲁去马丘比丘，我背着一背包就去了。但我要是带着老婆

① 指奥普拉·温弗瑞（Oprah Winfrey），美国著名脱口秀节目主持人，亿万富翁。
② 指黑石集团，美国著名资产管理公司，总部位于纽约。

孩子去旅行，我总不能再住一爬着虫子的旅馆，你说是吧？

前几年有一个电影《革命之路》对我触动很大。它这个革命是在说什么？其实就是说美国的中产阶级生活稳定了，有房子有车，对伴侣、对生活的激情都已经没有了，那怎么办？在大纽约地区，尤其是康涅狄格[①]，这样的人有很多，包括在纽约的中国人里面，也有很多。我曾经特别怕成为我看到的这么一群中国人——每年拿着30万到50万美元，家里一个老婆两个孩子三条狗，开着两辆车，周末搞个同乡会你当个会长我当个副会长。我特怕和他们一样，没劲了，生活没劲了。我都能想象出那种状态下的我——在高速公路上看着新英格兰灰蒙蒙阴冷冷的冬天怅然地哭出来，我都能想象出来。但是现在我不会，我很佩服那帮人。他们能做到那个位置，那是年轻的时候加倍地努力，比美国白人更努力地干出来的，他们配得上现在的享受。

我现在把纽约看成自己的家。北京是不是家？当然是，但是你要知道，我现在看北京是戴着有色眼镜的。这八年来我每一次回北京，我站在繁华的大街上，我都觉得，我不知道我要去的方向。我在纽约不会——我从机场出来走进地铁，我闻见地铁里那一股尿臊味儿都觉得，这是回家了（笑）。但话又说回来了，我能把纽约看成自己的家，那是因为这个城市还是给了我一席之地的，我的技能让我在纽约有施展的空间。说白了，如果纽约不承认我，我也没法儿管纽约叫自己的家——我只能管“中印新村”叫家（笑）[②]。

什么时候在纽约扎下的？这么跟你说吧，我是找工作找

---

① 康涅狄格州与纽约州接壤，不少在纽约工作的中产阶级和富人都住在康涅狄格州。

② 指与纽约市隔哈德逊河相望的泽西城（Jersey City）。由于不少在纽约上学、工作的中国人和印度人居住于此，当地的中国留学生戏称其为“中印新村”。

到暑假实习的那一刻，那一刻——我觉得在纽约扎住了。我印象很深，那是一个虎年的年三十，那时候次贷危机刚过，全学校的人都在找工作，我找工作也找得焦头烂额。结果到了兔年的第一天突然峰回路转，“啪叽”一下来两个offer（录取信）。我们哥大的那帮人知道了之后，也都惊了，因为那时候在纽约做投行的中国人很少，不像现在，中国人的孩子都进来了。当时自己牛哄哄的，觉得总算被recognize（认可）了——就好像晚餐桌上总算有了自己的位置，虽然那个位置可能并不起眼，但总算是有了位置。

但那个时候，也还没有完全把纽约当家。上大三的时候，有件事我印象很深。我跟着你们北大的一个校友吃饭，他在这边做基金，做得很成功，而我当时还是一毛头小伙子，什么都不懂，很狂。他在“山王”——很好的一家餐馆请我吃饭，吃了一百多块钱（美元）。他说我也是北京人，但我也认为自己是纽约人。那一刻我觉得很惊讶，一个北京人跟我说自己是一纽约人，这个我还真没听说过。直到后来很长一段时间，我还是会认为自己是个北京人，或者至少是亚洲人，将来即使不回北京，也会去香港，和我的（学金融的）同辈一起去拼。三年前，六年前，我都以为我要离开了。大三收到offer的时候我发了一条微博，我说三年过去了，现在要再干三年了，我说“在纽约的下半场要开始了”。等到五年过去的时候，我心想，哈，估计要结束了。结果现在来看，那根本就不是下半场，换了一个工作，又是三年。

到现在毕业都四年了，大家用脚投票，有些人走了，有些人留下了。为什么能留下？还是因为有这个实力。你的生活稳定了，很多事不再想了，你想待多久就待多久了，去留在于自己了，有了选择的权利，这才叫家。家是什么，应该是一个舒适的地方，一个提供安全感的地方。我虽然存不下什么钱，但是如果你现在让我住在一特别破的地方，每天上下班在地铁里挤半个小时，那还是拉倒吧。每天下班坐到法拉盛①，住在一个四百块钱的屋子里面？那不是家，那是奴隶。

由于是闲聊，吴刚的叙述略微有些散乱，往往一个话题还没有结束就跳到了另一个，让我一时间有点应接不暇。但聊到最后，他对于“家”的定义，以及“我现在把纽约看成自己的家”的表述，还是让我竖起了耳朵。在提到“纽约是我的家”时，他特别强调，他所谓的“纽约”，仅仅指的是市中心的曼哈顿岛，而不包括广义上的布鲁克林、皇后区、布朗克斯、长岛或者哈德逊河对岸的泽西城。在我们聊天的过程中，“我来美国八年，没有过一天乡村生活——都不只是没有过乡村生活，我是八年都在曼哈顿”一直是吴刚津津乐道的话题。

看得出，工作的稳定、收入的增加，以及在职场圈子中的日益融入，已经让吴刚“反客为主”，开始有意识地在自己与千千万万的“纽约客”间划出界线。对于后者来说，“体验”就是一切——尽管他们并不一定是华尔街、百老汇、大都会博物馆或者纽约时装周的真正参与者，但只要与它们“共处一市”也是好的。为了“感受世界与时代的脉搏”，他们不惜一边抱怨着狭小陈旧的住房，一边对动辄晚点和改线的地铁忍气吞声。但吴刚不一样。尽管他也曾经是“纽约客”中的一员，也承认自己曾经“就是一个愣头青，什么都不懂”，但随着经济实力与社会资本的不断积累，在“只有真金白银将身份量化成数字了才叫实现美国梦”的纽约，他已经完成了“想待多久就待多久，去留在于自己”的蜕变。而他的那句“我每一次去‘中印新村’，都觉得很压抑”，以及带着几分夸张语气脱口而出的“每天下班坐到

① 法拉盛（Flushing）位于纽约皇后区境内，近年来成为亚裔移民特别是中国、韩国等地移民聚居的地方，并发展出具有浓厚东亚风味的商圈，商圈发展程度类似于20世纪90年代的国内三四线城市。

法拉盛，住在一个四百块钱的屋子里面？那不是家，那是奴隶”，无疑正是这种蜕变的最佳注脚。

“‘漂泊者’其实是不被看见的，被看见的只有成功者。而只有成为主流的成功者，漂泊才具有意义。”在分析当代中国的两种青年主体时，王翔曾这样评论道。毫无疑问，吴刚是“主流的成功者”，而也正是因为这种“主流”意义上的“成功”，让他对于纽约产生了归属感，开始对这座“来来往往都是客”的像一座巨大的中央车站不断吞吐着人流的城市流露出“家”的感情。然而另一方面，“经济决定论”又并非是解释这种归属感的唯一可能。事实上，面对我提出的“你是什么时候开始觉得纽约是自己家”的问题，吴刚并没有一下子给出“是在我第一次领到薪水，觉得要开始对自己负责的时候”的回答。在思忖再三并最终做出回答之前，他几乎是不假思索地用英文脱口而出：

> 我第一次接吻是在这儿。第一次拉女生的手——在9街和第六大道的路口，是10月的一个周六。第一次拥有工作是在这儿，第一次交水电煤气费是在这儿。第一次拥有自己的一辆车是在这儿，我第一次学车也是在这儿——路考我考了三次才过。第一次撞车也是在这儿——我把一辆停在路边的车撞了，在大雪中等车主等了一个半小时……

“也许可以说，你第一次独立地探索人生就是在这儿？”我问道。

“没错，你说得没错。”吴刚的语调扬了起来，“可以这么说，我在纽约其实就没有好好读过一天书，因为我读的是一所社会大学，一所叫纽约的社会大学。”

如果从今天的角度回想，大概是在这一刻，我才真正开始理解吴刚内心深处对于“家”的定义——尽管在正襟危坐时，他对于“家”的解释往往有着更明确和狭隘的指向。也大概是在这一刻，我才开始意识到吴刚那句“我现在看北京是戴着有色眼镜的”中那“有色”的含义——尽管在我问起那是一种怎样的“色”时，吴刚自己也难以言喻。事实上，如果说吴刚前十八年在北京的成长经历是一个接纳生命和继承现有生活的过程，那么纽约则是他亲手创造生活与重新认识自我的所在地。在八年这样的探索和社会化过程中，他观察世界的瞳孔前已经渐渐架起了一副名叫“纽约”的眼镜。戴得久了，这观察的途径与观察的对象竟渐渐融为一体——透过它，他观察着社会，也审视着自己。离开它，他站在北京熟悉而繁华的大街上，却感叹“不知道要去的方向”。

“我现在要是想回北京的话，很容易。北京有房子住，有朋友，随时可以回去。”在我们分别的时候，吴刚笑着说，“我呀，还是等中年危机的时候再回去吧!”

在后来很长一段时间里，我以为在“中年危机”之前再也见不到吴刚了——或者不好意思地说，我几乎又一次忘记了他的存在。但我终究还是见到了他。在我们分别一年之后，在北京哥大举办的一次活动现场，我注意到一位头发短到近乎秃顶、身着西装的男子。他站在场地的最后一排，手上端着一杯咖啡，对主讲人的发言似听非听的样子，显得有几分疏离。我走近一看，是吴刚。

“搬回来了?”我问他。

吴刚略带不好意思地笑了笑，“搬回来了”。

是因为工作签证到期，公司外派回国，还是因为马上要结婚的缘故?我没有再仔细问。不知为什么，那一刻，我突然觉得这个问题已无足轻重。我只是注意到，在微信头像的照片上，一身深色西装的他，与身着红色套裙的未婚妻站在北京的鼓楼前，手牵着手，仰望着屋檐与天空。鼓楼墙壁上那古旧的、平日看起来甚至有几分灰蒙蒙的红色，此刻却仿佛一个大大的“喜”字，显得年轻而绚烂。

置身事/市/世外的都市青年

乡 居

2012年8月，我从北京前往美国华盛顿，准备就读坐落在华盛顿郊区克里奇帕克市[①]的马里兰大学[②]。飞机降落的时候已过傍晚，我匆匆啃过几口面包，跳上一年前来美旅行时就已经熟悉的5A线公交车，赶赴市中心。在那里，我换乘的出租车在市区转过几个街口，冲上内部灯火通明、外面却漆黑得一望无际的高速公路。计价器显示的数字腾腾地跳转，我的心也扑通扑通地直跳——这旅程的最后一段路，走得仿佛比飞机上的十三个小时还要漫长。

从高速公路上驶出，车子又穿过几个街口。灯火并不明亮，我只看到沿途木制电线杆的轮廓、一面“7-11”便利店的招牌，以及远处稀稀落落的几幢房子。右拐，上坡，减速，车子最终在一幢两层的

---

① 英文名为College Park，又译“大学公园市”，在华盛顿哥伦比亚特区近郊，乘地铁到华盛顿市中心约10站。后文中，何梦希将多次提起该地的英文名。

② 马里兰大学（The University of Maryland）创建于1856年，是一所公立研究型大学，主校区帕克分校位于马里兰州克里奇帕克市（College Park）。2012年8月至12月、2013年8月至2015年5月，笔者就读于该校公共政策学院。

带烟囱的小楼前停下。我拖着箱子走上房前的石子路，登上台阶，敲了敲门。

“终于来了，我们等你很久了。”房东打开门，热情地领我进来。那是一对慈眉善目、已经来美三十多年、订阅了《人民日报》海外版的台湾老夫妇。老太太有点唠叨，但并不令人厌烦——在她眼中，事无巨细地介绍自己的情况，是对每一位租客负责。两周以前，正是她那通以“我父母四九年去的台湾，八十年代我和先生在美国认识后，买下了这幢房子”为开场白的越洋电话，让我最终决定租住在这里。

小楼有五个房间，租户都是马里兰大学的中国学生。我的房间在一层，空间不小，摆设却很简单：一张没有靠背的单人床、一张黑色的略显笨重的写字台、一把椅子。房间的墙壁没有喷漆，而是用木板一条条地钉住，像水手的船舱。透过百叶窗，能看到不远处影影绰绰的树林，还有邻居家后院里简易篮球架的轮廓。

“乡居生活就要开始喽。”我怅然地，却又带着几分兴奋地倒在床上。对于未来两年甚至更长时间的“乡居”，我以为我已经做好了准备。

但我错了。

吴刚说他是一个city animal（城市动物），其实我也是。尽管每隔几年，我都要回父亲在江西农村的老家看看，甚至还要摆出下田插秧的姿势拍照发给父亲，满足他让我“忆苦思甜”的要求，但从骨子里，我依然是个城里人。是的，我是个城里人，或者用父亲的话准确地说，是个“大城市的孩子”。在北京的二十二年，我已经习惯了街上密密麻麻的人群，习惯了城市里日新月异的变化，习惯了半夜十二点出门在转角的小摊上吃烤翅，习惯了工体球赛时一浪高过一浪的助威呐喊，习惯了首都剧场里濮存昕、宋丹丹的独白与对白，遍布城市各个角落的书店和咖啡馆里“文化人”的高谈阔论。但在这地广人稀的美国“乡下”，一切都显得如此匮乏：周六周日没有校车，想出门去趟学校的健身房需要走上四十五分钟的山路（于是也就无须健身了）；唯一的商业区（如果可以称其为商业区的话）围绕在主路穿过的一处停车场四周，冷清地分布着几家快餐馆和服装店；想吃中餐？恭喜你，“只消”三十公里，华人聚集的Rockville[①]等着你。

匮乏导致缓慢。住得久了，我的生活也渐渐迟滞起来——我看着一分钟变成两分钟，看着白天变成黑夜。当然，并非所有人都像我一样如坐针毡。在“乡居”的两年里，我见到一批又一批中国留学生逐渐习惯这平静却又贫乏的生活。“你昨天干吗了？”“昨天去了趟超市。”“上周末去哪儿玩了？”“去理发了。”“这半年感觉很孤独，有时候一天都说不了一句话。”“这不就是生活的常态吗？”——在之后的几年里，我每一次试图打破这样的迟滞，这些已经习惯了如此节奏的朋友类似的回答，都仿佛一张牢不可破的网，闷得我透不过气来。时光流逝，我感到生活中的渴望正在减少，对渴望的渴望也渐渐消散。放眼四周，只有无尽的空虚。

独行侠

对“乡居”生活同样感到不适的，还有何梦希。

何梦希是我在马里兰时的同学。她身材颀长，两颊微微下陷，眼神中泛着一股机灵劲儿，仿佛一眼就能猜透对面人的心思。平日里，她话不多，聚餐时也往往安静地坐在角落，并不轻易开启话题。不过，或许是以前读过社会学的缘故，她又常常“不鸣则已，一鸣惊

① Rockville中文名为罗克维尔，位于马里兰州南部，华盛顿哥伦比亚特区近郊，乘地铁到华盛顿市中心约15站。近年来有越来越多的中国学生学者和华人聚居于此，随之也出现了大批中国餐馆和商店。亦有人翻译成“洛城”，或将Rock（石头）与ville（城镇）合在一起戏称为“石家庄”。需要说明的是，在美国的几年里，笔者曾走访过许多这样的小镇。由于美国小镇上的大学城离大城市普遍较远，留学生周末驱车几十甚至上百公里到最近的大城市就餐或购物的情况十分常见。

人”，一旦开口便语出惊人。记得有一次聚餐，我因为刚刚读完李银河的《同性恋亚文化》，便随口在桌上发问，说不太理解男同性恋者为何会注意街上穿短裤的男生。正当大家面面相觑，场面开始尴尬起来的时候，坐在桌子远端、此前一直没有参与讨论的何梦希，却眼睛也不眨一眨地回应道：“那你说，为什么男异性恋会盯着街上穿短裙的女生的腿呢?”

接触得多了，我渐渐发现，她让我感兴趣的不只是这样的突发奇想，还在于多数时间里，她都独来独往，似乎从来与“寂寞”绝缘。她告诉我，在国内上大三的时候，有一次她和往常一样，一个人在学校旁边的火锅店吃饭，正好碰到几位学姐过去聚餐。“她们就觉得我很奇怪，就好像正常人一定得找个人陪着一样。”有一次在咖啡店，何梦希笑着对我说，“但我从小脑子里好像就没有这个概念，包括上学的时候，看到别的女生总要拉上闺蜜一起去上厕所，我就特别不理解。”

“一个人待着不会寂寞?”我问她。

“不会呀，我喜欢一个人待着。”何梦希转了转手中的水杯，“想看书的时候看两眼，想坐在沙发上什么都不想的时候，就坐在沙发上。”

这样性格的人，估计在哪儿都会活得自在吧！“乡居”的时候，我曾不止一次地这样感叹。然而，令我意外的是，在“乡居”的第二年，喜欢“一个人待着”的何梦希，却陷入了长时间的抑郁。连续几周，我在从学校回家的路上都要先去她那里探望，顺便带去课上分发的作业和阅读材料。每次去，她都一个人孤零零地斜靠在沙发上，脸色苍白，仿佛一条涸辙里的鱼。

究竟是什么导致了抑郁？她没有给出明确的答案。不过，从她后来的描述中，还是可以看出，从北京来到克里奇帕克，这种城乡生活的强烈对比所带来的不适，着实难辞其咎。

在马里兰那两年吧，第一年没有什么感觉，第二年就开始抑郁了，就开始很讨厌那地方。为什么？说起来还挺讽刺的，在很大程度上还真是因为缺少human contact（人际接触）。虽然我在北京的时候，会觉得自己不是特别需要和别人社交的人，而且来美国前其实也看过在美国大农村里上学的人写的文章，说特别无聊寂寞，每天见不到人只能待在家里……我当时还在想，这挺好啊，我挺喜欢一个人待在家里。但后来发现不是这样的，因为有很多非常现实的问题。比如说我第二年非常抑郁，身体也不好，生病了躺在家里，犯了严重的偏头痛，开不了车，家里又没有吃的，那我就只能饿着。也上不了课，只能在家里躺着，实在无聊的时候就刷刷手机——你可能都不知道，我就是在那段时间里，养成了把网上每一个帖子下面的评论从头到尾看一遍的习惯（笑）。饿两天，觉得神志清醒了，可以开车了，就出门去买点吃的。

对我来说，College Park这个地方确实没办法带来任何的快乐。都说美国这里是"好山好水好寂寞"，但我觉得College Park没有好山好水，只有好寂寞（笑）。这个地方整个的风貌、建筑街道什么的，都不美，都非常的丑。没有好的图书馆，没有好的咖啡店，没有任何的精神生活。至少对于我来说，College Park就是那种即使没什么事，上街看看也会觉得很生气——这地方为什么这么丑（笑）。唯一可能修得比较好的就是那个健身房，但我又不经常运动……

毕业后从马里兰搬到纽约，作为一个在北京长大的孩子，我没有任何的不适应。刚来的第一天，因为我租的房子是临街的，觉得有点吵，但是第二天就不觉得了。那天躺在床上我就在想，之前在北京住在一所高中附近的时候也是这样的，后来搬到南五环，反而觉得太安静了。这么一回想，就觉得曾经失去的那些现在又都回来了（笑）。

回来什么了？比如说更方便的生活。从精神气质的角度上讲，纽约和北京越来越像，但是从纯粹的生活便利程度来说，纽约确实更好。比如说，街上都是便利店，你想买点什么，随时随地都能买到。口渴了能随时买到水，下雨了能随时买到伞，出门什么都不用带。北京就没有这个——朝阳那边我不清楚，但至少西边和南边不能。北京也大，像我住在亦庄（东南五环），我跟朋友吃饭就不能约晚饭，因为太晚我就回不去了。在纽约就没有这个问题，因为地铁是二十四小时的啊！像我虽然也不住在曼哈顿，但是半个多小时肯定到了。而且纽约又是一个步行者的城市，去很多地方都不用开车，北京就做不到这一点。

前两天有一篇文章，叫《你是怎样的人，就选择在怎样的城市生活》，说纽约人冷漠、势利眼，我就不同意。纽约才是无产者和非法移民的天堂好吧？一个没车没房没身份没爱人没宠物也没有才华和毅力的异乡人，在美国还能找到比纽约更welcoming（好客的，欢迎的）的地方吗？这倒不是说纽约做了什么特别的事情，而恰恰因为它什么都没有做，换句话说，它不在乎你过得怎么样。这一点我觉得特别好——就算你过得不好，也不会有另外一只脚踩上来让你更痛苦。昨天我还在跟一个学妹说，比如在湾区[①]，基本上大家工作几年之后就都买房买车成家生孩子了。在这种情况下，如果你在那边没有房——我就不说车的问题了，因为没有车你肯定活都活不下去，那么你就会有peer pressure（同辈压力）。但在纽约，大家都没有，或者说没有

---

① 指加利福尼亚州北部的旧金山湾区，包括旧金山（San Francisco）、奥克兰（Oakland），以及圣荷西（San Jose）等城市，总人口约760万。世界著名的高科技研发基地硅谷，以及斯坦福大学、加州大学伯克利分校等名校均位于该区域。后面何梦希提到“没有车你肯定活都活不下去”，指的是湾区内各个城市彼此相距较远，由高速公路连接，人们在出行上对用车的需求较大。

人关心别人有没有。比如说我现在一年也就拿几万块钱，我老板一年是十几万，但是我看不出他的生活水平比我好在哪里。一样买不起房，一样每天坐地铁。

另外就是，纽约不会给你一种“我这辈子就这样了”的感觉。你不会一直“穷”下去。纽约会给你一种这个世界上机会是无穷的这样的幻觉。虽然我自己也不是一个特别追求事业的人，但是不得不承认的是，在纽约确实会感受到各种各样的机会。这是一个能感受到世界脉搏的地方。

说这番话时，何梦希搬到纽约已经三年了。三年未见，她的精神状态比“乡居”时好了很多。尽管在读研期间开始的抑郁问题至今仍不时袭扰，她也不得不因此定期拜访心理医生，但明显看得出，作为一名“能感受到世界脉搏”的典型纽约客，她发自肺腑地热爱着目前身处的环境。与此同时，和吴刚提到的那些动辄讴歌“伟大的纽约”的年轻人相比，她的这种热爱又带着几分清醒。我们聊时，她时不时地提醒我——似乎也是在提醒自己，这种对“世界脉搏”的感受也许只是一种“幻觉”。在微信朋友圈上，她这样写道：“纽约是……明知道不可能长久也不可能完全放下的爱人。但既然梦还没有醒，就暂且再睡一会儿吧。”

从马里兰搬到纽约，何梦希的“乡居”生活结束了。但对于我来说，对于她这段“乡居”经历的思考，才刚刚开始。对人际接触少有需求的何梦希，为什么会比那些外向的、更需要从人际交往中获得能量的留学生，对“乡居”表现出更明显的不适？——在后来很长的一段时间里，我都在思考着这一问题的答案。

我想，原因应该是多方面的。一方面，“乡居”时因身体不适导致的出行困难，使本来就相对单调的生活更显乏味，这自然使她备感压抑。但另一方面，她在赴美留学之前，缺乏较长时间异地生活的经历，恐怕是导致这种不适更为重要的原因。与那些自小就开始异地求学的同龄人相比，何梦希在赴美之前显然缺少“乡居”的实践经验

（只“看过在美国大农村里上学的人写的文章”）——她不仅没有“乡居”过，甚至连在异乡的生活经历也是空白。这样的空白，无疑为她后来在美国“乡居”时，迟迟难以从国内都市的生活中脱离出来，完成入“乡”随俗的转变，埋下了伏笔。

事实上，在我采访的留学生中，像何梦希这样出国前在同一城市出生、长大、求学的，并不在少数。尤其是来自北京、上海、广州等大城市的学生，由于所在城市本就高校云集，留在家乡读大学实属顺理成章。这样的“不远游”，自然省却了背井离乡之苦，却也让他们在十八九岁社会化最为关键的年纪，错失了在陌生环境中独立生活的契机。须知，这种独立生活，不只是自己洗衣做饭——更重要的是，因为被“抛”到与原有熟悉圈子相隔绝的新环境，他们将不得不重新进行自我认知，并尽最大的努力，在与新环境和谐相处的同时，寻找自己在那里的一席之地。

之所以这么说，是因为在何梦希那里、在我采访的许多难以入“乡”随俗的中国留学生那里，我注意到，他们（其实也包括我自己）的困难，不单单是生活便利上的，更来自“乡居”生活的置身“市”外，会带来一种置身“世”外的疏离感。在北京、上海、纽约、波士顿这样的大都市，无论是奥运会、世博会还是时装周、马拉松赛，个体即使无法真真切切地置身其中，也会多多少少获得一种时代的参与感。但在美国地广人稀的“乡下”，哪怕这样的“参与感”只是一种“幻觉”，也显得那么遥不可及。在社交网络已经从根本上改变了人们日常行为方式的今天，我们很容易体会这一点——在微信朋友圈一类的社交网络上，我们看到的、听说的一切都发生在“城里”。朋友们晒着的、讨论着的，无论是北京的申办冬奥成功、纽约的希拉里与特朗普的“选战”，还是洛杉矶一年一度的奥斯卡颁奖典礼，都发生在“城里”，也只可能发生在“城里”。“但热闹是它们的，我什么也没有”，对于我们这些“乡居人”来说，与“市”隔绝不仅中断了二十年来一直塑造我们的城市生活，更重要的是，它也让我们成为与“事”隔绝的“局外人”。而这样的与“事”隔绝久了，我们也就渐渐与“世”隔绝，“不知有汉，无论魏晋”了。

是“我”发现了生活，还是生活发现了“我”

说起“局外人”，我想起了商威。

我们一起在纽约哥大实习时，商威还没有从密歇根大学安娜堡分校的研究生项目毕业。二十四岁的他身材高大，肤色黝黑，戴着一副文艺青年鼻梁上常见的黑框眼镜。我第一次走进办公室的时候，他正在我们老板狭小的工作间里，汇报着会议嘉宾们回复的邮件内容，认真与戏谑的神色在脸上交替浮现着。“智利那边已经确认了，奥斯瓦多会来。我看了一下履历，这个奥斯瓦多很虎啊①。”隔着工作间虚掩的玻璃门，我听见他这样讲道。

同为北京孩子，商威和我比起来显得格外卖力。每天早上我踩着点儿踏入办公室的大门时，商威早已端坐在桌前，聚精会神地敲击着键盘。午休时，我们常一起去哥大校外的餐车前排队，我等“青云美食”三菜一汤的盒饭，曾在武大读书的商威则买一份热干面。然后我们坐在校园的草坪，或是商学院楼前的长椅，享受着阴晴不定的纽约难得的温暖日光，天南海北地聊着。商威和我一样，喜欢话剧和电影，再加上我们在美国学的都是公共政策，又都曾去欧洲游历过，因此格外投缘。但我也注意到，每次提起他读书所在的安娜堡②，商威的神色似乎就复杂起来。

“从安娜堡来到纽约，生活状态应该变化很大吧？”有一天在“青云美食”前排队时，我这样问他。

“那可不，在村里我都快抑郁得长毛了。”商威带着几分自嘲

---

① “虎”在东北话里常用来形容一个人莽撞，商威在这里用来形容该嘉宾背景很“厉害”。

② 安娜堡（Ann Arbor）是密歇根州第六大城市，常年入选美国最宜居城市行列。2010年，安娜堡市区人口约11.4万，都市区总人口约34.5万。

地说。

安娜堡，密歇根州第六大城市，常年在全美宜居城市排行榜上名列前茅。在商威给我讲述他在那边的生活后不久，我曾利用一次周末的机会，过去看望一位去那里交换的朋友。巧的是，我到的时候，正赶上当地一年一度的“Art Fair”（艺术集市）。在被当地人称为安娜堡“仅有的一条街”上，人们悠闲地吃着冰激凌，在临时搭建起的两排白色顶棚的摊位间挑选着各种工艺品，仿佛让人一瞬间回到国内各大景点门前的“民俗一条街”。

“你运气真好，现在全城的人都在这条街上了。”朋友这样对我说。

起初，作为游客，我并没有明显地感觉到小镇的孤寂。直到晚上，夜幕降临，小镇上的点点灯火，仿佛萤火虫的微光，让习惯了大都市生活的我，感觉到阵阵寒意。朋友问我要不要一起去同学家喝酒、打桌游，我连声诺诺，却实则兴趣索然。走在清冷的街头，我凝视着藏蓝色绸带一般的星空，孤独感在一瞬间扑面而来。

我想起了郁达夫的《沉沦》：

> 如今他到了这N市的乡下之后……白天倒还可以支吾过去，一到了晚上，他开窗一望，四面都是沉沉的黑影，并且因N市的附近是一大平原，所以望眼连天，四面并无遮障之处，远远里有一点灯火，明灭无常，森然有些鬼气……窗外有几株梧桐，微风动叶，飒飒地响得不已，因为他住在二层楼上，所以梧桐的叶战声，近在他的耳边。他觉得害怕起来，几乎要哭出来了。他对于都市的怀乡病（nostalgia），从未有比那一晚更甚的。

地广人稀的美国，小镇上并没有稻田，夜里是否“森然有些鬼气”，也见仁见智。但像我这样习惯了国内大城市多彩生活的中国学生，来到美国静谧安宁的小镇上，“时常觉得孤独”、染上“对于都市的怀乡病”的情况，却并不少见。诚然，那些生怕自己染上“怀乡病”的留学生，多半会在申请学校时主动规避这样的“小镇”与“乡村”，选择在纽约、洛杉矶一类的大城市落脚。而对于本来就习惯于皓首穷经、在实验室里耐得住寂寞的博士生们来说，远离城市喧嚣的大学城，也不失为他们埋首科研、寻求真理的乐土。但对于那些从小在国内喧嚣的大城市长大，却无论是因为专业选择上的追求还是经济上的考虑，阴差阳错地来到美国乡下“洋插队”的留学生来说，小镇上的宁静恐怕更多的是一种折磨。“好山好水好寂寞”——正像何梦希提到的那样，对于他们来说，小镇上的“好山好水”很大程度上只是画饼充饥，真实生活中的“好寂寞”才是不治之症。

这样的孤独体验，经历丰富的商威也没有错过。从北京、武汉辗转来到安娜堡，他起初也对这田园牧歌般的生活感到新鲜。但在新鲜感转瞬即逝之后，一种难以言喻的空虚和孤独感便席卷而来。“那时候我好像丧失了一种动力，一种真正追求自己意愿的动力。”在回忆这段“快抑郁得长毛了”的生活时，商威这样向我讲道：“现在想想，大三的时候去欧洲交换，我其实还是以一种游客的心态去的，没有在任何一个地方待很久。现在在美国的小镇上长住下来，就觉得美国的东西都很单调，并没有欧洲精彩，在生活中也感受不到太多的乐趣。”

与何梦希一样，商威与外界的交流也并不十分密切，这使得他难以在与当地人和其他中国留学生家长里短的谈话中获得太多快乐。此外，除了生活内容上的贫乏，小镇上美国同学相对狭隘的眼光与格局，也让他的孤独显得更加强烈。尽管在一年半的学习中，商威的成绩始终名列前茅，但作为班上的唯一一名中国留学生，他渐渐感觉到，无论是学院的课程设计，还是同学们的就业倾向，都与自己的期待格格不入。在远离美国政治、经济中心的安娜堡，美国同学更多的是想拿到一个学位，然后赶紧去州政府——甚至当地的市政府上班，而不是在国际舞台上施展拳脚[①]，这让商威备感失望。而学院邀请当地官员和名人来校演讲，也让在北京看惯了“大场面”的他“一开始听起来还觉得有点意思”，但时间一久，也就备感无聊，“既无法理解，也不知道有什么用了”。

“总归就是，我无法定义自己在那里的位置。”在咣当咣当的纽约地铁上，西装革履的商威紧握着扶手，一本正经地说道，“我觉得自己就是个局外人。”

生活总是需要一点意义的。在备感无意义的孤独、空虚与“局外人”的体验中，如何重新寻找到生活的乐趣，是许多留学生在美国“乡下”面临的共同课题。

面对这一课题，我给出的回答无疑是糟糕的：研二那一年大部分的时间里，我是在漫无目的的游逛和日复一日的电脑游戏中度过的。与迷茫、空虚的现实世界相比，游戏有着明确的奖励回馈机制，这让我多少可以在自我麻醉中获取一点安慰。然而，随着一个又一个游戏任务的结束，当我一次又一次点击屏幕上“结束游戏”的按钮，将视线从面前的笔记本电脑重新投向乱糟糟的桌面、空荡荡的房间和窗外黑洞洞的街区时，我感受到的，只有也只可能有更大的空虚。

与我不同，商威并没有因“乡居”的冷清而沉浸在顾影自怜的情绪里。吐槽归吐槽，抱怨归抱怨，结束了纽约的实习回到安娜堡，他还是开始了一场自我救赎式的抗争。“在村里的孤独，其实我到现在

① 美国学生与留学生在就业方向上的明显差异，是美国高校公共政策硕士（MPP）项目的一大特点。概括来说，MPP项目的就业方向主要包括美国各级政府机构（除通常意义上的“公务员”外，在笼统意义上也包括议员助手、竞选团队成员等职位）、国际组织和非营利组织。此外，也有少部分学生毕业后加入企业部门。对美国学生来说，各种选择都不存在障碍。但中国学生则不同——由于存在身份限制，MPP项目中的中国学生在毕业后，就业方向多为国际组织与非营利组织。另值得一提的是，该项目的课程设置也与项目中留学生比例直接相关，中国学生往往倾向于选择关注国际关系、全球化进程、发展中国家发展乃至单独辟有中国问题研究的MPP项目。

也没有完全克服。也许完全的‘克服’本来就是不存在的，我只是找到了比较好的与孤独相处的方式。”第二年开春来华盛顿找工作时，商威这样对我讲道。

那是三月末的一个夜晚，刚刚参加完两场面试的商威神色疲惫，但提起这半年多以来自己的变化，他还是显得兴致勃勃。快到晚上十一点的时候，我们在一家麦当劳坐下来，商威咕嘟咕嘟地连喝了几大口矿泉水，讲了起来。

我觉得一个人如果真正不感到孤独，那一定是从很好地和自己相处开始的。如果你没有这样的能力，那么在一个非常安静的地方，或者说没有特别多的方式可以排遣的地方，就很容易孤独。比如说弹吉他，我知道我是需要一点观众的，完全让我享受一个人弹琴的乐趣，我确实还做不到。但在安娜堡，就只能自己给自己弹，弹得多了，也就没什么兴致。类似的事情，还有很多。

实习结束之后，从纽约回到安娜堡，我就又回到了这种状态。压抑了一个月，我觉得我得做点什么——虽然当时上课、写论文、在学校的电脑商店打工已经让我觉得很忙了，但是我觉得这样下去不行，我还是得做点什么。也就是从那时候起，我开始了一个计划，就是不断地看电影。10月、11月吧，两个月的时间，我一共看了40场电影，都是在学校周边的电影院看的，有些片子还会反复地看。看的时候，我会强迫自己去关注一些之前不太关注的方面，比如拍摄手法，素材的拼接，也包括创作的来源。看不懂的，我就去Google上查。

这个过程，现在说起来简单，其实当时是很痛苦的。你在美国乡下住过，我觉得这一点你可能会理解，就是从那种觉得“生活没有意义”的状态中试图去寻找一些意义，或者说，从感觉“世界与我无关”到体验到“世界与我有关”的过程，并不是一帆风顺的。就拿看电影来说，一开始的时候，我还会不由自主地去看周围有多少观众，是不是只有我一个人，我的注意力也无法集中到电影上，去关心电影本身是不是精彩。但是看到第40场的时候，我的注意力就已经渐渐转移到电影本身了，我也就不在意是不是一个人了。

习惯了这种状态之后，从安娜堡再回到大城市，会发现自己的心态有了很大变化。去年刚去纽约的时候，纽约的那种喧嚣，它的那种衣食住行各个方面的信息量，一开始还是像洪水一般地向我涌来，让我一下子有点手忙脚乱。但现在再去，我就发现，区别是大，但似乎已经没有那么重要了。举个例子，比如说你每天接触到的信息量，在安娜堡是100，在纽约是10000，看起来有天壤之别，但实际上，无论是在安娜堡还是纽约，你每天能处理、消化的信息量，可能都只有10。就像胃口，并不是说给你100道菜，你就比给你10道菜时更能吃。

另外呢，还有一个主动和被动的区别。在纽约，周围的信息汹涌而来，是压到你身上的。而在安娜堡呢，每天的信息就是那么多，你只能主动地去寻求。本质上，这些东西到你心里留下的东西是一样的。为什么很多人说在纽约其实更容易感到孤独？我觉得恰恰就是因为，在这么一个丰富的信息量下，你发现与你自己有关的其实也只有那么多。“热闹是别人的，我什么都没有”，在狂欢结束之后，你发现自己还是一个人。这种反差特别强烈。

这也就是我为什么觉得在纽约的大部分人，可能不如在安娜堡的人一样心里平静。当然也有一些人，如果说在安娜堡是“小隐隐于野”的话，那他们在纽约就真的像“中隐隐于市”一样，无论外部刺激有多少，他们都只是有选择地接受和自己有关系的那一部分。如果能做到这一点的话，那

“我”在纽约生活，或者在安娜堡生活，其实就没有什么不同了。当然了，这得需要多强大的心理呀！

“从‘生活没有意义’的状态中试图去寻找一些意义”——商威是这样讲的。事实上，在我采访的留学生中，不少人都有过类似的体验——“在国内是生活发现‘我’，在美国是‘我’发现生活”是不少留学生经历“乡居”生活后的共同感受。大城市太过让人眼花缭乱的外部世界，时常会“乱花渐欲迷人眼”，让涉世未深的年轻人“忘了为什么出发”。而在安娜堡、在斯泰特克里奇、在克里奇帕克、在远离喧嚣的美国乡下小镇，中国留学生反而获得了一次久违的“凝视自我”的机会。业余生活的贫乏，让习惯了国内大城市多姿多彩生活的他们，不得不从足不出户便尽享精彩生活的“坐等”状态中走出，一点一点地蜕变为生活内容的主动创造者。除了“乡居”生活中常见的烹饪与健身，我看到他们旅行，登山，学跳探戈，组织各种沙龙活动，去美国人家里教授中文，在等待实验结果的间隙练习素描绘画。正如一位曾在“乡居”期间迷上自画像的受访人向我讲道的那样：“当生活变得无趣的时候，就努力让自己成为一个有趣的人吧！”

乡村爱情

1

从芝加哥前往淳姐和她先生王洋所在的印第安纳大学，要在印第安纳州[①]的首府印第安纳波利斯转车。动身前我收到淳姐发来的信息，说反正中间有三个小时的等车时间，不如花点时间在这里逛逛。“印第安纳波利斯虽然不如纽约那么繁华，但毕竟是美国第十三大城市。”淳姐在短信里写道。

那时已是初冬，天气虽不至于肃寒，但已有几分阴冷。一路上大巴经过的都是庄稼地，种的大概是玉米，早已收割完毕，田里一片光秃秃的景象。进了城，我在街上随便走了走，却只看到了“不如纽约那么繁华”，未见“第十三大城市”的风采。临近晚上七点，我搭乘学校的摆渡车前往八十公里以外的布卢明顿（Bloomington）。坐在车

---

① 印第安纳州（Indiana）位于美国中北部，北望密歇根湖，西与芝加哥所在的伊利诺伊州接壤，面积9.3万平方公里，人口约660万。首府印第安纳波利斯（Indianapolis）位于该州中心，地处交通要道，有“美国通衢”之称，市区人口约84万，都会区总人口超过200万。淳姐称该市为美国第十三大城市，是根据市区人口的排名来计算的。

上，望着漆黑的窗外，我想起了淳姐在三个月前给我的一封信里反复强调的一个词：孤独。

的确，从熙熙攘攘的大城市来到这座人口不足十万的小城，孤独是难免的。离开华盛顿前，我就听到过一位大我好几届的学姐的故事——她刚到布卢明顿读书时，曾因为孤身一人举目无亲，每天哭着给远在北京的母亲打电话，连续哭了十九天。这样的情绪，虽然听起来有些夸张，但我自己在“乡居”时却也感同身受。然而与这位学姐相比，只长我一岁的淳姐的孤独则令人费解：她在内蒙古长大，高考后才来到北京，因此在赴美前早已经历过离乡之苦。来美国留学后，她先在我后来就读的马里兰大学过了两年“城乡接合部”的生活，然后才搬到布卢明顿这座深居内陆的小镇上。更重要的是，这六七年以来，她一直有王洋的陪伴。尽管中间有两年的时间，她在马里兰，王洋在布卢明顿读博士，两人相隔千里，但这样的距离丝毫没有阻挡他们对于组建幸福家庭的渴望。两年半以前，淳姐从马里兰大学毕业后，放弃了留在华盛顿工作的计划，搬来布卢明顿攻读博士学位——其实也是陪伴王洋。我问她这是否是一种牺牲，她却说，陪着王洋比什么都重要。

于是当三个月前我收到淳姐的信，读到她反复强调的“孤独”一词时，我甚至有点愕然。我知道按照淳姐低调淳朴的一贯风格，她这样写，不可能是在“发炫耀帖”“虐单身狗”。那么，在拥有了旁人眼中幸福美满的感情生活之后，她所说的这种孤独究竟从何而来？她为什么说来到美国中西部之后，越发认识到“能够真正化解内心痛苦的人是自己”，认识到“我们都要学会自己的精彩自己消化”？而既然她自称“不喜欢在美帝”，为什么种种迹象又在表明，她留在这个国家的可能性正越来越大？

这是一路上我不断思考的问题。而回答它们，也正是我此行的意义。

2

抵达布卢明顿的时候，已近晚上八点。淳姐开了一辆蓝色的大众来车站接我，副驾上坐着身材高大、刚刚从实验室赶过来的王洋。Frankie——一条棕白相间的西施犬，正蹲坐在王洋的腿上，朝着窗外东张西望。

"我们是一家三口来接你。"淳姐笑着说。两年未见，她的言谈举止依然如往常一样，带着知心大姐姐般的"圣母光环"。"你这么老远地跑来看我，我特别高兴。就是没能给你做顿大餐，只是熬了粥。"她一边发动着车子，一边说着。

"你淳姐最近比较忙。"一向少言寡语、喜怒不形于色的王洋接下了话，"等会儿路过一家比萨饼店，请你吃城里最好吃的比萨饼吧。"

"就是别期待太高。"淳姐听我满怀期待地答应着，笑着插话道，"布卢明顿呀，总共也没有几家比萨饼店。"

淳姐——本科时"一手把我带大"的学生会前辈，还有王洋——院里篮球队的中锋兼队长，是在我刚进大学的那个2008年的秋天成为情侣的。情商、智商双高的两个人，在接下来的几年里可谓风雨同舟，相濡以沫。好几次学院新年晚会"年度最佳情侣"的票选，他们都无可争议地排名第一。而在我们这些学弟学妹眼里，他们更如"神一般的存在"。2014年情人节，他们在布卢明顿举办婚礼。婚礼前一天，美国东部暴风雪肆虐，数千个航班取消，我、兆凡、馨月这几个在他们的"关怀"下成长起来的学弟学妹，在原定的航班取消后踩着一尺的雪前往机场。攥着婚礼的邀请函，眼看着第二天仅剩的几趟航班票价发疯似的上涨，我们面面相觑良久，还是狠了心：淳姐和王洋结婚，怎么着都得去。

第二天的婚礼上，新郎新娘交换戒指，四目相望，激动得几度哽咽。主持婚礼的神父笑容慈祥而温暖，一句"Marriage is your task"

（婚姻是你们的责任）至今让我记忆犹新。给新郎新娘献花的拉丁裔小花童身着洁白的连衣裙，头上戴着花环，在会场里蹦蹦跳跳的，惹人疼爱。而作为淳姐和王洋多年感情的见证人之一，兆凡则在来宾席上哭得稀里哗啦。

那是我第一次参加同龄人的婚礼。从布卢明顿回到华盛顿，有朋友问我感受如何，我回答说："在场的每一个人，大概都想结婚了。"

时隔两年再来，淳姐和王洋已经搬了家，在布卢明顿小镇郊区购置了一幢二层小楼。室内的装潢并不复杂，不变的是墙上挂着的二人在各地旅行的合影。他们的西施犬Frankie比之前长大不少，也乖巧了许多，不像上一次我们见面时，不仅偷吃我的蛋糕，还一个晚上都闹个不停。"I love dogs. It´s humans that annoy me."（"我喜欢狗。烦我的是人。"）——我看到厨房的冰箱贴上这样写道。

吃过"城里最好吃的比萨饼"，喝过淳姐熬的山药小米粥，王洋又返回实验室继续他的化学实验。多数时间里，他每天早上九点钟进实验室，中午和晚上各休息一会儿，晚上十一点后才会最终离开。

"你姐夫走了，你正好采访我。"淳姐端着一杯热水靠在沙发上，笑着说，"他之前还在问呢，为什么只采访我，不采访他。"

我"噗"地一乐，"我还是跟你更熟。"

淳姐点了点头，开始了谈话。她的讲述，是从大二时的热恋开始的。

咳，我和你姐夫的感情经历，其实我不说你也知道，毕竟你和兆凡是我俩感情的见证者。大一的时候我和你姐夫的关系就很近，不过那时候我们是以兄妹相称，隔着一层窗户纸。你姐夫是天秤座，在感情方面没有那么斩钉截铁。当时也有一些女生喜欢他，他也不明白回复人家。这些事我当时都知道，说实话，看到有女生追他，他却没有答应时，我心里还暗爽过一阵儿（笑）。

后来的事情你也知道。那时学生办公室的老师也说，这两人明摆着互相喜欢，干吗非要留着那一层窗户纸？所以后来我就对你姐夫表白了……其实也不能说是表白，就是我问他，有没有把关系更进一步的想法。你姐夫当时没回答，过了两天过来找我，说我们在一起吧。我问他是怎么想明白的，他回答说，他回去想象了一下，如果我和别的男生在一起了，他会是什么反应。结果他发现他会受不了，于是就来找我了。

我当时在学校记日记。现在回过头去看当时写的日记，还有点脸红呢！不瞒你说，当时我和你姐夫经常在湖边约会，一聊就能聊到凌晨三四点。现在可不行喽！所以你问我在北京谈恋爱和在美国谈恋爱有什么区别，要我说啊，在北京我和王洋是热恋，而到了美国之后呢，是革命战友般的热恋（笑）。毕竟在这边，有了婚姻和家庭的责任，得更有责任感才行。

刚来美国的那两年我在马里兰，他在这儿，我们异地。不过异地对我来说其实不是一个太大的问题，至少对当时的我来说不是一个太大的问题。换到现在我们结婚之后，异地可能会是一个大问题，比如说假如现在在哪里有一个工作机会，需要异地三年，那么即使机会再好我也不会去。但在当时，异地不是一个太大的问题。这是因为，首先我是一个很独立的人，不太会依附于别人，虽然你们很多人可能不这么觉得（笑）。可能很多人，包括我现在的同学，他们看到我首先想到的可能是王洋，会觉得我是把家庭放在第一位的。的确，我把感情和家庭看得很重，但这并不意味着我的依赖性就很强。我爱的时候可以爱得死去活来，但同时我也会享受自己丰富多彩的生活。比如当时在马里兰的时候，我经常和朋友一起去跳舞，就很开心。后来结婚时我们还做了一段视频，里面比较了那两年里我和王洋的生活——那时我每天在马里兰的生活丰富多彩，而王洋在印第安纳每天就是从早到晚地做实验，生活比较单调（笑）。

不过异地也有让我难受的时候。比如有一次你姐夫头疼，去医院看，医生说怕是脑瘤，要给他做个穿刺手术。美国的医生嘛，你知道的，动不动就要让你做检查做手术。结果呢，你姐夫觉得手术不大，就没跟我商量，直接去做了。做完了之后各种副作用，躺在床上一个星期下不了床。后来好几个月，他精神都不太好，他以前留的是圆寸头，那段时间头发长得都把脸盖住了（笑）。其实呢，他就是那几天低头看iPad看得久了，头痛，跟脑瘤哪有什么关系？

你问我那么顺利地就度过了异地的两年，是不是因为我能够给自己足够的安全感。我觉得是。不过另外一方面，在那两年里，王洋也给了我足够的安全感，或者说我们彼此都能给对方足够的安全感，我觉得这一点对于异地恋来说非常重要。有些情侣可能一旦开始异地，就会彼此怀疑对方，但我们不是。当然了，我觉得这主要还是因为我们之前有很深的感情基础，彼此非常信任。在这方面，我觉得有句话说得特别好：好的感情不是0.5+0.5=1，也不是1+1=2，而是1×1=1。什么叫1×1=1？那就是你中有我，我中有你。

另外，这里还有一个时差的问题。印第安纳和马里兰在同一个时区[①]，这意味着两个人的生活节奏相对同步。相比于异国恋，比如一个人在美国另一个人在北京，这个优势就显现出来了。异国恋的时候，可能这边下班回家时那边还没有起床，而那边醒来的时候这边已经躺下了，这种生活节奏的不同步会带来不少问题。如果处理不好，会让两个人的距

---

① 美国本土分为四个时区，马里兰州与包括布卢明顿在内的印第安纳州大部分地区使用美国东部时间，即比格林尼治时间晚5小时。印第安纳州还有一小部分地区使用的是美国中部时间，即比格林尼治时间晚6小时。

离越来越远。

来印第安纳读博是不是一种牺牲？我觉得不能完全这么说。的确，读博对我来说是一个“异数”，因为知道自己其实更喜欢和人打交道，而读博则意味着，你的大多数时间是和电脑上的文字和数字打交道。我从马里兰毕业之后，其实已经找到了在华盛顿的工作机会，但最后还是决定来这里读博。不瞒你说，那时确实想你姐夫了。其实我来布卢明顿读博时，就有朋友问我这究竟是不是一个正确的选择。现在想想，当时自己的回答还有些自负——当时我跟自己说，即使这不是一个正确的选择，我也要把它变成一个正确的选择（笑）。

“异数”并不意味着就是一种牺牲，因为如果我和他在一起时更快乐，我想这就是一个正确的决定。事实上，在我来之前，王洋也曾经试图转学到马里兰，但是马里兰的科研项目和他所做的领域并不是特别匹配，我们商量了一下，我说还是希望他做他真正想做的课题。所以说，我们俩其实都在为结束异地的生活付出努力。虽然最后是我来到这边，但要说谁最早做出了尝试，你姐夫其实比我更早。

这几年我的变化是很大的，你多多少少也看到了。上高中的时候，我其实是一个非常tough（坚强的、坚韧的）的人，在学习上非常刻苦。但越到最近，我越觉得做一个家庭主妇很好。当然了，这并不是说我以后就不去工作了，我可能依然会做一份工作，同时做一些自己想做的事情。我高中的同学现在会跟我说，你都变得不像你自己了（笑）。但我觉得吧，无论是之前的那个我，还是现在的这个我，都是我，我都喜欢。一个时候有一个时候的想法，每个阶段都有自己喜欢的生活方式。我觉得只要这个生活方式让自己满意，就可以了。

听到淳姐讲到“家庭主妇”，提起高中同学对她的评论，我有些“不怀好意”地笑了。那一刻，我的脑海中浮现起本科期间的两幅图景。一幅，是我初入燕园时看到的那个风尘仆仆的身影——那时淳姐刚刚转换了专业，需要在短时间内补上大量的课程，再加上兼着学生会的差事，因而终日奔走在各个办公楼与教学楼之间。另一幅，则是大四上学期结束了留学申请后，她屡次提起“家庭主妇”时那一副对未来生活无比向往的神情。“我将来要是能养一条狗，每天都有插花课上……”淳姐窝在宿舍客厅的沙发上（当时我们因为参加一个国际交流项目，住进了留学生宿舍），看着陈数主演的电视剧，陶醉的眼神仿佛讲述着一场公主梦。

“在我眼里你一直是个‘女金刚’啊，怎么现在越来越没有追求了！”曾几何时，我还这样揶揄过她。但此时此刻，当我静静地聆听她讲述着这段“革命战友般的热恋”，我感到的却是，她说出的每一个词、每一句话，仿佛都饱含着一种坚韧的生命力。是的，那是一种坚韧的生命力，就像淳姐提到的“tough”——坚韧，顽强，重要的不是事业上的出人头地，而是对生活始终保持热忱。

3

酒足饭饱的Frankie懒洋洋地趴在淳姐脚边，时不时地瞟一眼我们，仿佛要加入我们的谈话。

“可惜你不会喜欢这个话题。”我静静地瞅着它，心里略带遗憾地想道。

谈完感情，我和淳姐聊起了“孤独”。

是的，孤独。在来布卢明顿三个月前，我曾因为一阵难以抚平的孤独感，写信向淳姐求助。在给我的回信中，她这样写道：

> 但我们都要认识到，随着生活的复杂性加深，能够真正化解内心痛苦的人是自己。这不光是我对你说的，也是对我

自己说的。越长大越发现自己要承受孤独，这种孤独是你特兴奋的时候可能没人在身边跟你分享，你特痛苦的时候想找个人吃顿饭也没有。那我们都要学会自己的精彩自己消化。这是在美帝，特别是中西部，让我了解到的。因为美国的社交文化特别有距离，即便是最好的朋友，最亲的家人，也不会干涉过问你的事情，除非你主动预约。这也是我为什么不喜欢在美帝的原因。

这让我感到困惑。

孤独，正如史铁生所言，并不是寂寞或者孤单："孤独并不是寂寞。无所事事你会感到寂寞，那么日理万机如何呢？你不再寂寞了但你仍可能孤独。孤独也不是孤单。门可罗雀你会感到孤单，那么门庭若市怎样呢？你不再孤单了但你依然可能感到孤独。"一句话，天涯何处不孤独？

在国内，二十四五岁的独居青年最容易感到孤独。从学校的集体世界走向独自面对社会的个体生活，他们离开的不仅是校园，是四人或是六人一间的宿舍，是动辄几十人甚至上百人一起出行的春游、秋游、夏令营、冬令营、社会实践乃至毕业旅行，他们告别的，也是和室友、闺蜜动辄夜聊到凌晨两三点的夜晚，是依赖已久的心灵避风港和"人情的磁力场"，是独自行走在"生活的旷野"时对于"找寻温暖的包藏体"的最后一丝幻想。

而在国外，对于来到布卢明顿这样的大学城的留学生来说①，孤独感的油然而生则显得尤为顺理成章。远离家乡、父母、原有的人际圈子和熟悉的文化体系，他们所面临的自身环境的巨大变化，无疑

① 需要指出的是，美国的大学城与中国的大学城有很大不同。在国内，大学城一般位于大城市的郊区，许多大学在市区内拥有校园，另在市郊设立分校。在美国，大学城则多为一座单独的城市，学校为当地社会经济活动的中心。由于历史和经济原因（如地价），这些大学城多为远离大城市的小镇。

会催生出一种“世与我而相违”的陌生感。“我觉得自己就是个局外人”——正像商威提到的那样，在他们与所身处的环境间，仿佛有一道看不见的藩篱，一道看不见却牢不可破的藩篱。

“但淳姐不同啊！”不止一次地，我这样想道，“她已经有了幸福美满的感情生活，又哪里来的孤独呢？”

对于这个问题，淳姐并没有归结于布卢明顿相对匮乏的小镇生活。她把原因指向了美国社会“距人一臂之遥”（keep one at an arm´s distance）的社交文化。

如果从环境上讲，其实我并不喜欢马里兰，尤其是College Park。College Park在城乡接合部，文化更复杂，不纯粹，不像这里，因为远离大城市，文化上更有艺术感，更自由，人也更包容。

但在马里兰的时候，说实话我并没有觉得孤独。虽然王洋在印第安纳，我们异地了两年，但那时我身边依然有一些志同道合的朋友。虽然可能也只有几个人，但通过他们，我又能去认识更多有意思的人。刚才也提到了，之前很多年我都没有跳舞了，但在马里兰，我又和他们一起重新开始跳舞。无论是当时还是现在回想起来，这都是一件让我很开心的事情。

但自从来到中西部之后，我确实很难找到志同道合的人了。可能有些人会说这是因为我成家了，但我自己清楚其实并不是这个原因。的确，有些人可能会觉得，如果家庭生活很闲适很舒服，那么就不愿意再去参加社会活动了，但我不是这个样子。如果像在北京或者马里兰那样，身边有一些志同道合的朋友，我还是很愿意出去参加活动的。但问题就是，在这边很难找到这样的朋友。当然，就像你说的，我可以和王洋出去玩——我本来也是把他当成最好的朋友。但毕竟，我和他之间更多的是爱情。

所以在这边的情况是，我认为没有那么重要的事情还是有人问的，比如父母，当然会时不时地问起自己身体怎么样啊，吃得好不好啊，但那些我认为重要的事情却没有人关心了。这个时候就会感到很孤独。比如说写完了一篇重要的论文，或完成了一个重要的任务，我想找朋友出去玩或庆祝，这时我就找不到人。所以给你回信的时候我跟你说，来布卢明顿之后，我越发意识到我们要学会一个人享受自己的精彩，化解自己的痛苦。

这个过程并不好受。有些人可能自己看一天书或者看一天电影，并不会觉得孤独，我很羡慕这样的人。事实上，只要你所生活的环境让你觉得舒服，你就不会觉得孤独。让人们感觉舒服的因素可能是书，可能是人，也可能是别的什么因素。而对我自己来说，我很清楚自己明显是更需要人。

但信上我也说了，美国的社交文化特别有距离，即便是最好的朋友，最亲的家人，也不会干涉过问你的事情，除非你主动预约。我记得你之前曾经问我，我和王洋的婚礼上不是邀请了不少美国朋友吗，为什么我还会觉得孤独，其实就是这个道理。和他们的交往时间长了，你就会发现，在社交上，美国社会人与人的距离是很明显的，人们都希望管好自己的事，别人的事尽量不去干涉，这其实也是美国社会个人主义的一种体现。从好的一面上说，别人的事情尽量不去干涉，这其实是保护了每个人的自由。但从不好的一面上说，这其实也就是“各家自扫门前雪，莫管他人瓦上霜”，人与人之间缺乏紧密的联系。你有什么难处了，为什么事伤心了，他们最多说句I'm sorry to hear that（听到这件事，我感到很遗憾）。其实呢，他们对你说的事情本身，并不一定关心。

说到这儿，淳姐停顿了片刻，问我说：“你的美国朋友最常说的话是什么？”

我一愣，“How are you doing?”[①]

“你说得也对，”淳姐说，“不过更有可能的是That's interesting或者I'd love to[②]，对吗？你给他们讲你最近做了什么，他们会说That's interesting，脸上可能还露出几分笑意或者惊讶的神色。或者你跟他们说最近要不要一起吃饭，最近哪里有个表演问他们去不去，他们会说I'd love to。然后呢？然后就没有然后了。你不能说他们这是虚伪是在说谎，这只是他们日常的行为方式。”

是的，尽管淳姐的表述略有夸张之嫌，但从骨子里来说，美国的确是一个特别强调人我界限、强调个人对自身的喜怒哀乐充分负责的社会。对于这一点，孙隆基就曾在《中国文化的深层结构》中指出，在中国文化体系中，“随便找熟人诉苦、说丧气话、幽怨一番，都比较能抓到义务性的听众”，但在个人主义与实用主义哲学基础上建立起来的美国社会，“每个人对己对人的要求都是充分地感情自立，最怕听的也是别人之幽怨或苦情戏”。中式传统的情感表达，哪怕是触景生情式的诗兴，在这里即使不被视为神经病，也往往被看作无病呻吟。“他们最怕你dramatic（戏剧性的），”和淳姐同年来到美国的胡凡，也曾这样提起她的美国同事，“这不是说他们不喜欢你幽默有趣，而是说，他们觉得一个人既然要professional（职业的），就应该管理好自己的个人情绪。”

对大多数中国人来说，人与人之间这样的界限分明，多少是缺一点“人情味”的——在中国人的文化观念中，与他人保持距离会被视

---

① 美国人见面最常说的寒暄话之一，大意为“最近怎么样”。美国人回答这一问题时，大多以“好”“很好”“非常好”作答。但中国留学生面对这一问题时，心态更为复杂。不少中国留学生对这一问题进行过吐槽，说很多时候他们刚熬过通宵或者考试考砸，遇到这一问题时心里想说的是“糟透了”“累死了”，但又碍于面子，只能以“好”作答。这导致“How are you doing”已经成为许多中国留学生最不喜欢听到的话之一。

② 对应的中文分别为“这很有趣”以及“我很愿意”。

为“拒人于千里之外”，而不像在西方，只会被看成“拒人于一臂之遥”。在传统的中国社会里，“人”与“我”的界限是不存在的，至少是模糊的——张爱玲就曾讲道，在她成长的那个时代，一个人在清晨五六点起来，如果不把房门打开，就表示“在家里做坏事”。现在，人们见面前往往要发个信息，打个电话，但在以前，人们不会这样。在回忆童年时看到的“串门子”的情形时，蒋勋这样写道：“我记得阿姨来找妈妈时，连地址也不带，从巷口就开始叫喊，一直叫到妈妈出去，把她们接进来。”

从七八十年前张爱玲生活的“三代同堂”“四世同堂”的大家族时代，到今天中国社会原子化家庭格局的普遍确立，影响“人我界限”变迁的社会基础无疑发生了重大变化。在这一代留学生成长的过程中，独生子女政策的落实、西方思想与价值观念的引进、年轻人自我意识的凸显，以及个人取代家庭成为社会交往基本单位的变化，都在不同程度上改变着中国社会传统中人我界限不清的特点。然而尽管如此，千百年来传承下的文化传统，并不会在一夜间烟消云散——别的暂且不提，只要看看今天还有多少人在“饭局”上一杯酒下肚就开始称兄道弟，中国社会模糊的人际界限就可见一斑。

而在海外，中国式的“人情观”和“关系论”、吃饭结账时争先恐后不让对方付账的习惯，以及对富有温度和“人情味”的圈子的追求，也依然在许多这一代留学生身上或多或少地体现着。而淳姐——这位本科时亲切地走访学弟学妹宿舍的新生辅导员、像对待亲弟弟一样“一手把我带大”的学生会前辈、参加国际交流项目时与各国学生打成一片的中方学生代表、异地“乡村爱情”的坚定捍卫者、西施犬Frankie的喂养人、化学博士王洋的灵魂伴侣，则无疑是践行上述中国式情感关系的典型代表。时至今日，朋友间拿起电话聊上个把钟头、相互关照时常联系，依然是她最为期待并感到最为舒服的社交方式。对于美国社会相对疏离的人际关系，她备感无奈。而这样的无奈，也正是她所谓的孤独感最重要的来源。

第四章

选　择

在弗吉尼亚大学读博的老蒋，正处于从“知识消费者”到“知识生产者”的转变之中

我们对我们决定去做的事情，和我们决定不去做的事情，抱有同样的自豪感。

——顾姗姗（纽约大学中国留学生）

幸福是种相对感觉，选择是种绝对痛苦。

——朱睿智（斯坦福大学中国留学生）

当我们谈论PhD[①]时我们在谈论什么

“三年了，我只干了这一件事”

2015年3月，当我来到芝加哥看望已近两年未见的宇鹏时，他正处于我们相识十年以来最焦虑的状态。说“最焦虑”，是因为他平时也焦虑——无论是在高中时代，还是在大学的校园里，任何时候见到他，他都行色匆匆，脸上挂着愁容。不过，如果说平时他这个样子，还会让人产生“他是不是太多愁善感”或者“他是不是给自己的压力太大”之类的怀疑，那么这一次，他的焦虑则确实事出有因：就在三天之前，他刚刚收到最后一所申请的学校发来的拒信。用他的话说，“天塌下来都比这个容易承受”。

这是宇鹏第一次申请美国大学的PhD项目。为了能毕其功于一役，在过去的三年时间里，他几乎是皓首穷经，宵衣旰食。两年之前，在重大决策中历来小心谨慎的他，出人意料地从国内的研究生项

① PhD即Doctor of Philosophy，指美国的博士培养项目。在美国，除医学、法律等少数学科的博士学位不称为PhD之外，多数学科的博士毕业生会被授予PhD学位，即博士学位。

目退学——当时他只需要再花一个学期修完一门课，便能在中国最好的商学院之一拿到金融硕士的学位。之所以这么做，是因为在他眼里，“再这样念下去对我申请PhD毫无意义”。为此，他远赴英伦，在剑桥拿到研究型硕士学位[①]。一年之后，他又从剑桥来到芝加哥。为了赶上PhD的申请季，他用一年的时间修完了原本一年半的课程，其中还包括在暑期时自学成才，从而免掉的本来必修的C++。

“我过去这三年只干了这一件事，就是申请PhD。”我刚放下行李，还没来得及坐下，宇鹏就愤愤不平地讲起来，“结果现在搞成这个样子，你说说，这公平吗？”

我咽了口唾沫，把本来想说的话吞了回去。事实上，就在前一天晚上，我在洛杉矶的高速公路上刚刚出了车祸。虽然毫发未损，但此刻依然心有余悸。这次来芝加哥，既是想探望一下宇鹏，同时也想从他那里求得些安慰。

“要不这样，明天咱们出去逛逛，你也散散心？”

“唉，”宇鹏长叹了一声，摆了摆手，“没意义，你说，出去逛逛能让我申上PhD吗？”

我涨红了脸，不知道说什么才好。是啊，除了等到明年的申请季，还有什么法子能让他申请上PhD吗？

在宇鹏一言不发地开始切起白菜，炒起五花肉的时候，我也在一旁静静地思考着PhD对于他、对于许许多多的中国留学生来说，究竟意味着什么。记得从上小学开始，每当父亲问我今后要不要读大学，我就会说，不仅要读大学，还要读硕士。“那读完硕士呢？”“读博士！”“读完博士呢？”“读博士后！”那时的我，显然还不清楚硕士、博士和博士后这些耀眼的头衔意味着什么。对当时的我来说，戴上博士帽、穿上博士服，然后在照相馆里拍出一张“廖元辛小朋友的博士毕业照”，远比搞清楚“博士是做什么的”这样高深的问题重要得多。

---

① 研究型硕士，即Master of Philosophy。

事实上，这种“读完本科读硕士”“读完硕士读博士”（或者是硕士优于学士、博士优于硕士）的思维方式，在中国社会中似乎普遍存在。在古代中国，“博士”指专精某种技艺的人，同时也是掌管书籍文典、通晓史事的官职。它给一种感觉，即“博士”是那种读书非常多的人。到底有多多呢？不知道，但大概至少比硕士多。一个人既然是“博士”，那就自然是经纶满腹，博古通今，自然是“顶厉害的”了。而博士后呢，自然要比博士更“厉害”。

然而在美国，或者说在欧美各国，读博士或者读硕士，则根本上是两条不同的发展路径。自20世纪初以来，欧美国家的博士项目主要以培养学术研究者为目标，强调学生的科研原创性[①]。同时，博士也是一种“教学资格证”——在大多数院校，只有获得了博士学位才有资格受聘成为教师。正如我的一位正在攻读政治学博士学位的朋友所说，“博士教育其实就是一种职业教育，成为博士是进入学术界、去大专院校教书的敲门砖，这正如同获得注册会计师资格证之于进入会计师事务所，通过司法考试之于成为律师。”

然而就是这样一块敲门砖，让自上本科起就想成为一名大学老师的宇鹏已经苦恼了三年。他这样描述自己的心境：“我觉得我现在特理解范进[②]。你说，我现在申PhD，跟范进考科举有什么区别？我觉得没区别。”

第二天，我开车带宇鹏出城，到圣母大学[③]转了转。他的情绪稍有好转，但依然起伏。回程的路大概一个半小时，正是我们深入谈谈申请PhD想法的好机会。尽管谈论的是自己的“伤心往事”，但宇鹏

---

① 随着学术上的专业划分越来越细密，博士研究生所研究的课题也越来越专业。从这个角度来讲，当代社会培养的博士在知识上的特点未必是广博，而更可能是精专。据此，北大国际关系学院的唐士其老师曾指出，“博士”一词的翻译给人们的认识带来了不少误导，当代博士教育培养的实际上是“专士”。

② 范进是《儒林外史》中的人物，他参加乡试中了举人，喜极而疯。中学语文课本中有《范进中举》一文。

③ 圣母大学（University of Notre Dame），1842年建立，位于美国印第安纳州南本德（South Bend），是一所著名的私立天主教综合大学。

当真讲起来时，还是给人一种莫名的喜感。这一来是因为他抑扬顿挫的语调像极了评书大师单田芳，二来作为一名曾获得金融哲学双学位的哲学迷，他会把我问的每一个简单的问题进行理论化的分析，给人一种“子非我，安知我不知鱼之乐”似的黑色幽默感。

说实话，要说这一年来有没有开心的事，我觉得没有。为什么？因为我每天就是按部就班地上课，做研究，找推荐信。每天就干这么点事儿，最后还没申请上，你说我能有高兴的事儿吗？而且你也知道，我女朋友在北京，异地都三年了，她一直不希望我在美国读PhD。这些年出来读书，又花了家里不少钱，你说，如果我明年再申不上，我咋办？

不过话又说回来了，在申请之前，其实我就知道估计会很难。毕竟金融PhD每个学校就招那么几个人，全世界那么多人都在申请。先不说其他人是个什么水平，你就看看我们芝大[①]这些学生都是怎么念书的：每次下大雪，其他学校都封校放假了，可我们不放。为什么？不是学校不让放，是学生不让。学生说，我们交了学费来上学，你提供的教育就得足时足量。既然我们能来到教室，你就应该继续给我们上课。

你问我为什么想教书，为什么要读PhD，这个说来话就长了，我得先讲讲这个想法产生之前的事儿。

我小时候，大概初二的时候吧，就在想人活一辈子，总要干点事儿。那什么事情有意义呢？我一直觉得当医生这件事情很有意义，因为它解决了人类的一个根本问题，那就是“活下去”。而使得人类活不下去的根本因素是什么呢？那时

---

① 指芝加哥大学（The University of Chicago），1890年建立，著名私立研究型大学，亦是世界经济学研究中心之一。华裔科学家杨振宁、李政道等毕业于此，美国总统奥巴马曾长期在该校任教。我去探望宇鹏时，他正在芝加哥大学读金融硕士。

候我觉得是癌症。为什么呢？因为其他的事情你都可以控制，但癌症这个事情你没法控制。就像一个人在街上走，被撞死了，那可能是因为司机的问题，也可能是因为他走路不小心。或者一个人感染了艾滋病，那可能是因为医生给他输血时用了不干净的针头，或者是因为他出去花天酒地不洁身自好没有做好保护措施。无论如何，这都是因为一些人的问题，导致了最后这样一种结果。

你现在听这个想法可能会觉得很好笑，但我当时真的这么觉得。因为我爸从小就教导我，“不要犯低级错误”。我爸是工程师，他一直是一个很谨小慎微的人。在他眼里，如果你在大风天走在路上，被风刮倒的广告牌砸到了，那是你的错误，不是风的错误，因为你本来有办法可以避免的。所以我那时就在想，如果所有人都不犯错误，那会怎么样？就像撞车或者感染艾滋病，如果所有人都不犯错误，司机和行人都很小心，医生每次都换针头，你不出去玩，或者出去玩也做好保护措施，那么这些问题理论上是可以避免的。但是癌症就不一样，你无论怎么小心，还是可能会得癌症。所以当时觉得，如果有一天能把癌症治愈了，那将是对人类最大的贡献，因为它解决了一个即使是在完美世界中也依然存在的问题。当然现在回想起来，会觉得自己当时也太自大了——就凭我，能治愈癌症（笑）？但在当时，真的就是想做这个事儿。

所以我就跟我妈说，我觉得干这个不错。我妈在医院工作，她就跟我说，学医有两种，一种是临床医学，一种是基础医学，你想治愈癌症，是不是要学基础医学。我一想觉得不对，因为我觉得既然是医生，就应该给病人治病，怎么能天天在后面做研究呢？我就跟我妈说，我希望既能在前台看病，又能在后台做研究。我妈说你这个想法不现实，你去我们医院看看，去看看医生有多累。而且你以为你每天遇到的都是得了疑难重症经你抢救才活过来的病人吗？不！你每天见的病人可能病情描述都差不多，一天你要听几十遍甚至上百遍。门外排着长队，你连上厕所的时间可能都没有。何况作为医生你可能还要看很多很恶心的东西，比如病人背上长的疮、脚上起的泡，你觉得很爽吗？我听了觉得哎呀，我妈说的有道理。这活儿苦，还得职业病，不好。这是我初中时的想法。

后来到了高中，我还是觉得应该去治愈癌症，但我依然不能调和基础医学和临床医学之间的矛盾——我觉得这是我当时生活中的根本矛盾（笑）。而且我当时渐渐意识到一个问题，就是如果我现在开始致力于癌症研究，可能等不到我研究出来的时候，别人就已经研究出来了，这样我岂不是白干了吗？想到这一点之后，我的心态就发生了一些变化，后来我就想，得了，咱不干这个事儿了，咱搞个别的事儿吧。

那搞个什么事儿呢？我当时其实也不知道。但是不知道也没办法，因为到高三了得报志愿啊。那时每年大学的宣讲会，我爸妈都会去，考察各个专业。我爸我妈就说，商学院不错。为什么商学院不错？学生成绩高嘛，毕业之后出路好，能挣钱。于是我当时就想，既然我不知道我喜欢什么，那我应该喜欢钱，因为钱所有人都喜欢。所以后来我就去了。我的想法是，我可以挣钱，挣很多很多钱，然后我资助别人去研究癌症。这样做有一个什么好处呢？因为我之前一直在想，如果我要去自己研究癌症，国家给我好几十年的资助，结果我最后没研究出来，浪费这么多资金，这不太合适。但是如果我是一富翁，资助别人去做，他把这个钱浪费了，那是我自己的钱，我乐意。

可是去了商学院之后，我发现国内的高校有很多弊端，于是我又产生一个想法，就是有朝一日能当上大学校长。有哪些弊端呢？其实都是些很小的事儿，比如说为什么进校门要查身份证？我觉得这和大学开放自由的精神不符。再比如说为什么转系那么困难，为什么不能跨院系选课？我觉得学生只要把自己的专业课学好了，其他时间愿意选什么课就选什么课，干吗非要拦着他？所以那时候我就在想，我应该去当校长，把这些破事儿都给改了。然后我们拿更多的钱去请好的老师，而不是在校园里不断地盖楼。另外就是我意识到教育这个东西太重要了，你当了校长，大概能影响到全国千分之一的人。而这千分之一的人，对社会的影响可能就不止千分之一了。

但是后来我意识到，我估计是当不上校长的。为什么？因为国内知名高校的领导都有行政级别，而我对政治天生不感兴趣。这样一想，我觉得咱还是别当校长了。当然了，我后来也掂量了一下自己，觉得估计自己也配不上，没这本事（笑）。

得了，既然咱当不了校长，那就当个老师吧，至少可以在课堂上把自己的想法传递给一部分人。另外你也知道国内现在的学术环境，如果大家想的都是怎么去业界挣钱，怎么去外面给老板们上课赚出场费，而不是把自己的研究做好，把自己的课教好，那么学术风气只能会越来越差。所以我决定申请PhD的时候，其实是有这个打算的，就是将来回去任教，用自己的力量去正一正学术风气。

当然对于教书这件事，还有一个非常重要的问题你其实没有问，就是“教”和“研”的关系。你到底是想“教”还是想“研”？国内的学术氛围是不好，思想的交流确实不如美国这边活跃，但如果你真正想做的是“教”，那么这些事儿你应该就不那么在乎才对啊，不是吗？说到底，我还是想教书的，教书对我来讲比做科研更重要。但是我后来发现，如果你真想教书，想获得一些话语权，那么你就需要一个正教授的职称。而这样一个职称，部分取决于你的研究做得好

> 不好。另外，当你为了最后能教书而去读一个PhD，你真正把自己摆在这个位置上的时候，你就会发现，为了完成这个PhD的任务，可能你90%的时间需要做研究，只有10%的时间去做助教，你会不由自主地去重视自己的研究。我也重视自己的研究，虽然我还不是一个PhD。

在听到最后那一句“虽然我还不是一个PhD”的时候，我分明能感觉到宇鹏的失落。在这样的自嘲之外，更多的时候，他在叹气。几乎在每一个段落的结束，他都要长叹一声，给作为提问者的我一种无形的压力——尽管熟悉他的人其实都知道，这样的长叹几乎已经成为他一种不自觉的习惯，丝毫不会起到“如释重负”的作用。我在想，在最终申请上PhD之前，这样的习惯也许还会延续下去。

在听宇鹏讲起他年少时的梦想时，我一直在想，他所描述的这些天马行空的、听起来几乎有些天真的想法，与把“不犯低级错误”作为自己人生指南之间是否存在着某种内在矛盾。作为一名旁观者，同时又是他的好朋友，当宇鹏提起他初中的班主任老师送给他们的那句“一分耕耘，一分收获，不一定；十分耕耘，一分收获，一定”时，我一方面为他这三年来的不懈付出肃然起敬，然而另一方面，却也不由自主地为他感到担忧。我感到担忧，是因为与很多人满怀期待为了一个目标而“痛苦并快乐着”不同，在宇鹏的这段艰难跋涉中，似乎只有痛苦，没有快乐。

这样的痛苦，自然有他习惯性焦虑性格的缘故。但从另外一个角度来说，也与PhD申请过程中存在的极大不确定性密切相关。与中国学生在国内已经习惯的考试看分数、只要考得好便上得好大学相比，在美国申请PhD——尤其是申请文科PhD的过程，则不啻为一次命运的审判：学校的录取委员会虽然会把申请人的托福和GRE的分数、推荐信和科研成果的含金量等因素作为重要的参考指标，但最终录取的结果毕竟不像单纯的考试成绩一样掌握在申请人手中。在某种意义上，这也正是宇鹏把自己比作范进的原因——因为在科举时代，没有人能在走入考场的那一刻，就能保证才华横溢的自己一定能够金榜题名。这种不安全感，激励着每一位申请人付出不懈的努力，却也促使他们中一些对自己要求严苛的人走向患得患失的极端。当宇鹏给我讲起近几年来，他会为每一次上网玩小游戏所耗费的半个或是一个小时的时间而内疚不已的时候，我伤感地想到一句网络语来：

“我们究竟还能不能一起愉快地玩耍了？”

从“知识消费者”到“知识生产者”

并不是所有的PhD学生在申请成功之后就万事大吉。相反地，申请成功只是“万里长征第一步”，真正的考验还在后面。

当宇鹏为了申请PhD的失利而闷闷不乐的时候，在一千公里之外的夏洛特维尔，正于弗吉尼亚大学[①]攻读经济学博士的老蒋，则在为博士论文的开题报告发愁。在周围的朋友眼里，这是一个并不多见的情景：一向喜怒不形于色、消解压力如春风化雨的老蒋凝神坐在电脑前，时而翻阅资料，时而在草稿纸上运筹，时而低头沉思不语。当一个月后我去探望这位本科室友时，一向绝少向朋友提起未来规划的他告诉我，过了这个暑假，他要回国一年。

“怎么，不读了？”我惊讶道。

“不是不是，是研究中出了些问题，想回去好好想想要写的题目。”

我觉得其中有“诈”：“想个论文主题用得着回去一年吗？”

“是要好好想想……”一向深藏不露的老蒋露出狡黠的笑容，“不过确实是想借这个机会把婚结了。”

---

① 弗吉尼亚大学（University of Virginia, UVA），位于美国弗吉尼亚州的夏洛特维尔（Charlottesville），距首都华盛顿有两个小时的车程。该校于1819年由美国第三任总统、《独立宣言》的起草者托马斯·杰弗逊（Thomas Jefferson）创建，是美国历史上首座独立于教会的高校。值得一提的是，该校与杰弗逊故居一道，被联合国教科文组织列入《世界文化遗产名录》。

对老蒋来说，结婚自然是件大事。在此之前，他和女朋友已经经历了一年的异地时光。然而即便如此，按照老蒋的说法，思考论文题目这个理由也绝非说辞。只是在此之前，几乎他身边所有人——包括我在内，都毫不怀疑这位少年老成、因为学术能力出众而被朋友们尊称为“蒋帝”的男子，能够“分分钟搞定”任何一个经济学领域的课题。在我们眼里，他是那种典型的PhD——或者说，是那种最适合读PhD的人。

他是钱理群先生说的那种能够“沉潜十年”的人[①]。这种“沉潜”，并不是“两耳不闻窗外事，一心只读圣贤书”的与世隔绝，而是“不急着去表现自己，不急着去参与各种事，沉下来，十年后你再听我说话”的定力。在老蒋那里，这种定力表现在当许多同龄人即使在图书馆也未必能静下心来学习的时候，他能像唐僧打坐般黏在寝室离楼道最近的椅子上，一边听着广播里中超或者CBA的转播，一边淡定自若地做完作业上的每一道习题。在本科时，如果不是中间去香港交换过一个学期，他很有可能成为学院里“在同一把（寝室）椅子上坐着时间最长的人”。而与许多过着苦行僧日子的“学霸”不同的是，老蒋几乎从不熬夜，也懂得怎样享受生活——本科时，他一直稳定地在班里的篮球队占据一个主力大前锋的位置；而在美国，他下锅的五香排骨也曾经让我的美国房东赞不绝口。

然而就是这样一个以淡定著称的老蒋，在美国读PhD时，却感受到了一种从未有过的压力，甚至不时还会对自己能不能继续读下去感到迷茫。2014年11月，借感恩节老蒋来华盛顿看我的机会，我曾向他详细问起在美国读PhD的酸甜苦辣。印象中，那是自我们认识以来，一向寡言少语的老蒋和我聊的时间最长的一次。他告诉我，读

① 对于“沉潜十年”，钱理群先生在文章中这样写道：“因此，你必须有定力，不管周围怎么样，不管同寝室的人怎么样，人各有志，不管别人怎么做生意，不管别人在干什么，你自己心里有数——我就是要扎扎实实地把底子打好。要着眼于自己的长远发展，着眼于自己的，也是国际、民族的长远利益，扎扎实实，不为周围环境所动，埋头读书，思考人生、中国以及世界的根本问题，就这样沉潜十年。”

PhD “从知识消费者到知识生产者”的这一转型，这两年来就好像是悬在他头顶上的达摩克利斯之剑，时刻让他不得放松。

我没有本科后就工作的打算，觉得毕业后应该再学一些东西。我高中学的理科，但是觉得纯理工科过于技术了，想做些和现实生活关系比较紧密的学科，而文史哲方面又没有什么基础，所以选了经济。经济学被称为“社会科学中的王冠”嘛，关注的比较多，我觉得还是比较适合我的。

之所以会来美国读PhD，我觉得从小受家庭影响较大，因为我的舅舅和舅妈都是在康奈尔大学[①]读的PhD。小时候耳濡目染，以他们为榜样，也通过他们，了解到美国这边要比我的家乡淄博好很多。另外我觉得也和地域文化有关系，山东受儒家文化影响很深，人们比较尊崇知识和读书人，比较希望自己的孩子有更高的学历。而我自己本人的性格又比较喜静，没有那么“入世”，希望以后工作的性质符合自己的兴趣，是一个跟自己打交道的工作。读PhD虽然也需要很多人际交流，但这种交流更多的是学术上的，人际关系比较简单。所以在上大学前，我就已经有了来美国读PhD的想法。

读PhD的第一年，可以说还是一个知识的“纯消费者”，主要的任务还是看教材、做题、考试，不怎么读别人的论文，和高中和本科时区别不大。但是难度明显增加了，比如考试时，做出30%的题就已经算很好了。而教授留的作业，也经常需要大家一起讨论才能完成。第一个学年结束之后，会有一次core exam[②]，只有通过了才能继续读PhD。我们项

① 康奈尔大学（Cornell University），位于美国纽约州伊萨卡市（Ithaca），是美国著名的研究型综合大学。康奈尔大学于1865年建立，是美国八所常春藤名校中唯一一所在独立战争后创办的大学。

② 指PhD项目的资格考试。

目有十七八个人，其中有四五个没有过。听说芝加哥的经济学PhD项目规则更狠，他们不是按分数，而是按比例淘汰。

虽然这一年还是“纯消费者”，但一个重要的转变是当助教。当助教是一件很有意思的事，而用英语讲课对自己来说也很有意义，毕竟在学术的道路上，表达自己想法的能力是非常重要的。我第一年做的是经济学原理课程的助教，第二年改教计量经济学。我并不觉得做计量的助教会更难，因为计量有严格的操作流程。反倒是经济学原理，因为教的是大一的小朋友，讲课的时候就要深入浅出，要生动，要给他们讲故事，反而更难。在学期结束时会有一个课程评估，那时能看到学生对自己的评价，很有意思。

读PhD的第二年，就到了转型阶段。这个阶段开始大量阅读。量大是一个问题，另一个问题是上课要讨论这些阅读的论文，你必须要读得非常明白才能保证讨论时有话说。有时候觉得已经看得很明白了，但上课讨论时依旧不知道该说什么。这一时期还开始写referee report（审稿人报告），要给所看的文献挑毛病，这实际上是在扮演一个学术期刊编辑的角色——你收到投稿人投来的论文，要去评判作者写得是好是坏。这个工作对我来说会有一些困难，因为中国学生往往在批判性思维方面缺乏训练，或者说还不习惯这样“挑毛病”的方式。再者就是知识水平依然不够，很多时候自己的知识并不足以评判作者写得是好还是坏。

同时，这一年也开始要写课程论文。相较于毕业论文，课程论文的要求的确会低一些，但毕竟意味着你已经开始“生产”了。要求低一些，体现在你可以只在论文中建立一个经济学模型，但不用真正代入数据去获得研究结论。当然了，你得证明你有能力找到你所需要的数据。写这样的论文，首先自然是要找一个合适的题目，而找一个合适的题目则意味着你要看很多东西，因为你得知道前人做过哪些研究，他们研究的是哪一个领域的哪一方面。而在建立模型的过程中，又有很多很具体的工作，去保证为了得出正确的结果，模型中的每一步都是有效的。这就是一个需要长时间磨炼的工作了，要看得多，做得多。

说实话，读PhD的这两年，很多时候也会觉得迷茫。有时候看到那些留在北京读研或者已经工作了的同学的动态，会去想自己如果不读博士，现在会是什么样子。当然我也知道“山那一边的草更绿”——意识到这一点的时候，又觉得不应该质疑自己的选择。因为在读经济学著作的过程当中，我依然觉得很有趣，自己从中能收获很多积极的东西。比如说，读经济学论文的时候，会觉得人真是一种很有趣的物种，很多时候做出了自己无法解释的事情，却又在做完的时候希望解释自己的行为（笑）。

作为曾经的室友和多年的朋友，我以为自己已经足够了解老蒋了。然而他所讲述的多年以来对PhD的向往以及两年来对PhD生活的感悟，却又让我对他有了新的认识，也带给了我新的启发。在这次与老蒋的交谈之前，我从未想过“知识消费者”和“知识生产者”的区别问题，也自然不会意识到从前者到后者转型的困难。我没有想过这个问题，大概是因为我从来都是“知识消费者”，甚至是“知识浪费者”。自从上大学开始，我所写的论文大多是对前人经验的总结、归纳或是点评——至少，我从没有像老蒋那样要去自己建立一套模型，去解释一个社会现象。我记得有几次，我兴奋地以为自己“发明”了一套理论，却很快被告知同样的观点早已在一两百年前就由某位大师进行过彻底的阐释。也许是真的对这种“生产知识”的生活方式感到好奇，在听老蒋讲述这一段时，一向并不憧憬PhD生活的我突然有一种想去体验一下这种转变的冲动。我在想，这种转变虽然暂时会痛苦，但是不是正如蝴蝶最终要破茧而出，抑或如柴静所描述的那样，像“叶子从痛苦的蜷缩中用力地舒展”——经历了“山重水复疑无路”，最终会迎来“柳暗花明又一村”？

这个过程无疑是艰难的，但“柳暗花明”也着实值得期待。就像老蒋自己所说的那样：“如果有一天自己能写出有意思的经济学论文，我会觉得很自豪。”

“城中的人想出去，城外的人想冲进来”

在《围城》中，才女苏文纨引用法国人的话说，“城中的人想出去，城外的人想冲进来”。如果说读PhD是一座城，宇鹏是那个随时都想冲进来的“城外人”，而老蒋一边望着城外一边承受着压力选择了留下，那么张喆则是那个想出去的“城中人”。不仅想，事实上，进城没多久，他就出来了。

我是在本科毕业后的第二年认识张喆的。那时我刚在马里兰大学读了一个学期，决定先回国工作一段时间，再回去完成学业。在北京，我加入了张喆远程发起的一个组建贫困学生资助平台的项目，为即将出台的助学网站拍摄宣传片。借着春节的机会，正在纽约哥伦比亚大学读工程PhD的张喆也回到北京，探望父母和女朋友，也和我们几位“小伙伴”探讨网站今后的发展方向。我们在机场拍摄宣传片中的一组镜头时，前一天才下飞机的张喆风尘仆仆地赶来探班。那是我第一次见到这位哥大PhD——他身材高大，彬彬有礼，虽然还在倒时差，精神却格外饱满，脸上挂着一种我很久都没有见过的微笑。从他的眼神中，我分明可以看出，他的喜悦不会仅仅来自和女朋友的久别重逢，或是和我们这几位志同道合的新朋友的相见恨晚——这喜悦背后似乎是一种谦恭，是一种自我与外部世界的和谐相处的证明。而这样的和谐相处，正是我在许多表情刻板而僵硬的“技术男”那里很少见到的。

半年之后，我回到美国，收到朋友的一条短信，说张喆决定不继续读PhD了，他准备回国创业。

“为什么?”我问她。

“你自己打电话问他吧。”朋友说。

这个电话我拖了两年。在这两年的时间里，张喆赶上了国内“大众创业、万众创新”的好时候。年纪轻轻的他，已经成为一家科技创业公司的CEO，手下有了不少得力干将，并正在计划拓展美国市场。也许是因为工程专业出身、在力求精确稳健的环境浸润已久，张喆并没有“90后”创业者中常见的浮夸。无论谈起自己所做的项目，还是未来的前景，他都显得格外低调而务实。这种低调不是装出来的，不是对内心膨胀的自我意识的强行按捺，而是一种骨子里的在这个深厚世界面前的谦恭。

我给他打电话时，他正在安徽跑业务。“我们想跟车企谈一谈，看看我们的无线充电宝能不能安装在他们的车上。”张喆说。

我问他能不能谈谈当时申请和退出PhD项目的原因。“没问题。”他在电话中回答道。

我这边现在没有无线网，让你打长途电话过来，实在不好意思。

当时是这样的，在国内上大学的时候，或者说在我们电子系，大家都比较追求学术上的成就，把这个作为一个理想。而且我父母都在大学工作，也希望我将来能在学术上做出成就。在这种情况下，读PhD是一个比较自然的选择。再加上PhD给全奖（全额奖学金），所以就去了。

在美国的第一年呢，总体来说是一个学习摸索的过程，过得还不错。但是在回国前的一段时间呢，因为一些原因，自己的心态发生了一些变化。几件事儿，一个是从原始动力上来说，觉得读博士非常辛苦，作为科研工作者得坐得住，沉下心去探索基础科学领域，这个对我来说挑战性就比较大。事实上，即使是读工科，一旦涉及读博士，研究的问题基本都是很底层的[①]，研究出来的成果可能未来二十年都无法产业化，都看不到在社会上的实际应用。比如说，我们当时做研究，都是在零下三十多摄氏度做的，去研究这个材料在这个温度下的性能，然后发出一篇比较高水平的论文。可是在实际生活中，我们可能不会遇到这个温度，那这个材料的性能怎么体现出来呢？所以当时就觉得，这些研究离咱们的生活太遥远，不知道做出来有什么意义，所以就对读PhD的意义有了一些质疑，原始动力有了一些丧失[②]。从这个角度上讲，我后来也算是知难而退吧。

另外就是在纽约哥大的环境，说不好听一点叫浮躁，说好听一点叫激情澎湃。大家都想尝试各种可能性，特别是来留学的人呢都想出去工作啊、创业啊，都想休学去尝试一下，而学校又给保留学籍。所以当时想到这一点就觉得不错，如果回去创业不成功，那我还可以回来继续读。

第三点就是当时联系到投资人，他说你这个创业项目不错，要是回来肯定给你投钱。当然了，女朋友当时也想让我回去，毕竟不想异地（笑）。不过这个不能算正式原因，要说回国创业，大概还是前三点，内因是读PhD原始动力的消退，外因就是哥大的环境还有国内投资人的态度吧。

我觉得跟其他读PhD的朋友相比，有一个区别是我在申请PhD的时候，并没有进入学术界、当老师的想法。在读本科时，我就已经有了一些创业的想法，读PhD也是想看能不能掌握一些核心技术，为将来创业或者进入业界做准备。怎么说呢，我觉得条条大路通罗马，每个人都想实现自身的最大价值，但这个最大价值的定义对每个人来说又有所不同，在不

---

① 指理论性较强的基础性研究。

② 事实上，不少正在读PhD的理工科受访者都向我表述过相似的观点，但同时他们也认为，即便如此，在美国读PhD依然很有收获。

同时期在不同的环境下，可能也有所区别。你读不读PhD，读完不读完，还是要看它是不是能够让你实现自己的价值。

我和张喆通话的时候，已经是北京时间晚上十一点多了。我估计他第二天还要继续走访车企，就没有跟他聊得太长。事实上，我所希望获得的信息已经在他言简意赅的讲述中得到了展现。其中给我留下印象最深的，无疑是他在谈起“条条大路通罗马”时表现的那种通达。我在想，大概正是这种通达，让他在纷繁复杂的人生选择面前表现得宠辱不惊，也让他不同于我们这一代中很多焦躁不安的年轻人，可以在二十五岁的年纪，便能与变幻莫测的外部世界实现和谐的相处。

“现在回过头去看，你还会认为中止自己的PhD项目是一个正确的选择吗？”在谈话的最后，我这样问他。

张喆笑了，“对，我认为它是个正确的选择”。

半年之后，当我第二次去芝加哥看宇鹏的时候，他已经搬了家。新房间采光不太好，显得阴暗逼仄。暖气时有时无，我睡觉的时候夜里好几次被冻醒。宇鹏拧开暖气管道上的一个阀门，房间里立刻暖和了起来，但产生的噪声却也震耳欲聋。他不好意思地耸耸肩，向我解释道：“没办法，一打开就成这个样子。”

宇鹏习惯性的焦虑依然在生活中随处可见，但毕竟比半年前好了许多。用他自己的话说，“我曾经想，要是申请全都被拒了，我就活不下去了。可是你看，这半年过去了，我不还是活着呢吗？”在第一次申请折戟沉沙之后，他费了好一番工夫，在学校的商学院里找到了一份为期两年的研究助理的差事，“演兵修武”，以待明年卷土重来。由于今年不准备再次申请，一向深通文艺理论的宇鹏还主动请缨，担任当地中文剧社“风车剧社”[①]的导演，排练萨特的名剧《禁闭》。

---

① 风车剧社是由芝加哥地区一批文艺爱好者组成的中文民间戏剧社团。剧社于2011年11月在芝加哥大学成立，每年春季（5月或6月）和冬季（11月或12月）各推出一部话剧演出。

“风车剧社”在当地知名度很高，在演出的前一天，宇鹏甚至还接受了央视《华人世界》节目的专访。

我没有给他讲张喆在PhD道路上知难而退的故事，但他却主动给我讲起了他那位曾与他一同申请PhD的室友。“你还记得他吗？”他问我。

“就是你管他叫‘张师傅’的那一位？”

“是的。一直想申请PhD，最后却打了退堂鼓。两年了，我知道他是怎么过的——提前上博士生才修的课；每个周六一早起来就给国内以前的同学打电话一起讨论学术问题；上自己并不喜欢的《环境经济学》，就为了拿到那门课老师的推荐信……”说到这儿，宇鹏习惯性地长叹了一声，“我是真为他感到惋惜。”

“那他现在做什么？”我问他。

“回国了，跟着我们一个很有钱的朋友做金融衍生品。说实话，待遇很不错，我猜他应该过得也挺好的吧。”

我没有问宇鹏是否羡慕这样的生活，因为他的行动已经告诉了我答案：就在话剧首演结束的当晚，宇鹏结束了剧组的总结会回到家，打开电脑，开始认真修改之前设计的一组投资模型。改到一半，他习惯性地叹了口气，转过头对我说：“你知道吗，排完了这几场戏，我又要过起除了准备申请什么都不干的生活了。”

出走还是留下

在采访丽姐的半个月前，我在华盛顿市郊的一间咖啡馆里见到了陈怡。和三年前见到她时相比，我这位本来就身材高大的大学同学身体微微发福，举手投足间流露着一种难以名状的、似乎中年妇女才有的神态，让本科时曾和她一起合作过科研项目的我倍感陌生。我问她等会儿要去哪儿，她说，她要去旁边的超市给她先生买喜欢吃的零食。

在听我说明来意——希望了解在美国的陪读生活之后，陈怡突然显得很警惕。她皱紧眉头，眼神中流露出一种明显的防范。在连续说了好几次"我这个故事没有什么代表性"之后，陈怡禁不住我的软磨硬泡，终于还是开了口。但在讲述时，她依然不断强调着她的故事"没有代表性"。

我这个故事其实没有什么代表性。我不算是一个典型的F2[①]，因为大多数人可能年龄会比我大一些，很多是有过工作经验的，过来可能是陪读也可能是为了生孩子。像我这样一毕业就过来F2的，并不多见。和F1的留学生相比，我没

① F2签证是美国政府签发给留学生家属的签证类型，详见第23页注②。

有再上学；和更多的F2相比，我又是一毕业就过来的，因此从两方面来讲，我都没有代表性。

我们家的事你也清楚。当时咱们一起做科研的时候，本来是三个人，后来我开始谈恋爱之后就很少再参加讨论了，做到最后就剩你和彤彤两个人，为这事儿估计你俩没少生我的气（笑）。但说真的，我们俩谈得是真投入，成天在一起不想分开。大四毕业前领了证，也是咱们院里第一对领证的。那时他要来美国，而我已经保了研。我就想，我真的不希望异地，也不想错过这个人。后来的事情你也知道，我放弃了保研的名额，和他一起来了美国。

大家都知道F2在美国不能工作，因为"陪读"本来就意味着你的生活重心是放在家庭里的。从这个角度上来讲，来美国之前你就要对后面的F2生活有一个准确的预期——如果你觉得你来美国就是为了游山玩水或是享受生活来的，那就坏了。像我就认识一些带着这种心态来的F2，来了美国之后才意识到每天都要操持家务，另一半忙起来的时候可能见面的时间都很少，这样时间一长很容易影响夫妻关系，甚至最后闹分手。

现在回想起来，我觉得我当时对这种生活的预期还是比较准确的。来之前他就跟我说过，在美国的第一年他会非常辛苦，因为第一年的成绩会在很大程度上决定他能否找到很好的实习机会。他说你平时爱闹情绪，到了美国能不能收敛一点？我就说好啊，后来那一年我就真没怎么闹过情绪，平时都是我做饭、洗衣服，然后去照顾他的情绪。你们这两年看我在网上发的做饭照片，都说我厨艺好，其实哪有——我来美国之前都不会做饭的，在家也从来不刷碗，衣服都是我妈去洗。这些都是来美国之后才开始自己做的。

还有一点对F2来说很重要，那就是要有自己的生活和自己的圈子。因为陪读时在美国不能工作，通常来说F2的活动范围和交际范围可能都会比较小，这一点不是所有人都能适应的。这时候就需要多读书，多参加活动。像我们当时在加州，学校里会举办各种各样的活动供F2参加，比如瑜伽课，等等。参加这些活动，不仅可以充实自己的生活，更重要的是可以认识很多新朋友。

这两年的生活心里不可能没有压力。其实来美国之前父母都是支持我这个决定的，我自己也觉得可以为感情为家庭尽自己的努力是一件挺好的事。但有时候看到周围的人都在哪里上学或是又找到了什么好工作，心里还是会有波澜。毕竟自己也是名校毕业，看到他们在为自己的事业奋斗的时候就会想，自己现在就进入家庭的角色，是不是有点早？不过后来我就干脆不看朋友圈了，和朋友都是私下联系，这样对自己生活的干扰会少一点。不过也在想，这是不是一种鸵鸟心态。

前年回国的时候其实对我刺激蛮大的。当时我老公已经研二了，不如研一那么忙，所以我就回国了一阵儿。在北京的时候我见到院里的老师和几个同学，都问我有没有再读个学位或者找个工作的计划。我知道，他们倒不一定是对做家庭主妇的人有看法，可能更多的是见我刚毕业就去做家庭主妇，怕将来吃亏。我考虑了一阵儿，后来就在北京找了个工作，干了半年。但说实话，干活儿的时候我真的是一点都不喜欢，后来我就回美国了。

你问我做F2这两年是不是一种牺牲，我觉得不能这么说。当然，有时候我会跟他开玩笑，说你看我为你牺牲了这么多。但我们都清楚这只是玩笑，我从来没有真的这么想过。我觉得这个问题从很大程度上取决于两个人是不是一种平等的关系，如果我在为这个家庭付出，他也在付出，那么两个人实际上就都是在用自己的方式来承担家庭的责任，只不过承担的方式有所不同而已。就像他曾经拿到过一个纽约的工作机会，后来觉得如果将来有了小孩，纽约那边可能不太好上学，就跟单位提出要来华盛顿的办公室了。要是说牺牲，他这是不是也是牺牲？毕竟在纽约办公室，他能获得的职业发展上的机会肯定是比这边更多的。

随着交谈的深入，陈怡似乎渐渐卸下了心防，不再像刚开始那样充满警惕。而我，也渐渐理解了这种警惕的来源。对于陈怡来说，虽然自己早已认同“家庭主妇”这一身份，但当独自面对外界对于这一身份由来已久的成见时，她还是会不可避免地感受到压力。在交谈的最后，陈怡还不忘再次申明“我的故事没有代表性”这一观点。她这样总结道：“说实话，我觉得可能任何一个F2都没有代表性。归根结底，我觉得这是一种个人选择，我不希望你用某一种眼光去看待所有F2的生活。毕竟人们对这个群体已经有了一种根深蒂固的成见。”

她说得对，我没办法用某一种眼光去看待所有F2的生活，正如我没办法用同一种眼光去看待她和丽姐的生活。

三十一岁的丽姐坐在马里兰大学足球场空旷的观众席上，出神地望着不远处跑道上正在训练的几位田径队员。沉吟半晌，她突然问我：“你说，如果你站在我这个位置，你会怎么做？”

那正是三月小阳春的天气，和煦的阳光笼罩在身上，暖烘烘的。想起一个月前，这里还是大雪纷飞，我不禁感叹，“像冬眠已久的动物，睁开眼已是漫天的春光”。三天以前，我听说已经回国大半年的丽姐突然从北京回到了马里兰，对此甚为不解，便约她在学校见面。丽姐变化不大，见到故友，依然是笑眯眯的样子，热情地问起我的近况。对于她来讲，似乎只要不提“婚姻”和“陪读”，一切便暮鼓晨钟，安之若素。

然而我又不能不提。

“为什么回来？”我问她。

丽姐一下子敛起了笑容，叹了口气，“再不回来，可真就要离婚了。”

丽姐是我在美国读研究生时的同学。认识她的时候，身为北京外国语大学硕士的她，已经随夫在美国陪读了两年。也许是因为从小成长环境的影响，她的面容和装束少了些大城市女生的精致，给人鲜明的朴实无华之感——她在河南的一座县城长大、上学、高考，据说父亲在当地做过村支书，颇有些人望。在家里，她是四个孩子中最年长的。虽然她自己说，因为自己一直在读书上学，未能以大姐的身份承担足够的家庭责任，但那种因多年来和弟弟妹妹相处而潜移默化形成的厚重实诚之感，还是在她的言行举止中随处可见。和我们这些年少三四岁的中国同学说话时，她总是笑眯眯的，似乎是把我们看作自己的弟弟妹妹，又仿佛是一种内心的流露，流露出她那与年龄并不相符的单纯。

然而和她聊得多了，我才明白，这样的笑容，又多少有一点苦中作乐的意味。“你可能想象不出来这两年我是怎么过的。”丽姐说。

的确，在陪读的这两年里，出走还是留下，丽姐一直在纠结。一方面，她想念父母，想念国内的热闹，更想念作为北外毕业的高级翻译应该获得的那一块用武之地。然而另一方面，她先生却从一开始就想留下——在丽姐的描述中，他常以这样的标签出现：理工男、忙碌、学习能力一般、在小地方长大，对美国的一切社会和自然环境都心满意足。丽姐常说，她是打心眼儿里不想留在美国，但若回去，自然就意味着这段婚姻的终结。“你看我都这么大了，回去再找人肯定也难，”她无奈地说，“而且我俩毕竟这么多年了，分了实在可惜。”

但在我们毕业后快一年的时候，已经换成F1签证、可以合法地在美国求职却依然没有找到合适工作的她，还是做出了回国的决定。对于当时的她来说，未来的一切都难以说清。这“一切”，既包括工作，也包括家庭。

我问她当时为什么要回去，她一边自嘲“我这算什么故事啊，该知道的你都知道了”，一边打开了话匣子。在她的话语中，有无奈、心酸，但更多的还是悔恨。

我俩其实是老乡。在省里上完本科，都来北京读研究生，虽然不在一个学校，但毕竟有个照应，后来就渐渐好上了。毕业的时候结的婚，然后就来了美国，他来读PhD，我也就跟着过来了。那时候也没有仔细了解过情况，只是知道F2在美国不能工作，其他的就啥也不知道了，也没啥长期的打算。当时只是觉得出去看看挺好，觉得来美国之后生活会不一样，但真正怎么不一样，没有想过。现在回想起来，很多问题其实都是当时落下的，还是考虑得太少。

你总看我现在这么愁，其实是因为你没见过我刚来的时候有多郁闷。那时我们对美国也不太了解，我老公就天天说，你不要乱跑啊，这很危险的，人们都有枪什么的，就只好天天窝在房子里。然后一想到这边离家那么远，F2不能工作，自己又什么都干不了，就开始哭。真的就是天天在家里哭。

而且家里本来就不愿意我来。我爸倒是没说什么，但我妈总觉得我是从国内比较好的学校比较好的专业毕业的，来这儿啥都不干，这不好。结果被她给言中了，来了之后确实心里有落差。再加上当时房租有点贵，我们俩就靠他那一点点工资[①]，每个月手头都吃紧。我在这儿没法儿工作挣钱，又不敢跟爸妈要，这个心里就烦啊。后来就开始在网上做翻译，一直做一直做，能挣一点是一点，不过也帮助不大。

后来参加了学校组织的F2的活动。学校的国际学生办公室会给F2组织活动嘛，比如一起读书啊，万圣节的时候去一起逛逛农场什么的，也认识了几个朋友，都是中国人。

---

① 多数美国的PhD项目会给学生提供一部分资金，也就是通常人们说的奖学金。领取资金的PhD学生往往需要在学校里做助教或研究助理等工作，因此也称其为“工资”。

她们可能就是国内很一般的大学，或者是大专毕业的，留在国内竞争力也不大，就跟老公过来了，来了之后也没有想再读书。比如我认识的两个朋友，有一个比我大一点，已经有两个小孩了，另一个最近也刚生了孩子，她一直说要在这边再读个书，但到现在也没读。

但我觉得我跟她们的期待还是不太一样。我不太想这样过，而且我和老公的状况也不允许我这样过。你想啊，我们都结婚了，就靠他读PhD的那一点点收入，这样过怎么行呢？像他们有些人家里是能提供支持的，比如有的干脆家里出钱在这边买了房。要么就是老公毕业后的出路不错，像他们读计算机的，可能一出来年薪就十几万美元，这也行。但我们俩不行啊，我老公的家庭条件很一般，来了以后在什么方面都不能提供帮助，什么都不能，这个让我有一点小郁闷。再加上我刚来的时候就知道，我老公读的这个专业不是特别有竞争力，出来之后的工资薪酬也不会特别高。所以我就没有后路可以选啊！我觉得我也得非常努力，但因为身份的限制，又没办法工作，确实是无能为力。

所以过了不到一年，我就想这样下去不行，我得再读个书了，就开始准备托福、GRE。当时是在会计和咱们专业的硕士项目中二选一，本来是没想来咱们专业的，因为我觉得会计可能更好找工作。但是会计专业确实学费也更贵，而且也很难拿到奖学金。说实话，我现在都有点后悔了，我要是当时读个会计，可能现在会更好。当时还是太要面子，不好意思从爸妈那里借钱。我想如果家里能提供支持的话，我当时肯定就去学会计了。

申上咱们专业的时候，虽然有奖学金，但是还是需要一点钱嘛，我就在想要不要来。那时他妈已经知道了，就给我妈打电话。我妈就故意说，孩子不想去是因为不想花这个钱。他妈就说，那就让他俩自己看着办吧。这次回来之前，我又去我老公家里，跟他爸妈说，我俩也老大不小了，该要小孩了，但一直租着房子也挺贵的。在美国买房的话，首付的百分比相比于国内还算便宜嘛。我就说，能不能两家先凑一下，等我们俩有了钱再还你们。他们就说，我们也没钱啊，你们自己想办法。其实我也能理解他父母这么说，因为在美国这边，我们都结婚了还向父母要钱，这不像话。但是在国内不是这个样子啊！要说我也不是很势利的人——我要是很势利的话，当时就不嫁给他了。那时结婚彩礼什么的，我也从来没有要过。说实话，要是我自己在美国能工作，我肯定不找他父母去要这个钱。

还有一个，就是我俩一直不太合，这个让我特别失望。在这边一切都得靠自己嘛，他也知道自己出来之后工作不会特别挣钱，那就更需要努力让自己在学术上牛一点。但他又不是很牛——以前就是，他学习还不如我。我跟他说这个事儿，他就觉得我瞧不起他。我问他学习上怎么样考试上怎么样时，他也不怎么跟我说。

咳，你知道后来都到什么程度了吗，平常不是事儿的事儿那会儿都成事儿了。比如那会儿出去吃个东西，开车找不到地方，他就会说，你看咱俩怎么什么事儿都办不成。我在家里炒菜，他就说你炒什么炒，油这么大。你看，这些都成事儿了。

再有一个，就是我来这儿他从来不觉得是牺牲。我每次跟他说我没工作，心里很烦的时候，他就说我又不是把你带到非洲了，这儿比国内好。他理解不了我的痛苦，那种一点都没有成就感的痛苦。

后来有个事儿让我挺受刺激的。那时我们和一个师弟还有他女朋友一起住，有一天我回家时看到他们在一起喝酒，我就觉得莫名其妙。后来还是他师弟的女朋友跟我说，他们刚和导师一起发表了一篇文章，正在庆祝。当时我就觉得我好像根本就不属于那儿，就好像一个局外人一样。后来又有几次吵得很厉害，我就觉得，这样过还有什么意思啊？我那会儿就想干脆回国算了。

在不长的讲述中，丽姐一直在强调自己的烦闷和失望，“我在感情上就从来没有顺过”是她重复最多的话。更多的时候，她的语言散乱而无序，基本上是想到哪儿说到哪儿，并没有特别清晰的条理[①]。我在想，这种语言上的散乱和无序，可能正是她这些年来对自己的生活缺乏思考和把控的真实写照。“只是知道F2在美国不能工作，其他的就啥也不知道了”“当时还是考虑得太少”——当她这样讲述来美国陪读时的原因时，我几乎感到简单得有些不可思议，以至于我不得不反复询问面前这位北外毕业的研究生，以二十五岁的年纪，在对未来完全没有任何计划的情况下做出出国陪读五年的决定，当时的想法是否过于天真。面对我的问题，大我四岁的丽姐回答得依旧简单。“不是想法天真，而是根本什么都没有想。”她这样说道。

相比于丽姐，陈怡无疑是幸运的，因为早在来美国之前，她已经对自己未来三年的陪读生活有了明确的预期。虽然在来到美国之后，总会有或多或少的现实问题超出原有的预计，但总的来说，她的生活并没有偏离原有的轨道。

当我给丽姐讲起陈怡的故事时，她难掩落寞之情，喃喃地说：“唉，我当时还是想得太少。”

我一直不太能理解丽姐的这种“想得太少”。于是在我们见面后的第三天，我打电话给她，说还有几个问题需要厘清。在一个小时的交流中，我们谈起她本科时的生活，谈起她的父母，也谈起结婚之前在北京的感情生活。丽姐告诉我，其实她挺后悔研究生毕业后没有直接在北京工作——那时她本来有不错的机会，学校的老师也愿意推荐

① 为了方便读者阅读，以上丽姐的这几段话是笔者略加整理过的。原话更为散乱。

她，但她没有去。

“所以能不能这样说，你是那种为了家庭可以不顾自己的人？”我问她。

电话那头沉默了一会儿。“我觉得不算吧，如果算，我现在也就不郁闷了。”

我皱起眉。“那你们结婚和出国前，有认真讨论过自己的事吗？比如，将来在哪里发展，做什么，出国后会面临哪些问题？”

“很少。”

“那你们谈恋爱时都在做什么？”

“都是和他的朋友在一起玩啊，一起吃饭，有时去唱歌。”说到这儿，丽姐还“咯咯”地乐了起来，似乎怀念起当时无忧无虑的时光。

听丽姐笑起来的时候，我心里泛起一阵酸楚。的确，在采访之前我就预感到，在乡下小镇长大的丽姐，早年封闭保守的成长环境不可避免地会对她的思维方式留下烙印。不过，我没有想到的是，这种烙印是如此之深。“我所知道的乡下夫妇大多是‘用不着多说话的’，‘实在没有什么话可说的’。一早起各人忙着各人的事，没有工夫说闲话。”在观察传统中国乡镇的夫妻关系时，费孝通曾这样写道，“回到家，夫妇间合作顺利，各人好好地按着应做的事各做各的。做得好，没事，也没话；合作得不对劲，闹一场，动手动脚，说不上亲热。这些观察使我觉得西洋的家和我们乡下的家，在感情生活上实在不能并论。”是的，在丽姐的叙述中，类似的表达也不时涌现：“他理解不了我的痛苦”“我就觉得我好像根本就不属于那儿”。

如果说在国内，这样的抱怨还能被更具安全感的生活与对未来幻想般的憧憬所掩盖，那么在远离传统的异国，这种传统与现代、都市与乡镇、东方与西方在两性关系上的文化碰撞，则在丽姐日复一日的茫然若失中暴露得淋漓尽致。在美国的这五年，她日益羡慕起美国女生“确实过得更潇洒，没有那么多传统的束缚”，甚至偶尔也会产生“我是不是可以像她们一样”的想法。但与此同时，她也“只是想想而已”，一边不断地抱怨而立之年的自己“即使分手了也不会有人要”，一边继续在夫唱妇随的老路上亦步亦趋。“她们毕竟没有处在我这个位置上。”在谈话的最后，面对我“那你为什么不像她们一样”的提问，她耷拉着脑袋，无奈地表示。

纠结。是的，纠结——如果只用一个词描述我所认识的丽姐，我想应该是纠结。很多时候，纠结并不一定是坏事。毕竟，能够感到纠结，至少说明一个人的精神还没有麻木。然而令我感到不安的是，在出走还是留下的问题上，丽姐已经纠结了五年——心理学常识告诉我们，在一段令自己感到虚弱的关系或一个令自己感到虚弱的环境中待得太久，一个人甚至会忘记自己有离开的力量。正像她那句口头禅“我还是想得太少”——与其说她是在回答我的问题，不如说她是在回避，既回避认真的反思，也回避面对“我能改变点什么”的勇气。

这不禁让我想起鲁迅先生那篇著名的《娜拉走后怎样》：“如果是一匹小鸟，则笼子里固然不自由，而一出笼门，外面便又有鹰，有猫，以及别的什么东西之类；倘使已经关得麻痹了翅子，忘却了飞翔，也诚然是无路可以走。”于是他得出结论：“娜拉或者也实在只有两条路：不是堕落，就是回来。”

是的，娜拉出走了，我们不知道她会不会回来。丽姐则已经出走过一次，并最终选择了回来。至于之后会不会再走，她自己也说不清楚。当我提醒她“你这次回来，便又回到了F2时无法工作的状态”时，她再一次习惯性地叹了口气，面带愁容地问我说：

“那又怎么办呢?”

君子与庖厨（上）[1]

五十二岁的晓凡身材微微发福，半白的头发有些凌乱，眼角的皱纹无情地诉说着岁月流逝的痕迹。与我即将前往纽黑文[2]拜访的那一对曾先后做过学生会主席的伉俪一样，年轻的时候，晓凡也做过系里学生会的负责人。不过，她却一直没有结婚。当我犹豫良久，最终还是小心翼翼地问起她保持单身的原因时，她却一脸平静，似乎从小习惯了独来独往，对此早已不以为意。她告诉我，没有丈夫和孩子，生活虽然少了一些东西，却也“免去了不少烦恼”。

晓凡是1990年来到美国读博士的，但与张喆一样，她的博士也

---

① 严格意义上说，晓凡属于改革开放后的第一代留学生，即放开留学政策之后，在“出国热”“英语热”的背景下迈出国门的一代留学生。本来，本书的重点在于展现当代留学生的生活状态和精神面貌，因此第一代留学生在美国的发展轨迹并不在叙述之列。但由于晓凡的故事与下篇中受访人的经历和想法有许多相通、印证和对比之处，其叙述又为中餐在美国的发展状况提供了重要的背景信息，因此笔者仍录在这里，希望对读者有益。

② 纽黑文（New Haven），位于美国康涅狄格州（Connecticut），距纽约有约1.5小时车程。人口约13万（2016年），大都会区人口约86万（2016年）。著名的耶鲁大学（Yale University）即坐落于该城市中心。

没有读完。离开约翰·霍普金斯大学[①]之后，她一直独自住在距离校园不远的一处公寓里，经营着附近的中餐馆，生活波澜不惊。来美国二十多年以来，她生活中最大的变化与其说存在于自身周围，不如说发生在遥远的故乡——就在她从车站载我去校园的路上，我问刚刚回北京过完春节的晓凡："刚来美国的时候，最大的感受是什么？"

"节奏太快了。"她说。

"那这次回北京，有什么感受呢？"我又问道。

"节奏太快了。"她回答道。

晓凡在校园里停了车，带我走向停车场附近一处名为bamboo café的学生快餐店。快餐店在一栋教学楼的沿街位置，离图书馆不远，因此虽然已过下午两点，前来就餐的学生仍络绎不绝。稍微让我感到奇怪的是，尽管整个店面的空间不小，提供的食物却相当简单，大多只是靠微波炉加热的速食。放眼望去，寻不见一处厨房，桌椅摆放得也稍显混乱，给人一种才开业不久，一切都尚未就绪的感觉。

"这个店以前是我的，叫Silk Road Express[②]。"晓凡一边招呼我坐下，一边淡淡地说。

"哦？"我扬起头重新打量着四周，想重新发现些刚才没有注意到的细节，却没有多少收获。我问晓凡是否还存有以前店面的照片，晓凡翻了翻手机的相册，找出一张旧日里挂在墙上的奖状。红底白字的英文写着："Silk Road Express是我们2004年最佳校园餐厅奖的得主。"

事实上，晓凡已经先后经营过好几家餐馆，但一直没有"做大做强"，给不少后来的年轻学生一种"缺少追求"的印象。而具体到这

---

① 约翰·霍普金斯大学（Johns Hopkins University，简称JHU），创建于1876年，著名私立研究型大学。其主校区位于马里兰州港市巴尔的摩（Baltimore），在华盛顿市区亦设有分校区。巴尔的摩为马里兰州最大城市，都会区人口约280万，是美国东部重要港口。该市西南距华盛顿约60公里，东北至费城约160公里，笔者从华盛顿前往费城、纽约、纽黑文、波士顿等美国东北部城市采访，经常需要路过巴尔的摩。

② 直译为"丝路快餐"，不过在采访时，笔者并未询问该餐厅是否有正式的中文名字。

家Silk Road Express，用户的反馈也大相径庭。在我过来的路上，一位在约翰·霍普金斯上学的朋友就告诉我，她和男朋友对这家店的态度形成鲜明对比——一个认为一荤一素只需要不到五美元，经济实惠，其中“菜包子是我的最爱”；另一个却抱怨老板娘缺乏改进动力，“每天就西红柿炒鸡蛋、烧茄子那么几个菜，没有变化”。甚至在人人网上，至今还可以找到中国留学生有关这家Silk Road Express菜品的讨论——在文章下方的讨论版上，一派口诛笔伐，一派投之以理解与包容，让我这个外来者此刻却如小马过河，不知所从了。

我把来之前看到的这些信息与晓凡说了，她耸了耸肩，似乎有点无奈。在给我讲述这二十年来经营餐馆的经历时，她脸上的表情一直没有多少变化，即使偶然讲到幽默处笑出声来，给我留下印象的，也并非那转瞬即逝的笑容，而是那笑声背后某种坚韧的力量。

我不知道你们这代人是不是在上大学之前都很明确自己将来要干什么，反正我们那个年代哪儿会想这些——那时候大学那么难考，有个学校能上就已经很不错了。那年我的档案被搞错了，我其实没有报小语种，但是不知道为什么就跑到那里去了。后来学校找人来问，就问愿不愿意学小语种。我是北京人嘛，就想留在北京挺好的，要不然就得去外省了，所以就留下来了。

起初对波斯语是一点也不懂，但后来学进去之后，就渐渐对这方面古代历史文化什么的感兴趣。读到第三年的时候，我去了吉林。当时东北师范大学的林志纯[1]教授发起了一个项目，从联邦德国、荷兰、美国等地方请了一些知名学者过去讲学，学生则是从东北师范大学、北大、复旦等几个

---

① 林志纯（1910—2007），秦汉与魏晋南北朝史专家，亦是中国世界古典文明史研究的开拓者。从1950年秋开始，他一直在东北师范大学任教，并从1979年起担任中国世界古代史研究会理事长。

学校选拔。我就报了这个项目，在那边跟着几个外国老师研究古波斯历史，主要是亚述史①。当时带我的老师都是从芝加哥大学东方学院②来的，水平都很高。我后来读研究生的时候，研究也是跟着他们做的，论文也是用英文写的。从这方面来说，当时我接受的教育确实是比同龄人国际化程度更高。

90年代出来的大多都是自费的，来这儿读PhD了，奖学金什么的都有。从专业研究的角度来讲，确实觉得这边挺好的，资料、图书都多，不像当时国内的图书馆里，这方面的资料还是60年代的。但学习上也确实不太适应。我们那个年代嘛，大学里基本还是以死记硬背为主。我虽然后两年受到的已经是比较国际化的教育了，但真的来了美国，对他们那种更开放的、以讨论为主的教学方式还是不太适应。另外就是文化背景上，虽然中国人在记楔形文字③上可能会有一些优势（笑），但是当碰到宗教研究等问题的时候还是很困难，不像他们美国学生，有不少从小就是从宗教家庭长大的。为了克服这些问题，就只能特别刻苦。所以现在回想起来，来这儿的第一年我基本上就是活在图书馆里。当时就是学，没有什么别的想法，因为确实也没有什么别的选择。

后来为什么有开餐馆这个想法？这个跟我们专业的出路窄有关。逐渐适应了环境之后，我就跟身边的美国同学聊

---

① 亚述为古代西亚奴隶制国家，位于底格里斯河中游，公元前3000年前后形成城邦国家，后建立君主专制，并对外扩张，成为西亚军事强国，版图于公元前8世纪达到极盛。公元前612年，亚述亡于新巴比伦与米底联军。

② 英文名为The Oriental Institute of the University of Chicago，成立于1919年，为芝加哥大学研究中东地区历史文化的机构。学院亦设有博物馆，1931年起对外开放。

③ 楔形文字是源于两河流域的古老文字，于公元前3200年左右为苏美尔人发明，是世界上最早的文字之一。晓凡提到中国学生在记这一文字方面可能会有优势，似指楔形文字在发展的过程中，由最初的象形文字系统不断进行简化和抽象化，这一发展历程与古代汉字的发展历程有相似之处。

嘛，结果发现他们真的都是对这个专业特别喜欢，都是那种知道以后可能很难找工作但依旧想学这个专业的人。那对于中国学生来说，毕业出路的问题当然就更难了。那时就在想，以后该怎么办。

当时国内也找过我，九二、九三年嘛，国内正好有下海潮什么的，学校也开始建立校办企业。他们知道我之前在学生会做过，组织能力比较强，所以来这边儿访问的时候就问我想不想回去做校办企业，另外也说可以在PhD毕业后回去做老师。但是我刚才也说了，当时国内做这方面研究的资料什么的都很少，而且这方面的研究也很难拿到研究经费——我想直到今天可能依然如此。那他们当时就说，你看你能力这么强，回来搞行政没问题。我听了直笑，心想我在这儿读这个PhD都快读死了，你让我回去搞行政？那我还不如现在就回去搞行政（笑）。再加上当时我刚过来两年多，就没回去。

后来就转专业了，去DC[①]学当代东亚研究，心想是不是学点和当代社会更贴近的东西出路会更好。但在那边不像在这儿读PhD，就没有奖学金了，我只能用自己的积蓄，然后周末的时候再去中餐馆打工，慢慢地就和餐馆里的人熟络了起来。那个时代在中餐馆做饭的师傅普遍有个目标，就是将来自己能开餐馆。但他们英语又不好，就问我有没有兴趣一起做。

我来美国的时候已经二十六七岁了，等到毕业已经三十出头了。那时我就在想，我能不能在美国找到工作？应该能，不过也得跟他们刚毕业的本科生一样，一点一点地从底

---

① DC全称为District of Columbia，即哥伦比亚特区，美国首都华盛顿所在地。晓凡说她在DC读东亚研究，似指华盛顿市中心的乔治·华盛顿大学（George Washington University）。

层开始做。这么做我其实也是有信心能做好的，但总是觉得（她说到这里停下了），就在想，也许做做餐馆也是好的，先挣点儿钱嘛。我当时真的没有想到会做这么长时间，我想的是做个三五年。毕竟当时中国人做生意做得很火热嘛，我就想，等有点钱之后再做做别的。

但是一旦开始做起来，就有点身不由己了（笑）。我的第一家餐馆就在马路对面，从这儿能看见（她指了指不远处的一家不大的店面）。那本来是个咖啡店，但是经营得不太好，正准备关门。那时候学校里还没有卖咖啡的，我们上学的时候都是去那里喝咖啡，有时候就会听到他们在说这个事儿，说开不下去了。我听了以后就去跟之前问我要不要一起开餐馆的一个师傅说，问他有没有兴趣。后来就盘下来，开了第一家小咖啡店。

接手之后继承了他们之前的一些东西，继续卖咖啡，但是也加了一些中国特色的东西，比如面条、米饭什么的，都比较简单。刚开始销量不行，而且我们总共就三个人，我自己在DC的课还没有上完，一星期还得去两次。后来我做了一些努力，在后面又租了个屋子，安了个铁板可以炒东西，然后又把泰国的风味、越南的风味也加进来，也开始注重宣传产品的环保和健康。这样做着做着，慢慢地就开始有起色。到第三年的时候，就已经能挣钱了。

这里面有个因素，我觉得应该提一下。当时开餐馆的有很多人嘛，我跟他们接触，就会发现大多数餐馆做的东西都是一样的。也不是说咱多有文化——和他们相比，咱也有不如人家的地方，比如他们有的比我更能吃苦。但是我觉得在这件事儿上，我的文化底蕴还是起到了很大的作用，那就是我愿意去考察整个市场的需要，愿意去琢磨消费者的口味。我也做了不少调查，那个时候各种餐馆我都去尝，也买了好多书在家研究。再加上我自己之前就在这儿读书，基本清楚这些学生和老师喜欢什么样的风味，所以后来这个生意渐渐就做得不错了。

也就是在第三年的时候，又盘下来后面一条街上的外卖店。那个店我刚来的时候是一家中餐外卖店，也做不起来，后来就被一对洪都拉斯的兄弟盘下来了。那哥儿俩玩命做，一开始每个月也就卖个一万多（美元），后来卖到六万多——对于这种外卖店来说，一个月六万多的收入已经很夸张了。后来那哥儿俩要回去，就要把店转手，要价二十万[①]。二十万确实不少，但因为我知道他们生意好，所以还是很想接下来，就开始谈判。谈了好几次，最后定在十八万，并且是分期付款。盘下来之后就接着做外卖，虽然没啥特色，就是典型的美式中餐，但就是生意特别好。

到2001年的时候，第一家店不做了。那个地方的通风系统不太好，我们炒铁板什么的油烟比较大，人家有反映，就建议我们改回咖啡店。我考虑了一下，以前那个咖啡店就只做咖啡，后来做不下去了，那如果我们也改回那个样子，结果会不会也一样？再加上那个时候星巴克什么的也在这一片开起来了，只做咖啡的话，肯定不太有竞争力。所以我想了想，就不继续做了。我收拾完就回国了。

这时候就出了个事儿。学校之前的老师和学生有不少都来我们这儿吃饭，后来看到这个店关了，附近又不太有像我们那种既便宜又有点理念的店，就给学校的dining service（餐饮服务部门）写信，说希望能在学校里开一个。那时候在咱们现在坐的这地方也是一个café（咖啡馆），卖点cookie（饼干）什么的，也做不下去了。于是学校就找到我，问我

---

① 晓凡解释说，这样的外卖店转手费一般是月营业额的3.5~4倍。因此对于一个月营业额六万美元左右的外卖店来说，二十万美元的转手费虽然听起来很高，但也属正常。

愿不愿意接手。我就说那等我回美国了去看看。

看了以后我就觉得，根本不可能做。为什么呢？因为这儿以前是个咖啡馆，没有厨房设备，也没有排风系统。我就觉得那做起来很难。但是学校说，每个月就收你七百五十块钱房租，非常便宜，要不要试试。我就想了想，因为我知道这块地人来人往的，倒是不愁没有顾客。后来我就说行，那我就试试吧。我就又雇了两个人一起做。

可能是因为之前的店名声比较好吧，这个新店开门第一天人就好多，到中午两点的时候什么都卖完了。我看到那个场景的时候就对自己说，哎呀晓凡咱确实得好好做。所以又开始研究，在没有通风系统的条件下应该怎么做。到后来其实还有好多开餐馆的朋友过来看，看我是怎么把这些菜做出来的，都没看明白（笑）。实际上我是怎么做的呢，就是用大电饭锅，有七八个，除了做米饭以外还做咖喱鸡。也包括西红柿炒鸡蛋、麻婆豆腐什么的，全是用电饭锅。另外也用烤箱，买了两个功率特别大的烤箱，虽然贵一点吧，但烤鸡什么的特别快。所以后来能做出十八种餐摆在前面，还提供面条、米饭什么的。中国学生也特别爱吃，觉得比外面做的陈皮鸡、左宗鸡[1]什么的要好吃。所以现在想起来，到这儿的这十二年确实是不错，我觉得挺幸运的。

当然就像你说的，学生也会有一些想法，也有很多人跟

---

① 左宗鸡（General Tso Chicken）是一道美式中餐，做法是将鸡胸肉裹上面粉炸成金黄，加上酱油、糖与西兰花同煮，滋味甜酸。不少美国人认为这一菜品是地道的中餐，但实际情况并非如此。华裔女记者李珍妮（Jennifer Lee）在《签语饼春秋》（The Fortune Cookie Chronicles）一书中写道，纽约唐人街两位台湾大厨同时开办湖南餐馆，互相竞争。其中一位大厨借用湖南将军左宗棠的名号，烹调出“左将军鸡”(General Tso Chicken)，而另一位则用曾国藩的名头，发明了“曾将军鸡”(General Tseng Chicken)。美国食客更喜欢后者的滋味，但前者的名字却张冠李戴被保留下来了。她曾到左宗棠老家拜访调查这道菜品的起源，但当地人表示对此闻所未闻。

> 我提过，问我为什么菜品总不换，总是这几样。我不想跟学生argue（争论）什么，但你想想，你去麦当劳、赛百味，他们多长时间会换一次产品？我觉得他们之所以能成功，肯定是有它的道理的。另外就是这儿的条件确实有限，能用电饭锅做出这些菜，我觉得已经非常不容易了。就像我们煮茶叶蛋，一次煮一百二十个，煮好了还给学生们剥开。像西红柿炒鸡蛋，这么大电饭锅（她比画了一下大小）我一次得放进九十个鸡蛋。再加上这儿也没地儿放食材。你要是想在菜单上有一百种菜，那你库存里牛肉啊、虾啊这都得有。像我刚才跟你说的那个外卖店，就能做一百多道菜。但换到这儿，根本就没有储存空间，那就只能越简单越好。所以在这种情况下能弄出十八个菜，有时候我自己都觉得挺不容易的。

尽管经营Silk Road Express的这十二年让晓凡备感幸运，但在2015年夏天，学校在与她进行了一番交涉之后，还是收回了场地，交给了一家连锁餐饮公司经营。其后，又有不少人邀请她重新出山——毕竟，在巴尔的摩地区，尚没有一家较为上档次的中餐馆，这无论对于已经从事餐馆经营二十年的晓凡，还是千百名当地华人来说，都是一个不小的遗憾。不过，晓凡还是拒绝了。“起初我确实有点惋惜，但后来慢慢地也想明白了，这个行业确实辛苦，再加上我年龄也大了，还是想有一些稳定的收入。”最近这一年，她一直在研究如何开发此前购置的几处房产。“最近一直在听这方面的讨论会，也认识了一些人，还是挺enjoy（享受）的。”晓凡说。

我一直不好意思问她是否满意现在的生活状态。尽管在她当年读大学的那一届同学里，多数人早已转行（事实上，在晓凡来到美国的1990年前后，无论是她留在国内的同学还是在美国的中国留学生，都经历过一波“下海潮”），而晓凡也在与我的交谈中，反复强调自己“更喜欢动手”而并不适合科研，但在我略显“陈腐”的观念里，从事门槛相对较低的餐饮业，年过半百却仍膝下无子，似乎并不是所谓“人生赢家”的“标配”。尤其是，在辛辛苦苦攻读博士学位三年之后，却突然半途而废，现在听起来还是让人唏嘘不已。当我终于按捺不住心中的忐忑，询问她是否怀疑过当年的决定时，她的声音却忽然激昂起来，有一种“不足为外人道也”似的自豪感。

我自己还是一个动手能力比较强的人，或者说是喜欢干事情，而不是特别适合搞研究的人。但是当时说要出国读研究生，大家都去了，我也就去了。你说让我真的继续做下去，我也能做，虽然我可能不是那么enjoy这个事情。具体到开餐馆这件事，我也从来没有跟我父母探讨过，因为我从小就属于特别独立的那种，一个是我挺愿意做点事情的，一个是当时的选择并不多。要么把PhD继续读下去，要么就自谋出路，没有别的选择。

周围的人在说什么……咳，这就看你怎么去看待这个事情。这么多年下来了，也有不少人问过我这个问题。其实每一次身边有人生活状况不美好的时候我就会劝他们，我说我国内研究生毕业，来这儿读博士，按照“正常”（她重读了这两个字）的道路来看，我应该去做个教授什么的——我的不少同学现在也确实在各个学校做教授。如果我这么想，那我可能会一直把自己当成一个loser（失败者）。但我好像从来没有那么想过。我想的是，这么多年以来，我一直在选择自己的路，经过这么多年的奋斗，在没有家里任何帮忙的情况下，能做到今天这个程度，我还是挺enjoy的。

你提到在美国学文科的其他同学……当然他们这么说可能是在鼓励我，不过确实每次见着的时候，他们都会说，你看，从经济上来说，你比我们谁都强，有房有车，虽然说不上有多富裕，但至少不用担心后面的生活。给你举个例子，当时和我最好的一个德国同学，现在也没拿到tenure[①]，还是要每两年就换一个学校去讲课。每次他来看我，都是我请他吃饭，他总想请我，但每一次都说，哎，你看我这个经济状态，确实不好。

所以我跟你说，人越走到后面，你越会发现没有哪条路一定是对的，一定是成功的。关键是自己选的路你自己要挺舒服挺高兴的，那就很好。

说到这儿，晓凡的语速忽然慢了下来，原本抱臂的双手也挪到了桌上，十指交叉在一起。“不过话说回来，当时没有读完这个PhD，其实我好难过。我觉得对不起我们老师。”

正在做笔记的我停下来，扬起头望着她。

“有很长一段时间，我都不知道该怎么跟他说。直到系里要决定下一年奖学金的发放，我才硬着头皮去找他。他看我一直不说话，就跟我说，‘晓凡，你要知道，这是在美国，你要做你喜欢的事儿。如果你在这儿很开心，那我们就把研究合作做下去。如果你不开心，那么你看在我的面子上留在这儿，对于我来说没有一点意义’。”

说到这儿，晓凡的眼眶已有些湿润。“我是听了这句话之后决定离开的。”她说。

① 指美国高校中的终身教授职位，享受法律保障的不被解聘的合同。这一机制保证了优秀研究者的独立性，使研究者可以专注于研究。不过，由于名校的终身教席名额有限，竞争亦十分激烈。

君子与庖厨（下）

采访晓凡的两个月后，我踏上了北上的列车。这是一次任务繁重的外出——除去要在波士顿与两位受访人见面，在南返的路上，我还将在纽黑文、纽约和费城等地采访。这其中，最主要的，是采访赵勇和张琬婷。

赵勇、张琬婷——我本科的直系师兄师姐，一对在我入校时就已经漂洋过海、却在我的学弟学妹间还被不时提起的“传奇人物”。最早听说他们，还是在大三时院里新年晚会的“年度人物评选”上——一向只授予在校学生的“年度最佳情侣”奖项，竟出人意料地被这对已经赴美的新婚夫妇收入囊中。后来询问院里的老师，才知道曾先后担任院里学生会主席的他们，此刻正在耶鲁大学的校园附近，经营一家名为“君子食堂（junzi kitchen）”的春饼店。

和他们的会面约在下午两点。我从耶鲁法学院结束另一场采访出来时，刚过正午，便顺着导航所指的方向，慢悠悠地沿街走去。这正是纽黑文阳光明媚的时节——耶鲁第一任校长亚伯拉罕·皮尔逊的铜像在日光下熠熠生辉，红砖褐顶的宿舍楼下绿草成茵，微风拂面，给人一种“暖风熏得游人醉”之感。从耶鲁标志性的斯特林纪念图书馆的哥特式尖顶下经过，再穿过一处绿地，便到了“君子食堂”坐落的路口。从马路对面望去，“食堂”并不起眼：那是一座两层的联排住宅，二层外侧砖面的红漆已脱落不少，斑驳凹凸，像长满斑纹的老人的脸。一层却新漆成了浅灰色，门前的灯罩印着嫩绿色的“junzi”字样，给人一种富有朝气却又不失稳健的感觉。

与一楼的外景一样，餐厅的装潢也洋溢着青春的气息。推门进去，映入眼帘的虽然只有十来个座位，但整个空间却呈现出一种“豆瓣”式的精巧和简约：天花板上悬着几株吊兰，右侧壁柜上摆放着员工的合影、一本题为*HOW TO COOK AND EAT IN CHINESE*的书①、一盒大白兔奶糖，还有一只印有“好好学习，努力赚钱”图案的大水杯。厨房里，一名华裔面孔的女子和一名身材高大的黑人正忙着拾掇鸡肉，他们的对话中英夹杂，“鸡肉”和“chicken”一词被不断提起，似乎后者还在学习“鸡肉”的中文念法。在他们身前，一名看起来像是墨西哥裔的收银员正在为一位身材颀长、头发花白的老太太结账。老太太微微有些驼背，但仍精神矍铄，从举止和装扮上看，该是旁边学校里的职员。在她身后，一位光头男子和一名学生装扮的黑人正低头审视着旁边玻璃柜里的菜品，似乎琢磨着在全麦饼和白面饼、豆芽菜和青椒中，哪一种才最适合本地人的口味②。

环顾完四周，我也走到前台，要了一盒春饼、一杯玫瑰茶。坐在离落地窗最近的木凳上，沐浴着温暖的日光，我咬下第一口面饼——味道不错，只是酱的味道稍显不足。“若是换成国内的甜面酱，美国人会不会不习惯？”我心里正盘算着，蓦地看到一位身着黑色针织

---

① 赵勇介绍说，这本书是最早用英文写作的中餐烹饪书，作者是著名语言学家赵元任的妻子杨步伟。他特别提到，作者的曾孙女曾偶然经过“君子食堂”尝鲜，看到此书后唏嘘不已。

② 需要指出的是，传统的中餐在美国工作日的午餐市场并不占优势——美国人的午餐一向吃得简单，三明治、汉堡、比萨饼、墨西哥玉米卷，乃至鸡肉配蔬菜沙拉，都“不管黑猫白猫，能填饱肚子就是好猫”。这一来是因为美国的工作单位少有国内的“午休”概念，员工没有时间放开肚子吃喝，二来也是因为嫌亚洲食物中碳水化合物的含量过高，酒足饭饱之后容易产生“饭困”，影响下午的工作。大概也因如此，近年来在美国发展最快的中餐品牌，往往如“君子食堂”主打的卷饼一样，具有快餐性质。如纽约的“西安名吃”，店面同样不大，却屡屡门庭若市，座位的周转率奇高。

衫，系着马尾辫，露出光洁额头的中国女性走了进来。“是元辛吗？”她微笑着，朝我招了招手。

张琬婷——这位曾被院里老师笑称“那一年级一半的男生都喜欢她”的学姐，在我旁边坐了下来。她眼睛不大，笑起来眯成一条缝，显得温柔和蔼。说起话来，她思路清晰，不紧不慢，柔和的语气中既带着一种坚定，又不失通情达理。“我们是在创业，但其实你写书和采访也是，所有的创业都是从一个人和自己内心的对话开始的。”听我讲完此番采访的来意，她这样鼓励我道。

我深深地点了点头，一时间竟有点哽咽。

“饼还行吗？”她看我没有说话，便接着问道。

“挺好，就是酱的味道有点奇怪。”我直言不讳地说。

琬婷笑了。“你第一次吃，可能还不太习惯。”她拾起桌面上的一小瓶调料递给我，“这些调料，还有饼里裹的几种酱，都是我们研究过美国人的口味后调制出来的。”

我好奇地接过调料，观察起上面的文字。说到“研究”，我想起在采访晓凡时，她也曾不无自豪地提到自己“愿意去考察整个市场的需要，愿意去琢磨消费者的口味”。相比之下，琬婷所做的研究似乎有过之而无不及。说起美国中餐的发展变迁、港粤餐馆的星罗棋布，以及传统中国餐馆的代代传承，她如数家珍：

> 最早的中餐馆是怎么开的？其实就是过来修铁路的华工，他们本来生活就苦，后来又遭遇排华法案，无奈之下就只能转行开餐馆，在外面炒炒杂碎[①]。后来江孙芸[②]来了，她

---

① 一般认为，杂碎（chop suey）是19世纪末加州的华裔淘金客随便做出来糊弄白人的。据说当时有一群喝醉了的白人深夜闯入一家即将打烊的中餐馆，要点菜。慌张的店主为避免惹事，赶忙将几盘切好的蔬菜、肉片混炒在一锅，浇上浓浓的酱汁，取名“杂碎”。此后该菜广泛流传，并据说在李鸿章访美期间还曾得到李的赞赏。

② 江孙芸（Celilia Chiang，1920— ），祖籍上海，华裔烹饪专家。1960年，江孙芸来到美国旧金山，经营一家名为“福禄寿”（Mandarin）的高档中餐馆，使美国人对中餐的认识发生了很大改变。

是大户人家的小姐，家里有北京和上海的厨师，从小也见识过精致的中国传统菜肴。所以她来了旧金山之后，带来了鱼翅、叫花鸡、清炒虾仁这些中餐经典菜，就把美国人看傻了，发现中餐原来还可以做成这样，做得这么好吃。再后面，大量广东和福建的移民进入这个行业，主要做take out，也就是外卖店[①]，菜也基本上是迎合美国人口味的，比如左宗鸡。但说实话，他们做的菜自己可能并不吃，他们吃饭都是单做一锅（笑）。然后到现在，你看各种地域的菜都过来了，authentic[②]的也过来了，这个跟移民的多样性也有关系。

我专注地听着——对于这段历史，我倒是了解不多。事实上，目前在美国的中餐馆总量据称已超过46000家。数量大是大，却多半是家庭经营的“手工作坊”，既无地道的中餐原料，又因要照顾到美国人的口味而在做法上有所变通，自然也就“能卖出去什么就是什么”，顾不上自己到底归属哪个菜系。从国内漂洋过海来美打工的中餐馆厨师，则普遍如晓凡所说，想着有朝一日能自立门户。等到他们做老板的时候，新招募的员工便也如曾经的自己，以未来能拥有一家自己的店面为目标。如此一来，循环往复，一方面是中餐馆的数量不断增长，“子子孙孙无穷匮也”，另一方面也造成菜品、口味，乃至室内的装潢都大同小异，缺少特色与风格。

我们正聊着，赵勇到了。他穿一件白色长袖衫，头发微微有些凌乱，但肩膀宽阔，眉宇间有一种豪气。看我们正聊在兴头，他向正要起身的我摆了摆手，说了一句“先让琬婷和你聊”，便径直走向厨房。听琬婷说，他一会儿还要和几位有意合作的朋友会面，商量在纽约开分店的计划。

---

① 美国有不少中餐馆店面很小，只有两三张桌子，生意以盒饭外卖为主。除中餐外，在美国的中东菜等许多类型的“外国菜”均有大量外卖店存在。

② authentic food在这里指真正意义上的中餐，与为迎合当地人口味而改造后的美式中餐（Americanized Chinese food）相对。

“让他先忙着，我来给你讲讲这个店的背景。”琬婷说。

商业这个事，真的是和创始人的背景、眼界、可以调动的资源有很大的关系。像你说的，从厨师做到饭店老板的这些人，他做的下一家店往往会复制前一家的模式。那我们就在想，能不能做一些改变，能不能聚集一些人在一起，给大家一个空间去创造。你刚才也看了我们的店面设计，我想在食品方面的start-up（创业公司）里面，大概没有像我们这样，找艺术家来做co-founder（合伙创始人）的。我们想，要做，就要做出自己的个性。

你问到我和你师兄刚来美国时的情况……刚来的时候其实我们还没有在一起，后来去参加那个年度情侣评选，也是你师兄去搞的，我没参与（笑）。而且我们的情况也有不同。最早我学的专业和你差不多，跟政策研究有关。但后来到美国学法律的时候，对我的整个思维有一个很大的触动和改变。以前，我对政府机构比较感兴趣，也想过回国进入政府部门——当然这个和我家庭对我的期待也有很大关系。但是来了美国之后，变得更liberal（自由、开放）一些，也开始关注private sector[①]，因为发现在美国，private sector有时候影响更大，发挥的空间也更大。而赵勇则是一直有要挑头做事情的想法。他这个人就是这样，觉得我应该自己干，不要给别人干。在学校的时候也是，他在咱们院是学生会主席，在耶鲁也是学生会主席。后来我们还一块儿在这边做了U.S-China Forum（美中论坛），算是开创性质的第一个重点讨论中国的论坛。所以你能看到，对我们两个来说，虽然学的专业不一样，走过的路也不太一样，但其实我们都是很喜

① 指私人部门，即个人、家庭和私人拥有的企业，与政府机关、公立机构等“公共部门”相对。与中国相比，美国的私人部门在社会经济中发挥的作用更大。

欢做事情的人。

2011年的时候，我从耶鲁毕业，和你师兄商量，就想要不先做个创业项目试试。但我们俩当时都没有真正做商业的经验。那我们就想，最简单有效的办法就是真正去实际操作一次。在美国呢，franchise[①]非常发达，所以我就想去做一个加盟店，这样可以有人手把手地教你。你自己租下一个店面，总公司这边会有人去教你如何运营、店面如何装修，会给你提供设备，所谓“麻雀虽小，五脏俱全”嘛。

做加盟店的话，相对来讲门槛比较低、成本比较少，我们觉得frozen yogurt[②]店比较适合。正好当时这边有一家本地品牌的店，店主和我们的情况差不多，三十岁左右，韩国人，之前在加州那边做过，后来把那边的店关了来了这边。我们跟他们聊，觉得他们有经验，另外这个品牌也在扩张期，加盟的门槛低一些，不像麦当劳那种，非常贵，而且一做就得做区域代理。他们也觉得我们的想法很有价值，会手把手地教我们。就这样，我们成了他们最早的陌生人里的加盟商，相当于是我们一起来成长，一起和这个品牌成长。后来我们也确实有不少收获，比如我们自己也在做产品研发，还和他们一起去了一些行业分享会。不过也有不足。就是他们自己本身也很年轻，团队不太成熟。所以当时大部分的运

① 特许经营模式（franchise），指的是特许经营权拥有者以合同约定的形式，允许被特许经营者有偿使用其名称、商标、专有技术、产品及运作管理经验等从事经营活动的商业经营模式。由于该模式具有扩张速度快、成本低的优点，在美国和西方许多国家，很多快餐品牌都依靠这种模式进行扩张。据2016年9月的《财新周刊》统计，截至2015年12月，麦当劳在世界各地开设的超过3万家门店中，采用特许经营模式的超过80%。相比之下，中国市场由于食品安全问题频发等原因，特许经营模式发展程度并不高。在中国大陆，麦当劳拥有约1500家直营店和770家特许经营加盟店，特许经营比例不足35%。与此类似，肯德基在中国大陆的特许经营门店占所有门店的比例也仅为24%。而在印度地区，这一数字达到了70%。

② Frozen yogurt：冷冻酸奶，也称酸奶冰激凌，在美国市场广受欢迎，制作和销售这一产品的店面在美国也随处可见。

营、财务、招聘，等等，实际上都是我们自己做的。做了两年的时间，我们也经历了整个市场从快速发展到逐渐饱和的过程，也经历过和品牌方的分歧和争执。当然了，这个也让我们增长了不少经验。

学得差不多了，就觉得大概可以开始做自己的东西了。2013年年底的时候，当时也聚集了一拨儿人，就开始做自己的东西。其实一直以来，我们都想做一些能代表自己形象——或者往大了说，代表我们这一代中国年轻人形象的东西。具体做什么，觉得还是以食品为切入点。其实对于美国人来说，中餐已经是他们生活的一部分了，他们并不觉得中餐非常exotic（具有异国特色）。那我们就想，如果做中餐的话，做什么？后来就决定做卷饼。

决定了之后，赵勇先回国转了一圈儿，也去了香港观摩学习。然后我们在这边参加了耶鲁的YEI[1]，报名了一个初级项目，遇到了我们的项目导师，这个导师现在也在我们这儿持有股份。2014年2月的时候，申请到了资金。到了夏天之后，产品就相对成形了，剩下的就是扩充团队、设计店面、施工、注册，然后开业。

开业之后，很多美国人都过来问，你们做的到底是哪一种中餐（笑）。他们不知道这个在中国是authentic的，因为他们进来之后，看不到龙的图案，看不到传统中餐馆的菜单，会不知道这是什么。但是会觉得挺清新的，挺酷的，吃的东西一目了然，也比较容易知道怎么点。这对我们来说就挺好的，我们想要的就是这个。而媒体上报道我们最多的，也正是我们的这种风格。

和传统的餐馆相比，我们还有一个特点，就是我们不打

---

① 指Yale Entrepreneurial Institute，耶鲁大学负责为学生创业提供帮助的机构，类似于“创业孵化器”。

价格战，我们做故事，做团队成长。你看一般的餐馆，它有了一个菜单之后，会持续地做这些菜对吧？这个对于运营来说，其实是最有效率的。但是对于来用餐的客人来说，这么做就缺少变化了，而且白天和晚上客人想吃的东西也不一样。对员工来讲，这么操作也会限制他们的出路。为什么？因为对于一个快餐店来说，你的员工每天就是在重复劳动，他很难获得什么厨艺上的提高。最极致的例子就是麦当劳——它根本不需要厨师。机器一加工，店员一按按钮，汉堡就出来了。

那这时候我们就想，能不能做一些尝试，真正聚集起一些对美食有热情的人，大家一起获得成长。所以我们现在每周三晚上都会有一个类似厨艺展示的活动，这个是需要预约的，每次二十个人，就在店里。上次有个女孩过来，做的是米饭配巧克力，效果就相当不错。然后我们周六晚上还会有夜宵，主要是亚洲的小吃。我们的员工，只要他有喜欢的菜谱，都可以来做。对我们来说，趣味性还是很重要的，我们觉得哪个人很有意思，就会找他来合作。

说到下一步的打算，我们现在正在纽约给新店选址，确实是想做连锁。包括在美国之外，将来如果有机会的话，也会去做。刚才已经说了，我们从一开始就是想打造一个品牌，希望最终能代表一种文化。所以现在做食品呢，只是一个非常初步的尝试。你看我们的创业团队，大家都没有把自己当成一个纯餐厅的员工。除了大厨，他们来之前都没有做食品，都是做市场营销啊，做设计的。我们之后也想做自己的报纸啊，杂志啊，小艺术品啊。包括你看现在起的这个名字——总归就是，我们最终还是要做一种lifestyle（生活方式）。

“我们还是要做一种lifestyle”“现在做食品呢，只是一个非常初步的尝试”—— 这倒是令我耳目一新。近几年来，诸如“中国留学生纽约卖煎饼果子”“北大中文系女生在米其林三星餐厅做饭”一类的新闻频见报端，“80后”“90后”的留学生们在国外从事“非典型”工作，掀起另一场奇特的“大众创业、万众创新”，也早已令人习以为常。然而与许多以“自嗨”起家、因标新立异而风光一时，最后却不了了之的创业者相比，无论是琬婷的讲述本身，还是她叙述中的自己和赵勇，都显得格外冷静——从风格定位到扩张思路，从对美国中餐市场的研究到以日本知名品牌“无印良品”为师从对象，他们对“君子”品牌发展的每一步，都有着详尽的思考和计划。对他们来讲，“君子”并不是一次简单的心血来潮，而真真切切是一次“兵马未动，粮草先行”的远征。

对于这样的职业选择，他们的父母又如何看待？早在启程前往纽黑文的路上，我就反复猜想着这一问题的答案。的确，在当今的中国，“万般皆下品，唯有读书高”“朝为田舍郎，暮登天子堂”的观点早已成为过去，但不可否认的是，拥有一张名牌学校的证书、获得一份“体面”而稳定的工作，依然是当下中国大多数父母对子女的期待。事实上，我自己就真切地体会过这样的“分裂”——在环美采访和写作的这半年中，父亲总是一边强调“这个书还就是得现在写”，否则“回国久了，印象淡了，就不好写了”，一边却也掩藏不住内心的担忧，隔三岔五便重复起“×××的孩子已经去世界银行任职”的论调。久而久之，我心中便有了疑问：远离了习惯对他人评头论足的故土，中国留学生在职业选择上是否真的拥有更大的自由？而美国人“不评判别人”的处事理念，又是否会给予“不走寻常路”的留学生更广阔的发展空间？

我拿这些问题问琬婷。她不紧不慢地回答说。

其实我真的不知道美国的老百姓是怎么想的。我觉得从好学校出来的，无论是家长还是学生，都非常不一样。他说我不评判你，其实是你成功了之后他不评判你。因为你看大部分的家长，还是希望孩子走的路非常平顺，这边的很多家长还是希望孩子能够去做他们学的专业方面的工作。从耶鲁的数据来讲呢，大部分还是学了经济呀、法律呀，可能最后也都去了华尔街，毕竟如果追求收入和社会地位的话，那里还是中心[①]。

但说实话，我们其实也已经不太在意这个事情了。在我们一开始选择这个行业的时候，我们已经很清楚地认识到自己的背景——这其实是我们的一个优势。因为大多数人可能都是高中毕业来做的，而我们是PhD毕业来做的，那可能就会掌握更科学的思维方法，有更多的人脉，做成的机率可能也会更高。而且在整个留学生群体中，想做这方面尝试的人也相对较少，受制于签证啊、身份啊，等等，能够聚起一个团队来真正开始做的人也比较少。也大概正是因为这一点，在我们开始做之后，有很多人过来帮我们，因为他们觉得我们有希望。

父母这边，他们是觉得……反正也管不了你了。不光是创业，生活也一样（笑）。我不知道你是什么情况，我作为北京人，上大学之前基本上天天都在家，学校离家近，所以午饭也回家吃，又是女生，家里也管得比较严。上本科的时候，基本上一个月也能见到父母一次——不管是我回家还是他们来看我。所以直到我出国，才算是第一次真正离开家里。

但后面遇到的很多问题，父母也没法儿管。第一就是语言不通，第二就是毕竟不在身边，鞭长莫及。当然，在他们

---

① 即便从美国学生的角度来看，放弃学术与办公室之路，投身于创业与厨房，也绝非易事——在2014年毕业的全部耶鲁学生中，只有4.2%选择创业。相比之下，涌入金融机构的比例则达到了16.9%，而从事教育与咨询工作的学生人数亦十分可观。值得一提的是，据王辉耀、苗绿编著的《中国留学发展报告（2016）》开展的调查，在接受其调查的留学回国人员中，有11.9%选择了创业。

的想法里，“做餐饮”可能不是特别好听的一件事，所以我爸老问我，这是不是一个临时性的跳板。但我觉得这个事情现在已经不太需要解释了，我们还是要坚持做，把它做好，那渐渐地他也会理解的。或者，他如果不理解，那又会怎样呢？

其实父母焦虑的是什么？无非是担心孩子养活不了自己。他觉得你去了一个稳定的工作单位，他们就放心了。但如果你在做一些所谓的非传统的事情，而他们又帮不上什么忙，他们就会担心。我现在也开始渐渐理解他们的心态。因为他们在几十年的人生里面，其实走过了美国社会这边一百年才完成的社会变革。而且他们那个时候也没有什么选择，出来就三条路[1]，而咱们出来的时候，有一百条路。那么对他们来说，在这三条路之外，肯定都不安全。他们再怎么试图去理解你，这个根基不会变。所以我觉得有的时候，真的是需要我们去理解他们，去用他们能接受的方式，一点一点地告诉他们，不用担心，我能行，我很好。

我们正聊着，赵勇已经忙完了一轮会面，回来和我们打了招呼。这位被纽黑文当地媒体称为“卷饼先生”的辽宁汉子，在创业之前，已经在北大和耶鲁做了十年生物和环境方面的研究。与内敛淡然的琬婷相比，赵勇显得更情绪外露，说起话来也直截了当，有一种不容分说的决绝——在讲到“一般人看不懂我很正常”时，他会自得其乐似的笑起来。而当我提出，说起北大人中的“君子与庖厨”，人们首先想到的可能是因杀猪卖肉而名噪一时的陆步轩[2]时，赵勇不禁敛容

---

① “三”为虚指。

② 陆步轩1966年生于西安市长安区，1985年以长安区文科状元的成绩考入北大中文系。毕业后，他曾长期从事屠夫工作，以“眼镜肉店老板”身份闻名。2003年，国内许多媒体相继以“北大毕业生街头卖猪肉”等题目报道陆步轩的生活，引起社会热议。陆步轩著有自传《北大屠夫》。

道："陆师兄当时是为生活所迫，而我是主动选择。"

你说的那个学姐（指晓凡），我不知道她是不是真的热爱这个行业。餐饮这个行业，性价比并不高，它的辛苦程度和利润不成正比。所以干这事儿，有点像搞文学、写诗，你要么是特别热爱这事，要么很难干。但是另一方面呢，餐饮的技术含量比较低，是经验主导的一个行业，大部分人都是干重复性的工作。对于我们来说，我们不想要经验，我们也没有经验，我们有的是知识。所以我们相当于是以一个外行的角度去看待这个行业。一般的餐饮公司讲经验，而我们讲创造，讲管理，讲资金，我们整个的组织策略、文化策略，与传统的餐饮公司都不一样。如果有人一上来就跟我们讲经验，那我们也不会让他加入我们的团队。还是那句话，我们是个创业公司，不是个餐饮公司。

刚才琬婷跟你说了不少，估计该讲的都跟你讲了，那我就跟你说说我自己吧。我这种性格呢，说实话，如果只让我学一个专业，读一个PhD，专注于一个比较窄的领域，我会觉得挺无聊的。包括在国内的时候也是，还是想做点什么，起到一些影响。也想过之后回国从政什么的。读这个博士也是——如果我要是想回国从政的话，那么这个博士是很有用的。

但是后来逐渐发现，从政呢一个是有风险，再一个就是你不一定能做到你想做的那个事儿的位置上。尤其是读博士读到第三年，做美中论坛什么的逐渐增长了见识之后，就觉得可能从政越来越没戏了。科研呢，还是不喜欢，虽然当时过了qualify（指PhD的项目资格考试），但还是觉得关注的范围太窄。当然了，科研对我还是有帮助的，因为做了科研之后，还是会训练一些自己的思维方式，理性啊、执行力啊，等等。

后来就开始真正琢磨，自己要干什么，开始想创业这方面的事情，开始想直接做事情。创业虽然也挺难的，但是它和从政那种不可控的情况不太一样。而且创业也很锻炼人。为了盈利、有前途，我们也会遇到多方面的挑战。这不仅仅是取得一项专利，或者是把产品卖出去那么简单，从文化交流到生产，到品牌，是全方位的。而且创业是这样，它会把你各个方面的长处和短板都毫无保留地暴露出来。它不像你有老板的时候，老板告诉你去做一个事儿，你只去完成这个事儿就可以了。我是公司的CEO，那我就是天花板，我的高度决定了公司的高度。那我就得不断学习，每天看很多书，不仅看跟管理、跟餐厅运营有关的书，也会看很多其他种类的书，争取做到既有广度，也有深度。

你看的报道说我是Mr.卷饼（“卷饼先生”），那是夸张，宣传上得那么写。在吃这个问题上，我其实不像“吃货”那么投入，我是求快。之前在国内吃卷饼，去食堂吃得比较多，在这边就吃汉堡。快、好吃、不贵，我觉得就可以了，没想过要成为“卷饼大王”。我和越洲[①]不一样，她是对食物真的着迷，愿意去创作一些东西，把它作为一种职业。我们不是，对我和琬婷来讲，我们更喜欢这种创业的生活方式。

你问到创业之后PhD还要不要读完，咳，我现在没想这个问题，我也不太想把决定做死了。我父母呢，长期以来比较尊重我的决定，我也一直比较重视和他们的交流。他们也知道我不是什么都不懂，他们知道我一直比较有想法，有执

---

① 越洲是笔者在北大的同学，也是赵勇、张琬婷的朋友。从北大毕业后，她前往美国学习烹饪。在笔者去采访赵勇、张琬婷时，越洲正在纽黑文当地离“君子食堂”不远的一家著名法式餐厅做甜点师。尽管在后来采访越洲时，她所讲述的在美国学习烹饪的经历也十分有趣，但限于篇幅，笔者仍决定不在本文中详细讲述她的故事——尽管这样做有些可惜。

行力，同时能证明自己想做的事情最后会成功。所以即使他们一开始并不是特别支持我去搞餐饮，但他们也觉得我不一定是错的。

他们也不觉得我一定对纯粹的科研感兴趣。他们的想法还是，书要读完。但是对我来说，我在这儿拿到的东西已经够多了。在耶鲁这个环境下，我学习这些东西，在任何情况下不输给别人，也证明了自己的学习能力。那么这个时候，我觉得更重要的就是，我已经掌握了这种学习能力，有了这种自信心，而不是我学的究竟是什么东西。学习嘛，不一定非要在学校里学，我完成一个博士论文对我来说并不一定会有太大收益。所以我觉得，我想获得的更多东西是要在实践中完成的。博士对我来说可能只是个虚名，而我也不在意别人怎么看待我。

当然了，不在意别人眼光这件事，说实话，不可能有人完全不在意。只是说，我可能能够比较坦然地面对别人的误解，能够承担这种压力。当有人说赵勇在做一件傻事儿的时候，我会想，一般人看不懂我很正常。说实话，要是一般人都能看懂我，我反倒觉得挺恐慌，因为我会想，自己的想法是不是一个stupid idea（蠢主意）。

你提到舆论环境的问题，的确，在美国创业，可能外界的议论确实会少一些。但我想即使是在国内，如果我真的认准了一件事儿去做，我估计还是会去做。也许还是有人会说三道四，但你有一个ego（自我、自尊心）在那儿来保护自己。当然了，另一方面你也得通过不断的成功来证明自己不是个傻瓜。如果过了十年你还是个穷光蛋，而且没有做一点对社会有意义的事情，那你光靠自己的ego来保护自己也是不够的。如果你真的在一个领域里看到一些不同的东西，然后真的是在做一些事情，发挥一些影响，那么如果别人看不到，那是别人的问题。

至于下一步的打算……说得大一点，在全世界的范围内，中国确实没有什么好的品牌，尤其在文化上，在体验上，中国开创性的东西确实很少。除了组装点东西之外，made in China（中国制造）很多时候都是质量不好的代名词。但是从国家形象的塑造上说，商业品牌其实又非常重要，就像可口可乐、麦当劳在世界范围内对“What is America”（美国是什么）的表达，同政治家、艺术家、娱乐明星一样，都是非常重要的组成部分。那What is China（中国是什么）？我们现在缺失的就是这样的商业品牌。所以我们想去创造这样一个能够代表现代中国形象的生活方式。但是这种创造，在本土又会遇到一些问题，因为在国内，我们的商业逻辑、品牌概念、环境与主流的资本主义国家还有一些区别。所以我们想打造这样一种品牌，可能在一些“文化高地”更为方便，比如欧美，比如日本。那么在美国来说，最适合的可能就是一些高校，它给你一个文化高地，同时又让你能够保持一些自己的文化核心。

我们是在做具备现代精神的品牌，但我们又用了一个古代的名字，来做现代的事情。从长期来看，我们是希望做一个能够代表现代中国精神的东西。至于用什么产品来体现这种精神，那现在可能用连锁的餐饮，而未来可能还会有其他“君子”类的品牌产品。就像日本的无印良品，现在已经不仅局限于自己的核心产品。但是从短期来说，这个店是否会去做成上千家店，去取得上百亿美元的业绩？Well, that´s not impossible（这并非不可能）。

“That´s not impossible”——展望起未来，赵勇情绪激昂，显露出一种革命乐观主义式的豪迈。事实上，这样的乐观并非一时冲动——就在我离开美国后的2017年夏天，刚刚为人父母的赵勇和张琬婷入驻纽约，在车水马龙的哥伦比亚大学旁，开设了一家客流量三倍于前的新店。照片上，“junzi”标志性的嫩绿色招牌格外醒目，透亮的落地玻璃窗和鲜艳的黄色座椅在纽约久违的阳光下光彩照人，与不远处街面上招徕往来行人的各色餐车一起，构成了一道奇异的风景线。

第五章
性 灵

坐落于美国首都华盛顿的圣洁圣母国家朝圣地大教堂
赴美留学的中国学生群体中，在当地加入基督教会的人数已十分可观

如果一个人从来没有好好地在镜子里看过自己，他对自己是非常陌生的，而这是多么危险的一件事。

——蒋勋《生活十讲》

我们尽管每一个村角里有一个土地，每一个县城有一个城隍，我们可是没有美国人的那种宗教。

——费孝通《眼睛望着上帝》

不只是寂寞

1

“百人斩”原本不叫“百人斩”，这个绰号是后来才有的。他身材不高，皮肤白净，戴一副黑色的宽框眼镜，左边耳垂上的银耳钉在阳光下闪闪发亮。由于水平不高，他挥动球拍的动作有些笨拙。我们没有继续打下去。

离开网球场之后，我几乎已经把这位临时过来凑数的初学者忘了。重新想起他，是在两周后的学校食堂，李想——和我同一学院的学妹，指了指坐在不远处玩手机的“百人斩”，问我说：“那个男生，你认识吗？”

“见过一面。”我说。

“我们现在都特别讨厌他。”李想压低了声音，却掩饰不住脸上的义愤，“天天在网上秀结婚照的人，来美国的第一天，就把我们级一个女生给睡了。前两天还勾搭了一个美国姑娘，在外面一个劲儿地炫耀，连我们班上的智利大姐都看不下去了，真丢人。”

我咋着舌，沉默了半晌，问她道：“那个女生呢，我认识吗？”

她愣了一下，似乎没有想到我会这样问。支吾了片刻，她轻轻地吐了口气，“那个女生也有责任，刚来的时候，她在国内也有男朋友……”

留学生群体中的两性关系—— 一个大家七嘴八舌可以说得眉飞色舞，却很难刨根问底或是一概而论的题目。在2016年末的《Vista看天下》中，作者薛田和易萱就曾指出，在某种程度上，赴美中国留学生中的两性关系处于“极度保守”和“极度激进”间的“尴尬夹缝”之中。的确，在人际交往方式与中国大相径庭的美国，一部分留学生仍坚持着中国式恋爱与婚姻的传统。他们或举案齐眉，或夫唱妇随，或回国接受父母安排的相亲，或在美国买房结婚生子。而与此同时，用“贵圈真乱”形容另一些留学生在美国的混乱性关系，也并非夸大其词。青春的躁动、西式观念的影响、独生子女一代面对诱惑时的无力，以及出国离开熟人圈子后外部压力的缺失，都促使许多新一代的留学生，在两性关系上呈现出与前辈们迥异的态度与选择。

“百人斩”无疑是后一类型的代表。遗憾的是，由于在我开始采写访谈录前，他就已经毕业回国，我失去了与他面对面交流的机会。我把寻找这一题目访谈对象的希望，寄托在了朋友的引荐上。

2

李婷清楚我想了解什么。是的，她十分清楚——就在我们见面之前不久，介绍我们联系的田静还再次确认了这一点。“你放心问。她已经跟我说过了，只要能说的，肯定会跟你说。”在发给我的短信中，田静这样写道。

李婷——我的朋友田静的高中同桌，正在波士顿郊区的一所学校读博士。我在市中心的一家咖啡馆见到她时，披着黑色罩衫、身着牛仔短裤的她正坐在沙发上，聚精会神地翻阅着手中的杂志。她身材修长，乌发披肩，脸色微微有些苍白，眉下画着淡淡的眼影，眼神中有一种忧郁的、近似于神秘的气息。我走过去，轻声问道：“是李婷吗?”

“你好。”她抬起头，露出淡淡的、稍纵即逝的笑容。合上杂志，她的神色恢复了平静—— 一种在她的微信朋友圈上常见的，令人感到甚至有些阴郁的平静。

李婷成长在一个大学老师的家庭，小时候备受宠爱（她后来告诉我，自己在感情上的软弱恐怕与从小的娇惯不无关系）。与田静不同，她的大学是在香港上的。从香港毕业后，她来美国先做了一年RA[①]，随后开始留校读博士。讲起自己所学的生物专业，李婷不紧不慢，既没有表现出浓厚的兴趣，也没有透露出烦躁与不悦，只是告诉我，对于现在的读博生活，她“大体上感到满意”。

“那就好，那就好。”我略带忐忑地饮着咖啡，感受着手心微微渗出的汗。从见面到现在的这十分钟里，这位即将对面前的陌生人开诚布公、将自己的性经历和盘托出的姑娘，激起了我强烈的好奇心。而她脸上显现出的那种惊人的平静，则尤其让我感到惊讶。我目不转睛地注视着她，在一段略显尴尬的寒暄过后小心翼翼地切入了正题。我告诉她，这次来，就是想听她讲讲在美国经历的两性关系。谈话不免会涉及隐私，如果她有任何不想触碰的话题，可以随时告诉我。

“我这边是完全OK的。”她的声音显得有些气力不足，仿佛大病初愈，却依然保持着平静——在接下来一个小时的讲述中，这样的平静，贯穿始终。

我的第一个男朋友，是在香港读本科时认识的。他是香港人，比我大几岁，感觉我比较能依靠他，也让我比较有安全感。等会儿讲到后面你可能会发现，我似乎一直比较喜欢这个类型的男生。

不过那个时候，并没有和他发生关系……一个是毕竟在学校里，宿舍规矩什么的都比较严格，没有什么机会，再一

① Research Assistant，研究助理。

个就是，他有一种非常奇怪的老处男心理。他信教，认为婚前不能发生性行为，那些在外面随随便便发生关系的人都是没过脑子。但同时呢，他又总为自己二十几岁了还是处男感到自卑。我呢，虽然其实从来没有赞同过他的这些观点，但可能因为觉得他人还不错，也就比较包容他的这些想法。

从香港毕业之后，我就来了美国，先做了一年RA，然后开始读博士。说实话，刚来的时候，确实对这种陌生环境挺犯怵的。你如果去过Brandeis[①]的话，就会知道，那个地方生活很不方便，交通也没有，超市也特别特别远，就是一个村儿。当时语言也不是很通，我不会开车，出行不方便，又冷，真的是非常无依无靠。所以我就想，要是有一个什么都会的男生，也许我可以先跟他在一起一段时间。后来就真的出现了这么一个男生，是当时学生会派来接我的一个学长，所以又是一个经典的师兄接机后带学妹买菜然后就在一起的故事（笑）。说实话，我当时也觉得自己有点自私，因为毕竟对他更多的是生活上的需要。但后来想想又觉得，应该是双方都在受益吧——他也不是没有缘由地帮我买菜的，你说是吧？

但时间一久，也就喜欢上了他。当时就感觉，相比于一开始那种什么都不知道的状态，生活已经渐渐稳定了，我就觉得想继续下去。但他不同意。我做完RA回国过暑假的时候，他写了封邮件跟我说，他想了很久，觉得我们的mentality（心理、精神状态）不是一个水平的，他觉得我太幼稚了，做事比较冲动，不像他，当时三十一还是三十二，

---

① 布兰迪斯大学（Brandeis University）位于马萨诸塞州波士顿地区沃尔瑟姆镇（Waltham），1948年由犹太人集资建立，素有“犹太哈佛”（Jewish Harvard）的美称。该校崇尚小班教学，因此在校生人数少于同类知名高校。沃尔瑟姆镇距波士顿约20公里，人口约6万。交通上，有城际铁路通往波士顿，但在当地日常生活中，出行如不驾车则多有不便。

做事比较理智——虽然他是不是真的理智我也就不说了（笑）。我当时就觉得他是在糊弄我，于是我就跟我妈哭着闹着说我要回美国找他，想搞清楚是怎么一回事。我妈拗不过我，就同意了。

回来之后，我给他发信息，不回，打电话，也不接。我就在他家门口坐了一晚上，给他发短信说我就在你家门口。他可能是在美国久了，领地意识比较强，我坐在他家台阶上，他就觉得被侵犯了。他就说，你快走，我今天晚上不想见你，如果你一个小时之内不走，我就报警了。

当时很受伤，真的很受伤，就感觉本来一下子找到依靠了，结果现在什么又都没有了。另外呢也是自责，现在回想起来，我那时候确实挺烦人的。我每天在电脑上干会儿活儿，很快就没事干了，然后就给他发短信，问他在哪儿，有没有做完实验，什么时候回家。无论是去哪儿，也都要跟他一起。毕竟刚来，自己不太有独立生活的能力，就整天拴着他，可能最后就让他厌倦了吧。

第一次和香港那个男生分手，其实对我影响不是很大，毕竟很快来美国了。但是这一次不一样，我这才在美国的第一年呀，后面读博士，还要在“村”里住好几年。所以和这个学长分手之后，我好像对恋爱就有点恐慌，觉得整个城市都是男朋友给我的阴影。再加上可能我一直不是一个在感情上特别坚定的人吧，在感觉特别委屈的时候，就总想找个人填补自己心里的空白。就这么着，回来之后的第一年和第二年的上半年，交过一些“炮友”，或者说是介于“炮友”和男朋友之间的那种。

和他们在一起的时候，一般都是男生主动找我，通过微信还有其他的一些软件联系，当然有时候我也会主动找他们。其实一开始的时候，心里还会有一点期待，就是觉得，发生完关系之后，应该还是会自然而然地喜欢上对方吧！而且说实话，我也确实经历过这种事儿，就是有一次我的邻居过来帮我修暖气，然后在我家一起喝酒，喝完就发生关系了——我其实挺喜欢这个人的，但他有女朋友，怕被她发现，后来也就搬家了。但说实话，这样的情况并不多。大多数的情况是，在发生完关系之后，对方并没有什么继续交往下去的想法，真的就是各取所需。这样的次数多了，我也就渐渐麻木了，就是发生关系的时候会想，嗯，最好这个人能喜欢我，如果不行，我会有点伤心，但会觉得那也没什么，可能过段时间我会找到下一个。

说到这儿，李婷的讲述显得有些迟滞，这使我有些自责。我开始怀疑，自己这样揭开李婷的伤疤，是否是一种“将自己的快乐建立在他人的痛苦之上”的自私。

“当时……嗯……当时你心里有过纠结吗?”我问她。

“有的，但很快也就过去了。”李婷淡淡地答道，“因为我发现，身边的大部分人其实都是这样的。”

3

在李婷提到她和“炮友”们“各取所需”的时候，我几乎是不由自主地嘘了口气。我想起一句话：把自己当工具的人，也容易倾向于把别人当成工具。反过来，把别人当成工具的人，往往自己也会沦为工具。

的确，在美国非恋人关系的男女发生性关系，并不奇怪。但另一方面，人们在性关系上的界限也更加清晰。彼此感兴趣的两个人，从最初单纯的hang out（外出活动），到希望通过更多接触判断彼此是否合拍的date（约会），再到确立一对一的排他的relationship（男女朋友关系），在交往“规则”上非常清晰。是否发生性关系，以什么样的身份（普通朋友、约会对象还是男女朋友）发生性关系，往往会事先讨论清楚，显得“有章可循”。从这个角度上说，美国社会的性关系并不能笼统地说比中国更开放——准确地说，应该是更细致，更公开，更少以不清不楚的面目出现。

但在不少初次接触这一文化的中国留学生那里，美国的这一约会文化却往往会发生畸变。本来，元明以来的中国文化传统中，就有将自我与他人同时“工具化”的倾向。再加上国人对西方个人主义观念的歪曲理解，“不做男女朋友也可以发生性关系”的美式约会文化常常会被断章取义，沦落为个人纵欲生活的护身符。对中国留学生来说，在远离自己的熟人圈子、缺乏“耻”感约束的海外，这样的护身符显得格外“有效”。在交谈中，李婷告诉我，她曾经就见过这样一个男生：“他恨不得每次一发生完关系，就把女生踹下床去。”

“然后呢?”

“然后他就打起了游戏。”

事实上，尽管没有实地操作过，但我自己也有类似的体验。那是在采访李婷的两周之前，我在手机交友软件“陌陌”上做了一次试验。为了了解身处美国的中国用户在性关系问题上的态度，我以女性的身份注册了一个账户。我上传了一张假照片作为头像[①]，给自己起了一个卖弄风骚的昵称，并暗示“附近的人”，自己的性需求没有得到满足。从注册当天的下午一点到晚上七点，共有超过一百人点击了“我”的陌陌主页，三十人给“我”发来信息。其中，有腼腆地向“我”抛来橄榄枝、提议一起去看电影并“保证什么也不做”的白领，有不问青红皂白直接发来自己裸照的大叔，也有主动问我是否要“约一炮”的男子。在六名提到要赶过来“约一炮”的男性中，既有在华盛顿本地工作的职员，也有在巴尔的摩上学的学生，甚至还有在二百公里之外的费城就职的中国男性。“你在费城，过来太远了。”我在私信中写道。“不远不远，开车两三个小时就到了。”他回复道。

---

① 需要指出的是，上传假照片显然并不是一种合理的社交方式，笔者只是因调查需要，才采用了这种方式，请读者勿加模仿。

我不知道他们是否只是“叶公好龙”——也许他们中的一些人“只是说说而已”，过一过“文爱”的意淫的瘾；也不知道假如我真的是一名女性，那位住在费城的男子是否真会如他保证的那样，远道而来，“不虚此行”。但我知道，无论是哪一种，这样的交谈与选择，都与在异国生活的空虚感和漂泊感密切相关。“他本来是一个非常爱高尚爱洁净的人，然而一到了这邪念发生的时候，他的智力也无用了，他的良心也麻痹了”，“吴汉魂立在梦露街与克拉克的十字路口，茫然不知何去何从，他失去了方向观念，他失去了定心力，好像骤然间被推进一个巨大的舞场，他感觉到芝加哥在他脚底下以一种澎湃的韵律颤抖着，他却蹒跚颠簸，跟不上它的节拍”——在退出“陌陌”账户的时候，我想起了郁达夫的《沉沦》和白先勇的《芝加哥之死》，想起了故事中同样身为留学生、靠买春来填充自己空虚生活的主人公。是的，“在没有过去和未来的地方，爱活不过来，只有性”。对于许多漂泊在异乡的留学生来说，难以消除的孤独感、对未来人生道路的迷茫，以及乏味生活中缺少情绪出口的现状，都可能促使他们走上诉诸性欲的道路。而这样“拼命想借性纵欲使自己克服由于孤独而产生的恐惧感”的结果，也必然如弗洛姆所说，不仅会让他们“体会到更为强烈的孤独感”，也会因此而“不得不更经常地，更强烈地去重复纵欲行为”。

在这方面，李婷也不例外。她告诉我，现在回想起来，那段时间由于自己太寂寞，“很多时候并不知道到底是想要男朋友，还是只想解决性方面的需求”。寂寞，让她像张悦然《嫁衣》中的主人公，尽管清楚许多人只是为了“进来歇歇脚”，却依然“好像一个荒闲太久的宅院，只盼着有人可以登门造访”。

4

除了寂寞，李婷还面临着另一个问题——对男伴不由自主的依赖，以及由此产生的对失去自我的恐惧。她告诉我，与在国内谈恋爱不同，在美国，一旦开始谈，“除了对方好像就没有别人可以依靠了”。这种状态，让她对进入一段稳定的感情关系深感恐惧。

是的，从谈话的一开始，我就注意到了她的这种恐惧。那是一种对“一旦没有人可以依靠就需要找一个肩膀，一旦找到一个肩膀就离不开，一旦离不开就会失去自我”的恐惧。直觉告诉我，在弗洛姆区分的“因为需要一个人而爱他”与“因为爱一个人而需要他”之间，她似乎总会不由自主地陷入前者，而始终未能体验到只有在后者状态下才会形成的“成熟的爱”。

我把我的猜测对她说了。她不好意思地笑了笑，说：“你说得对，我好像直到现在也没有长进。”

说完，她敛起了笑容，捧起桌上的咖啡杯，凝视着泛起的牛奶泡沫，似乎陷入了沉思。静默片刻，李婷突然抬起头来，对我说：“也许，我应该给你讲讲我小时候的经历。”

刚才也提到了，我似乎总是会喜欢上比我大一些的男人，有依赖感。现在想想，应该和小时候被欺负有很大关系。

不知道你知不知道，在昌平有一个部机关子弟学校，都是经贸部的子弟。当时我爸妈都在学校里，是年轻的教授，都拼着评职称什么的，顾不上我，又想给我好的教育，就托人把我送到这个学校。因为离家远，就住校，而且一住就是六年。

按说，我是教书人家里的孩子，也算是知识分子家庭，社会地位不低了，但到了这个学校，因为同学都是“官二代”“富二代”，所以就经常看不起我，然后欺负我。你可能都想象不出来，从一年级到六年级，我每次回宿舍都会被拿拖把打。同宿舍的那些女生，小女孩，真的都是小女孩，但对我来说真的都是魔鬼（笑），真的。每天的值日都是我做，半夜她们忽然醒了，就让我给她们找东西，或者抹油之类的。还说我偷她们东西，另外就是撕我的作业，反正各种。

其实她们算是有个小圈子，在班里她们谁都欺负，但是可能还是以我为主吧（笑），毕竟我和她们一个宿舍，我首当其冲。我呢，一开始不敢跟老师说，后来发现说了也没用，因为老师也不太管。她们那个圈子都是“官二代”“富二代”，但我不是。老师不管，可能也是这个原因吧。

这件事我现在都很少跟别人说，真的，那六年怎么过来的，现在想想都不可思议。要从现在的观念来说，这应该是非常严重的“校园霸凌”了，会让你在身体上和心理上感觉时刻被人踩在脚下。我觉得，这可能也是我后来对自己非常不自信的一个很重要的原因。后来我一直在找可以一直依靠的人，可能也是因为这个。

在后来整理这段话的录音时，我流泪了——那时我刚看完冯小刚导演的电影《芳华》，想起影片中备受欺凌的何小萍。“一个始终不被善待的人，最能识别善良，也最珍惜善良。”默念着电影中的这句独白，我一时间悲从中来，几乎难以自控。

我流泪了，但李婷没有。在讲述这一段被“魔鬼”欺凌的经历时，她的神色依然一如既往的平静。没有激烈的控诉，没有老泪纵横，也没有劫后余生似的惴惴不安，她的声音中只有平静。一种在巨大的疼痛过后，发自内心的平静。

是的，我是在那一刻，认识到了她眼神中那阴晦的来源。而现在回想起来，大概也同样是在那一刻，我最终理解了她身上那种令人震惊的平静——不是麻木，不是漠然，也不是悲痛，而是悲悯。悲悯自己，悲悯在香港读书时的初恋，悲悯嫌自己幼稚而不辞而别的前男友，甚至，悲悯那名“恨不得每次一发生完关系，就把女生踹下床去”的性伴侣。对她来说——我后来常这样想，悲悯他们，就是在悲悯人性自身。

我想，大概正是因为这样的悲悯，让她没有在“约炮”的道路上走得太远。也正是因为这样的悲悯，使她敢于对我这样一个陌生人敞开心怀，开诚布公地讲述自己生活中最隐秘的部分。这使我格外感激，却也在与此同时，让我备感人性的复杂——因为正是那些打着“不做男女朋友也可以发生性关系”旗号的最纯粹的纵欲青年，一边在平日里得意洋洋地炫耀着与自己上过床的异性人数，一边又在面对严肃的采访调研时无可奉告，表现出强烈的自我防卫的意识。是的，那一刻，我想起了老何推荐的那位不介意周围人知道自己“约炮”的男生、韵文帮我联系的那名在纽约一年睡了三十四个男人的女同学——他们并没有向我吐露哪怕一点私生活的细节。反倒是李婷——也只有李婷，在讲述这一段小时候被欺凌的悲惨遭遇后，甚至还带着几分不安地问我：“给你讲这些，是不是显得我太矫情了？”

5

临近晚上十点的时候，外面下起了雨。李婷要搭乘的末班车开车时间渐近，我们的谈话也进入了尾声。她告诉我，在经历了那段麻木的“约炮”生活，对稳定的感情关系已“格外怀疑”之后，她遇到了现在的男友—— 一位同样因细心照顾她而让她备感依赖的、用她的话说“一度感觉非常可嫁”的金融硕士。尽管，现在的这位男友已与她异地一年，两人兴趣和个性的不合也让她几次萌生去意，但她并没有着急提分手。她告诉我，这一方面是因为男友的家庭刚刚经历一场变故，她不想“在这个节骨眼上让他雪上加霜”；另一方面，她也正好可以利用这段异地的时间，尝试扭转一下自己在感情中易于丧失自我的倾向。她明确地告诉我，无论这一次恋爱结果如何，今后都会在感情上给自己留有更多的空间。

“那恋爱之后呢，还会再出去约吗？”在谈话的最后，我这样问她。

“坦白地说，异地的这一年里也有过动心的男生，但我及时刹车了……”说起这段经历，李婷显得有点不好意思。不过，她很快话锋一转："我宁愿两个人在一起，然后我性冷淡，也不愿意自己出去作死。"

我笑了，她也笑了。在我们见面的那个晚上，我第一次见她发出这样的笑——她笑了很久，笑得前仰后合。

抑郁青年

1

晓楠已经有五天没离开过房间了。星期五的中午，她像往常一样疲惫地躺在床上，眼睛直勾勾地出神地望着天花板。五天里，她房间的窗帘从来没有拉开过，偶尔进来的一点日光，她也恨不得拿块木板挡住。“当时就是不想起床不想出门，总感觉特别疲惫。”后来在回忆那段经历时，晓楠这样跟我讲道。

快过下午一点的时候，屋外响起了久违的敲门声。晓楠费了好大的劲才从床上爬起来，拖着沉重的双腿走出卧室。打开门，她看到学校的心理系教授出现在自己面前，用一种近乎命令式的语气说道：“你现在去外面晒太阳，日落之前不要回来。”

晓楠得的是季节性抑郁[①]——这个名词是她后来转去心理系之后

---

① 按耿璐所著、郭本禹主编的《你好，抑郁》介绍，季节性抑郁症又称季节情绪失调症，常在秋末冬初开始，春末夏初结束，患者表现包括抑郁症常见的伤心、易怒、焦虑、对事物兴趣索然、社会活动减少、注意力无法集中，另特有嗜睡、对糖类需求量增加、食欲旺盛、体重增加等。造成季节性抑郁症的原因主要是冬季阳光照射少，人体生物钟不适应日照时间缩短的变化，导致生理节律紊乱和内分（接下页）

才知道的。一到秋末冬初，她就会陷入持续性的情绪低落，身体也如冬眠似的蜷缩起来。“那时候吃得多，睡得多，体重疯长，不过一见太阳或是天气不那么冷了之后，我就会好一点。”晓楠说。

2013年我到马萨诸塞州看她的时候，最糟糕的情况已经过去，但抑郁留下的痕迹仍清晰可见——和三年前在北京时相比，她胖了至少三四十斤，动作显得迟缓，说话的声音也有些气力不足。我们坐下吃饭的时候，她只要了一杯热水，手捂在水杯上，略带自嘲地说：“你都不知道前两年我的成绩有多差。”

“有多差？”

“抑郁之后课业就跟不上，跟不上之后就更加抑郁。”晓楠说，“去年的时候，成绩都砸到2.0了。”

与众多罹患抑郁症的患者一样，晓楠开始抑郁的原因也是多方面的。一方面，北美高纬度地区冬季气候寒冷、日照时间短、生活不便等问题，让这位在中国温带地区长大的、“三九”天还在大城市的各个角落欢蹦乱跳的姑娘不胜其扰。另一方面，前些年母亲的离世也让她备感艰难。她告诉我，在无依无靠的美国，一旦遇上生活中的挫折，对母亲的思念都会加重她情绪上的压抑。

我沉默了片刻，问她：“你周围有没有同学也抑郁？”

“有，当然有。”晓楠不假思索地回答。

抑郁这个事儿，成因多，表现的形式也多。咱们这一代

（接上页）泌失调，从而出现情绪与精神状态的紊乱。一般认为，光照疗法是治疗该病的有效方法，患者多接受自然光照和人工光照，进行散步等户外运动，对于治疗很有帮助。

在全年日照时长变化不大的热带，该病较为少见，但在北纬30度以北和南纬30度以南则常见。有研究显示，在位于美国东北部的华盛顿特区，患有季节性抑郁症的比例为4%，而在接近北极圈的阿拉斯加，比例则高达10%。在我采访的留学生群体中，也明显能感觉到这一点——在日照充足的加利福尼亚和佛罗里达，没有发现受访人有患该病的经历；但在冬季漫长严寒的美国东北部的新英格兰地区、纽约州北部的雪城和康奈尔等学校、芝加哥附近或以北的密歇根安娜堡等学校，以及加拿大的许多学校，受访人在冬季出现抑郁情况的例子相当普遍。

独生子女，在国内的成长都比较受照顾，但是一来美国，很多事情就得自己承受。承受不了，再加上所处的环境孤单寂寞，就很容易抑郁。

我身边就有好几个抑郁的。其中有因为同性恋不敢跟家里说的，也有你认识的，这就不多说了。我来给你说说你不认识的，一个直接辍学回国的学妹。

这个学妹，咳，据说是直接被室友dislike（不喜欢，反感），然后课业也跟不上，有一种叫天天不应，叫地地不灵的感觉。听说她的事儿，还是Dean（院长，系主任）告诉我的，他让我去给她讲讲学校能帮她的方式。我去了，但后来她去没去找学校的心理老师我就不知道了。第一个学年之后，我听Dean说，她第一个学期没坚持下来，就直接办退学回国了。

现在想想，她可能没做好出国是一个什么生活学习的状态的准备吧，然后适应能力也不好。另外就是有些事儿做得也挺奇葩，比如每天早晨闹钟每隔5分钟响一回，她不起来，就让闹钟那么响着。美国室友忍了一段时间，后来跟她说起这个事儿，结果她依然我行我素。然后就是夜里和父母视频聊天哭诉，让室友也没法睡觉。后来感恩节人家美国姑娘邀请她回家一起过节，也不知道她干了件什么事儿，弄得主人全家都很尴尬。诶，说起来她那个室友我还见过，一个New Hampshire①的姑娘，超级淳朴的。

虽然实际上过得各种糟心，但表面上，你还真看不出来她那样。每次见到她的时候，她都在学校的餐厅里对着其他中国学生夸夸其谈。谈什么？咳，无非自己是北京人，名牌

① 新罕布什尔州（New Hampshire），美国东北部新英格兰地区一州，南邻马萨诸塞州，北与加拿大接壤，东、西分别与缅因州、佛蒙特州相连。面积约2.4万平方公里，人口约133万（2016年），首府为康科德。

> 高中毕业，认识的人多，家里不缺钱这些吧，真真假假，都有。说实话，我当时看到她的时候，也觉得挺可怜的，毕竟只是个刚离开家的十八岁小孩儿，可能是真的需要朋友，夸夸其谈只是表现形式，内心可能又害怕又孤独。

说到这儿，晓楠叹了口气。“毕竟是出国留学，什么事都不轻松。”

2

晓楠的感叹让我想起一句话——“来美国两年，我最大的感受就是，许多事，不足为外人道也。”

这一“古今多少事，都付笑谈中”似的苍凉慨叹，是我大三去看望佳琪时听到的。佳琪是我初中时的同桌，因为户口问题无法在北京参加高考，因此很早就开始了出国的准备。我记得在学校的时候，她的成绩一向很好，虽然对记忆化学方程式与历史政治中的阶级分析并不擅长，但英语从来处于无师自通的状态，是班上的“活字典”。在南方长大的她，个头小小的，话不多，但总是透着几分天真可爱。有一次，她因为迟到被班主任叫住，当着三十多个同学的面问道：“佳琪啊，你就住在学校旁边，为什么还迟到?”

佳琪的脸涨得通红——我以为是羞得，实际上却是憋着笑。半晌，她突然乐了出来，然后睁着一双无辜的大眼睛，一本正经地说道：“这个不能怪我……我平时都是早上只吃一个鸡蛋，今天我妈妈非让我吃两个……”

教室里顿时笑倒一片。就连班主任老师，也又好气又好笑地冲她摆摆手，“去吧，去吧。”

就是这么一位古怪精灵的人物，到了美国之后也抑郁了。直到现在，我还清晰地记得那次去看她时，我抓拍的一张照片：她裹着黑色大衣，弓着背坐在法学院门口的石栏上，脑袋耷拉着，仿佛在默默地浅斟低唱。冬日的温暖日光大把大把地洒在她瘦小的身体上，与她黯淡的目光明暗交错，让人见了心酸不已。

“你是什么时候开始抑郁的？”后来再见面时，我这样问她。

“大三大四，那时候压力特别大，每天都不想起床。”佳琪说。

佳琪的压抑或许与小时候搬家和转学次数过多有关——上中学的时候，我就明显感到她比大多数人更敏感。在美国，随着各种压力的扑面而来，这种倾向无疑得到了强化。大三以来，她看过很多次医生，但从来没有被确诊过，也没有采取过药物治疗。用她自己的话说，她经历的可能不是严格意义上的抑郁症，而是抑郁情绪——尽管这种情绪时长时短并反复发作。

然而，无论是严重到产生自杀倾向的重度抑郁症，还是佳琪所经历的抑郁情绪，在美国大学中都屡见不鲜。根据美国心理学会的调查，大约有三分之一的大学生在过去的一年里经历过抑郁症，而美国著名心理学杂志《职业心理学：研究与实践》在2017年11月刊登的一篇文章指出，有6%的在读本科生和4%的在读研究生表示，在过去的一年里“真的考虑过要自杀”，且其中一半的人从未把这种想法告诉过任何人①。此外，全美健康状况统计中心的数据也显示，在十五岁到二十四岁的青年女性中，亚裔女性的自杀死亡数则位列第一。这些数据，可谓触目惊心。

美国高校为何会成为抑郁的高发地？对于这一问题，人们通常会从竞争压力大、学费昂贵等方面给出原因。然而，从更深层的社会文化角度来看，这种抑郁的过程又往往与个体的社会化进程有关（而这一社会化进程的关键阶段又往往与大学阶段重合）。在比较中美社会

① 在该文章给出的“抑郁指数”大学排行榜中，前十名不乏名校：加州大学伯克利分校、纽约大学、康奈尔大学、杜克大学、普林斯顿大学、宾夕法尼亚州立大学、耶鲁大学、范德堡大学、麻省理工学院、加州大学洛杉矶分校。此外，著名的哈佛大学、哥伦比亚大学、斯坦福大学、宾夕法尼亚大学、芝加哥大学等也进入了前20位。

个体成长过程时，孙隆基就曾这样写道：

> 从人之成长的角度看，在西方，强调的是这个过程中的断裂，从一个阶段进到另一个阶段，清清楚楚，也干干脆脆。此一倾向在新大陆被发扬至极峰，断裂变成了一种惯性，造成脱离父母之家庭以后的人际关系，也以分离作为常态。于是，人归根到底就必须面对自己，自己这一生之开展形态，都得由一己去负责，成长时如是，成人之后如是，面对老年与死亡时也不得不如是。
>
> 在美国，由儿童到成人的转折点——青少年期——是一个危机，自杀率特别高，用参加邪教的方式去做心理枕垫者亦颇众。由青春至衰老的过渡——中年期——则易出现“中年危机”，其表现形式之一是婚姻的破裂。老年则更是危机重重，甚至有人去上课学习如何面对死亡。美国也势必成为“心理治疗”的文化！个人“自主”的代价何其大哉！

抑郁的国度不分民族与时代。与美国相比，国内高校中的抑郁情况也并不乐观——事实上，在我写作这一章的时候，就有一位外表看上去大大咧咧的学姐告诉我，在她上大二的时候，有三四个月的时间，每次经过学校东门的过街天桥时，她都“不由自主地想跳下去”。不过，对于晓楠和佳琪这样赴美读书的留学生来说，考验则更为严峻。“每个人都有个人发展过程中未完成的议题，但在来到美国之后由于身处异国他乡被放大了。”在纽约从事心理咨询的陈厚恺曾这样讲道，“譬如定义自我、寻找自我认同的过程，是每个年轻人都要经历的。但对于留学生来说，这个连续的自我认知发展过程因为留学而突然被切断了，再到一个学业、生活、社交各方面都处于高压状态的环境中重塑，就会造成很多挑战。”

的确，通常的情况下，寻找自我的过程应该是连续的、与外界环境从冲突走向和解的。尤其是在中国社会这样的“人情的磁力场”，年轻人往往可以通过各种途径规避与外界环境的正面冲突，从而至少在表面上比西方人更少出现不安与焦虑。“他（指中国的年轻人）对环境并不采取对立的态度，而是由内到外的一片连续延伸感。”在《中国文化的深层结构》中，孙隆基这样写道，“与环境相左时，也会尽量减低张力，迂回地躲过焦虑感。”“中国人的成长，可以用父母做枕垫，成人之后用社会关系做枕垫，”因此，“生命转折之危机不能说没有，但没有像美国那般成为泛文化性的母题”。

然而在美国，这些习惯了“在面临世界时总会去找寻温暖的包藏体”的留学生，却不得不像美国人一样，独自面对生活的“旷野”。正是在这一过程中，我们看到了丁丁的逃学、林天的“洋插队”、秦晓的暴饮暴食、张悦的艰难融入……他们的故事并非特例。在陌生的异国他乡，迷茫、孤独与文化的隔膜交织在一起，形成了一个只靠自身力量难以突破的恶性循环。循环得久了，也就难免陷入抑郁[①]。

3

与问题本身相比，问题难以被发现则显得更为糟糕。根据中国心理学会理论心理学和心理学史专业委员会秘书长郭本禹的说法，在全球范围内，大约每十个人中就有一个抑郁症患者，但接受过医生诊疗的只有25%。而在中国，“每十个抑郁症患者，就有八到九个没有得到医学护理诊疗”。

对于这一点，我在采访时有着切身的感受。如果不是因为写作访谈录的缘故而“好奇地”问起，我甚至很难察觉到留学生群体中的抑郁——不仅是我，哪怕是受访人身边的“好基友”“好闺蜜”，也往往对此不以为意。当我询问这些“好基友”“好闺蜜”如何描述受访人

---

① 一个引人思考的情况是，在我接触的留学生中，交换生与公派留学生往往少有抑郁倾向。这似乎与这一群体较少在就业和归国等问题上感到迷茫有关。此外，理工科学生的抑郁情况也不如文科学生严重，似应与前者在美国的就业方向较为明确有关。

的性格时，“他（她）最近不开心”或是“他（她）这人不太喜欢社交”几乎是“放之四海而皆准”的答案。这一点，着实让我感到担心。

的确，在中国社会的话语体系下，“抑郁”往往是“不存在”的。从很大程度上讲，这可以归因为中国文化将心理问题“身体化”与“人情化”的倾向。“事实上，中国人即使在‘心’情不好的时候，也很少导致抑郁，而多半会引起‘头痛’。”在分析传统中国社会对于个体心理问题的认知时，孙隆基这样写道，“自己心中有问题而又与人谈论时，往往会把西方人属于个体情绪领域的内容外在化为有关人事纠纷、工作上的烦恼的倾诉。”然而在“身体化”与“人情化”都不发达的西方，心理问题就是心理问题，抑郁就是抑郁。“很多抑郁症患者根本不知道有‘抑郁症’这种病症的存在，当他们持续地出现疲惫与失眠、情绪低落与厌食等症状的时候，他们一般抱持着‘再忍耐一下，很快就会过去的’‘可能还有几天就好了’这样的想法。”耿璐在《你好，抑郁》中这样写道。是的，当一些留学生还在为类似的“身体不适”与各种人事纠纷而叫苦的时候，他们中的许多人可能根本没有意识到，自己或许已经陷入了抑郁。

更糟糕的是，即使认识到自己正在经历抑郁，留学生往往也难以向外界倾诉。在观察城市打工者群体时，吕途就曾提出，同伴的重要意义不仅在于“可以是倾诉的对象”，更在于“如果大家跟我一样受到这样的待遇的话，我就可以变得不以为然，甚至可以释然”。在个体对于同伴的需求方面，这样的描述对留学生群体中的抑郁者同样适用。然而在采写访谈录的过程中，我却明显注意到，因为彼此并不或很少谈论相关话题，许多经历过抑郁症或抑郁情绪的留学生并不知道，哪怕就在他们身边的三五十人中，也有不少人经历过或正在经历着类似的苦痛。我曾多次遇到类似的情况——当受访人向我讲述自己的抑郁体验时，他们会把自己的经历视为独一无二的、旁人无法理解的。在他们心目中，这种“与众不同”似乎带着某种天生的污名，因而像佳琪提到的那样“不足为外人道也”。然而当我回应说“我也经历过抑郁情绪”，或者“我采访的留学生里，抑郁的情况相当普遍时”，他们的眼睛就似乎突然亮起来，仿佛重新看到了希望。大概正是在这样的一次次的“抑郁分享”中，我逐渐认识到，“难以向别人倾诉”甚至比抑郁本身更令人煎熬。

“最重要的是压力大的时候不敢联系父母，就怕他们听出来或者怎样。”一位哥大的朋友曾这样讲道。的确，对于远在国内的父母来说，这样的讲述往往是徒劳的，甚至会适得其反——父母在了解到子女的困境后，往往会因自己对孩子的处境无能为力而感到焦虑，而这种焦虑，会对业已陷入抑郁情绪的子女造成新一轮的刺激。

我自己就亲身体会过这样的困境。2015年夏天毕业之后，因为感情的受挫、工作方向上的迷茫以及是否回国问题上的焦虑，我曾陷入一段长达半年的抑郁情绪。最严重的时候，我感到自己对于生活完全失去了控制，仿佛一切都失去了意义。我每天天亮时才能入睡，中午过后才起床，醒着的时间里要么打游戏，要么心想着“赶紧天黑，这样就可以睡觉了”。有朋友来找我打球或是郊游的时候，一向乐于外出的我却像躲债一样躲着他们，仿佛染了社交障碍。之前还为“毕业即失业”而愁眉苦脸，现在却竟也不着急找工作了。甚至，连吃饭、洗澡这些最基本的生活内容都成了难事——因为它们也在这“一切都失去了意义”的“一切”之中。用安德鲁·所罗门[①]在演讲中的一句话描述当时的我，再合适不过：“抑郁的反面不是快乐，而是活力。我感到活力在一点一点地从我的生活中流走，一切都显得如此费力。”

8月底回国开会的时候，我见到两年未见的家人。当我向父亲提起抑郁的时候，他先是缓缓地说了一句“你该多运动”，然而在目睹我几乎无法从椅子上站起来，自然也不会有去运动的“活力”后，他

① 安德鲁·所罗门（Andrew Solomon），1963年出生于纽约，美国作家，作品涉及政治、文化与心理学。他于1994年患抑郁症，其后写作出版了《走出抑郁》一书，获得2001年美国国家图书奖。

的神色很快焦虑起来，身体也渐渐蜷起来，仿佛一瞬间苍老了很多。他的焦虑，反过来也让我更为寝食难安——那种状态，直到我回到美国后对父亲“眼不见为净”，才稍稍有所缓解。

4

运动可以减轻压力，却不能消除抑郁——毕竟，人体在运动时所产生的内啡肽并不能替代担负着鼓励、提供行动机会和任务的多巴胺，促使个体在生活中寻求具体的快乐。亲友的陪伴可以提供温暖，却不一定会对抑郁者产生正面的作用。“不要试图让抑郁症患者振奋起来。”耿璐写道，“告诉他们‘振作起来’一点意义也没有，他们的状况并非出自自己的选择，他们也不希望这样，如果他们能够振作起来，他们一定会，但是他们做不到。”甚至，“不仅不能用这样高昂的口号激励抑郁症患者，就连善意而温和的语言，比如说‘希望你早日康复哟’，也会让抑郁症患者感到期待和责任，加重心理负担”。

那么，缓解抑郁的是什么？我想，是真正的理解。“Our weapon against negativity is not persuasion; it´s understanding.”（我们面对负面情绪的武器不是劝说，而是理解）——Stephen Grosz 在 *The Examined Life* 中这样写道。在采访的过程中，我一次又一次地对此感同身受。从某种意义上说，也正是对于这本留学生访谈录的采写，正是采访过程中与许许多多处于抑郁状态中的留学生推心置腹的交谈，让我渐渐从深不见底的心理黑洞中苏醒，重新在衣食住行的“小确幸”中感受到一点一滴的快乐，并最终如外界所期待的那样，“重新振作起来”。

但这仍不是一条“最佳路线”。毕竟，心理咨询师的专业治疗远比病友间的相互问询更为直接有效。“学校的心理咨询师是很好的求助选择，甚至有的学校还有讲中文的咨询师。”当我向佳琪问起“如果有机会，会向未来计划留学的学弟学妹建议什么”的时候，她这样回答说，“心理咨询师的效果未必立竿见影，但可以帮你找到解决问题的出路。以后如果再出现类似的情绪，你就会不慌了。”

“就像感冒，第一次感冒治好了，以后再发烧咳嗽，你就知道要怎么面对了。”说这话时，佳琪已经供职于美国一家知名的市场分析机构，每周在纽约、波士顿、华盛顿与佛罗里达等地间奔波忙碌。“现在我还会定期去做心理咨询，但更重要的是，我已经学会了与不时出现的抑郁情绪相处。”她平静地告诉我。

而晓楠——那位一到秋末冬初就把自己“捂”在家里的季节性抑郁症患者，也已经回国开始从事社会扶贫事业。业余时，她还经常在同学朋友间扮演心理咨询师的角色。“真的不要硬扛，”晓楠叮嘱我说，“你如果写这个题目，一定要告诉后面的留学生，一旦发现问题，一定要向老师、学校和心理咨询机构寻求帮助。”

说到这儿，晓楠一向有气无力的声音突然厚重起来：“不然就会像我，等成绩砸到2.0再想追回来，是会很辛苦的。”

信　徒[1]

我参加的那一次《使徒行传》的讨论，是白煜最后一次主持“《圣经》学习小组”的活动。过去的两年里，他在哥大发起的这个小组，每周都会组织一次类似的讨论。“这样的小组在纽约还有很多，而我们偏重的是理性的分析。”在电话中，白煜曾这样向我介绍，“我们会讨论《圣经》里的故事是不是历史上真实可信，会讨论基督教所说的天堂究竟应该是什么样子。”

在哥大对面戴安娜中心（Diana Center）地下二层的活动室里，我第一次见到这位即将从哥大毕业、南下杜克攻读神学博士的年轻人。他体格健硕，面庞宽厚，头发带着自来卷，笑起来的时候眼睛眯成一条缝，显得憨态可掬。说话的时候，他总是慢条斯理，声音中有一种少年老成的浑厚。神态形容，仿佛一尊弥勒。

---

① 美国是世界上基督教人口最多的国家。根据2015年的统计，约75%的美国成年居民信仰基督教，其中超过一半的信仰者信奉新教，接近四分之一的信仰者为天主教徒。与历史数据相比，美国基督教人口的比例有所下降（1990年为85%），但居民参与宗教活动的频率（如定期参加宗教活动的人口比例）仍远高于英法等其他西方发达国家。另值得一提的是，一般而言，美国南方的基督教传统较北方浓厚。根据调查研究机构盖洛普2014年的数据，位于美国西南部的犹他州（Utah）有51%的居民至少每周会前往教堂一次（多为摩门教教堂），而东北部的佛蒙特州（Vermont）则只有17%的居民会如此做。在本文后面提到的亚利桑那州（Arizona），这一数字为33%，在美国全部50个州中位列第21名。

也许是正值期末的缘故，这一次讨论来的人不多，让远道而来正想一睹风采的我略微有些失望。相比之下，白煜却显得从容不迫。他招呼大家围坐在一起，分发这次讨论用到的材料。“《使徒行传》和《路加福音》是同一本书的上下两篇，作者都是路加。”介绍起这次讨论的内容，曾深入研究过基督教发展历史的白煜如数家珍，“路加当时受雇于一名罗马官员，写了一本有关基督教徒的社会调查，也就是现在我们看到的《使徒行传》。”

“这个调查是什么时候写的?”坐在我旁边的一名瘦瘦的男生突然插话道。

“公元60年，也就是耶稣去世后二十七年。”白煜不假思索地答道。

与同龄的留学生相比，已经入教五年的白煜算得上一名“老信徒”。由于在圈内“德高望重”，在我赴纽约前不久，他还专门接受了美国著名期刊《外交政策》的采访。在该刊一篇记述中国留学生在美入教的文章中，他这样描述大一时接触教会活动的缘起：“我发现，（在参加教会活动前）我并没有和当地人进行深层次交流的机会。”

关于这段经历，我希望他能讲得再具体些。于是在讨论《使徒行传》的第二天，我约白煜在哥大紧邻120街的咖啡馆见面。时隔两个月再次谈起这一话题，白煜显得耐心十足。讲起自己的个人经历，他的口吻与前一日讲述《圣经》文本时别无二致，语气和缓，遣词酌句也力图精确，带有鲜明的学者气息。

我是2010年来到美国的，在亚利桑那大学[1]读本科。之前在国内上过一年的预科班，提前对美国的学习生活有了适应和了解，也结识了不少美国朋友，所以刚来美国时并没有

---

① 亚利桑那大学（The University of Arizona），位于亚利桑那州第二大城市图森，创建于1885年，被誉为“公立常青藤”大学之一。亚利桑那州位于美国本土西南，与墨西哥接壤，面积29.5万平方公里，人口约700万（2016年），首府为菲尼克斯（Phoenix）。

很多留学生经历的那种孤独。我后来接触教会，主要是社交圈子的问题。

刚到美国的那会儿，中国学生和美国学生社交圈子的活动我都经常去，不过渐渐地就觉得那种聚会的形式对我来讲没有什么吸引力，很多时候就是你干杯我干杯这个样子。怎么说呢，就是喝酒的话大家都能喝到一起去，但是如果想要有比较深入的谈话，就比较难了。这个事儿一直让我很遗憾。后来正好有一个之前在国内就认识的美国朋友也在我们学校，喊我去教会。我本来也对宗教比较感兴趣，在高中时就翻过佛经什么的，所以就跟着他去看了看。到了教会和那里的人一聊，就让我印象非常深刻。为什么呢？因为跟他们谈话能谈得很深入，他们愿意分享自己的个人经历，讲自己的情感，或者跟我聊哲学聊宗教这些平时没有人跟我聊的话题。我当时就觉得，这个很好嘛。

我之前对宗教虽然有兴趣，但其实成见还是有的。当时会想，基督教的教徒是不是一些不相信科学，不太运用理智的人，是不是完全是在找一个感情寄托？但后来我发现，教会里的这些学生都很聪明很博学，也都很注重理智这方面，于是我就开始反思，是不是我自己对基督教的认识不太客观，是不是自己应该去再研究一下？后来我就开始读《圣经》，也读了不少研究基督教历史的著作，我发现其实基督教对于理智还是非常注重的，《圣经》是很注重运用理性进行学习和思考的。而且历史上虽然有很多无神论的科学家，但同时也有很多持有神论观点的科学家。这些都渐渐打消了我的疑虑。

真正开始信这个，是在大一下学期。我当时在教会里喜欢一个女生，喜欢她的时候就觉得她身边的那些男生好像都变成了我的竞争对手（笑）。他们虽然对我也很友善，也愿意帮助我，但我就完全没有这个想法。我想的是要怎么证明自己比他们更好，要怎么“赢得佳人的芳心”。这种心态就让我完全没有爱别人或者关心别人的空间，我变成了一个嫉妒心很强的人——别人的好在我眼里变成了潜在威胁，别人说的幽默的话在我听来就觉得很刺耳。这种状态让我活得很累。后来我就去看《圣经》，看到“登山宝训”里耶稣提出“要爱你的仇敌”的时候[①]，我就想，他连仇敌都去爱，而我连在教会里对我这么好的兄弟都不喜欢，我离耶稣这个榜样差得实在是太远了。

后来有一次教友们又聚会，那天晚上我就第一次感到想发自内心地向神祷告，希望能借助他的力量，让我把嫉妒之心转化为爱人之心。在做了这次祷告之后，我立刻就感到有一股力量冲到我胸膛里来了——我都不知道这股力量是从哪里来的。那时我好像真的就听见一个声音对我说，你要爱别人。这种爱人之心和嫉妒之心的争战非常激烈，以至于后来我的身体都趴到地上去了。但很明显的是，爱人之心这一方渐渐胜利了。等我从地上爬起来的时候，好像觉得身体顿时轻快了很多，再看看周围的人，又觉得是啊，我确实应该爱他们。我就是在那一天晚上决定信主的。

“这种爱人之心和嫉妒之心的争战非常激烈，以至于后来我的身体都趴到地上去了”——在描述这一幅惊人的内心挣扎的图景时，白煜显得格外从容。而当我问起那位女生后来的归宿时，他也只是淡然一笑。“她后来也嫁人了，没嫁我。但这已经不重要了。”

“那什么才重要?”

“重要的是我发现了上帝，也发现了自己。”白煜说。

---

① “登山宝训”出自《圣经·马太福音》五到七章。在这一次上山的演讲中，耶稣提出了著名的“要爱你们的仇敌”的观点。

在数以万计的留学生信徒中[1]，像白煜这样经历过“天人交战”、最终成为专业的基督教研究者的，并不多见。更普遍的情况是，留学生通过当地华人教会的活动，逐渐接触《圣经》，并最终受洗入教。

在美国，教会——尤其是华人教会，对留学生生活的影响之大，国内读者若未身临其境地体会，恐怕很难想象。一方面，在美国，由于各种宗教在社会上进行自由竞争，且宗教组织不能参与营利性活动，因此为了维持自身发展，教会就需要不断吸纳教众，扩大影响。另一方面，为了实践“神的旨意”去“普度众生”，除了举办日常的宗教活动，教会也需要经常地访贫问苦、凝聚社区并提供必要的公共服务。在这样的背景下，美国的不少华人教会都主动与高校的中国留学生组织建立了合作关系，为初来乍到的留学生提供必要的物质保障。例如，2015年8月，普渡大学四百七十位来自中国的新生和家长就享受了由学校学生会和教会志愿者组织的付费接机服务，其中数十位学生还由教会提供了临时住宿。与此同时，在一千多公里外的华盛顿，来自中国的一百多名乔治城大学新生则全部被当地华人教会接走——他们中的不少人，最终也成为基督教的信徒。

在教会吸引留学生的过程中，上述的接机服务，以及定期聚餐一类的物质保证，自然是唤起留学生兴趣的重要步骤[2]。不过，若因此认为教会在留学生的日常生活中，仅仅扮演着“驻京办，在做饭”的角色，则不免有失偏颇。除了接机和聚餐，教会还会组织教友学习英语、外出参观甚至举办文艺表演。这些活动，既丰富了留学生的业余

① 尽管赴美留学生中基督教徒的绝对人数难以统计，但通过一些分散的数字，我们还是可以描绘出这一群体的大致轮廓：在前述《外交政策》论述中国留学生入教问题的文章里，一位美国基督教团体的负责人表示，在他服务的5000名外国教友中，有1600–1800名中国留学生。而据美国国土安全部的数据，从2014年元旦到2015年3月底，就读于当地天主教或基督教中学的中国学生，已达全部赴美中国高中生人数的58%——尽管就读教会学校，并不意味着他们就一定会被发展成教徒。

② 在我的访谈过程中，亦有不少受访者提到，起初他们经常参加教会的聚会等活动，后来渐渐不去了，很大程度上是因为意识到自己既然并不信仰上帝，再去参加这样的活动会心中有愧。用其中一位受访人的话说，就是“吃人家的嘴软，拿人家的手短”。

生活，也有助于他们尽快适应和融入美国的新环境。而更重要的是，通过这些活动，教会成功地为形单影只的留学生塑造了一个“集体”。借用宗教人类学者史拜洛的术语，这是教会在留学生群体间发挥着“整合的功能”——“借共同信仰以巩固团体的凝聚力、整合社会的组织力”。而如果以更具中国色彩的语言来描述，那就是：对于许多远离了国内温暖的“人情的磁力场”的留学生来说，教会不仅是宗教团体，更在他们的生活中发挥着居委会、共青团、妇联、同乡联谊会、学生辅导员、心理咨询室，乃至街道办事处的作用。在举办宗教活动的同时，它通过一系列具有仪式感的集会，让背井离乡的中国学子感受到一种“家”的归属感。正是这样的归属感，源源不断地吸引着留学生的心神。

云峰——我在马里兰大学的学弟，就是怀着这样的归属感入教的。这位比我晚两年入校的瘦瘦的男孩，脸上永远挂着和善的微笑。平日里，他在学院机房工作的时间最长，读书也最认真，无论是面对课程上“排山倒海”般的阅读任务，还是留学生普遍面临的在美国迷雾一般的未来，他都能令人惊奇地保持一份平和与乐观的心态。他告诉我，正是在一次又一次的教友聚会上，原本对基督教颇为排斥的他，逐渐体会到这种“喜乐”的。

> 我是来美国三个月之后加入教会的。
>
> 其实在国内刚进大学那会儿，对这个东西还是挺排斥的。那时候也不懂，不知道基督教是什么，但以前（中学时）受到的教育会让我觉得这个东西挺邪恶的（笑）。当时在学校里，有很多外国留学生会来给我们传教，他们会邀请我们去参加他们的活动，搞聚会什么的，我都是一概拒绝。那时候对这些还是很排斥的，感觉像传销（笑）。
>
> 后来发生转变，是因为我的一个很亲密的朋友开始信教。当时他去了伯克利交换，很快就加入了教会，这让我觉得很奇怪。在他回来之后，我和他聊过很多，也确实在他身

上看到了变化——那是太大的变化了，和之前相比简直是另外一个人。

因为和这个朋友的亲密和信任吧，我开始去了解他加入教会的经历，慢慢地也打消了自己对基督教的一些偏见，发现这个东西似乎没有我之前想象得那么不好。说实话，如果换成是一般的朋友，可能我就不会有那么强的意愿去了解，或者被他的经历打动。但因为他是我很亲密很信任的人，所以他的经历会打动我。

通过他，我也开始在国内参加一些教友的聚会，一些教会的活动，认识了不少教会的朋友。和他们聊，观察他们的生活，我会觉得有很多吸引我的地方。比如说，喜乐。他们的喜乐是那种发自内心的喜乐，装是装不出来的，这个你一看就能看出来。再有就是他们之间的那种亲密的情感。像我们普通人之间，建立起亲密感和信任感并不容易。但在他们之间，这种亲密感和信任感非常强，这一点也很吸引我。

不过那个时候，我还并没有加入教会的想法，我还是很固执（笑），我需要在逻辑上证明它（上帝）的存在。在这一点上，我当时并没有被说服。所以现在回想起来，无论是我这个朋友的经历，还是我参加教会活动时的所见所闻，对我来说更多的是“以情动人”，而不是“以理服人”。

来了美国之后，想法又发生了很大变化。在这边我和很多人都聊过——既有基督徒，也有非基督徒，基督徒里既有华人，也有白人。我和他们聊，渐渐地得到一个新的认识。以前我觉得只有在逻辑上证明了，我才会被折服。但他们给我讲，说这个不能靠证明，要靠相信。哎，其实我也说不清楚……反正就是不能靠逻辑上的推演，而要靠“启示”。

你问我信主对我有什么影响……怎么说呢，信主以前就感觉心里比较乱。人生啊，未来啊，这些问题想起来会觉得很迷茫，会觉得心里很乱。这种“乱”不仅仅是在美国时这么觉得，其实来美国前在国内也这么觉得。来美国之后，到了一个新的环境，面临很多新的冲突，会更明显一些。而在信主之后，就好像自己有一个“着落”——当然你也可以说它是一种依靠或者安慰。其实人生啊，未来啊，很多问题我还是没想明白，但心里有了主，我会觉得思路更清晰一点。这时候就会觉得，主实在是太宝贵太宝贵了。这个是对我心理上的影响。

在生活上也有很大影响，比如作息会更规律一些啊，会乐于帮助别人啊，这个主要是来自身边的兄弟姊妹[①]的影响。

后来我去新泽西参加聚会，住在兄弟家，和他们聊，对我的影响也很大。他们是早先中国政府派来美国的一批人，后来因为种种原因没有回去。我跟他们聊，听他们讲自己的心路历程，讲自己是怎么和主耶稣靠近、离开，最后又回到主耶稣身边的，这些经历还是很打动我。有一对夫妇的故事我印象很深。他们原本已经受洗了，来美国之后特别喜欢棒球啊、party啊这些世俗的东西，就渐渐地离开了主耶稣。不过后来他们又渐渐地回来了，因为他们意识到，还是这一群兄弟姊妹让他们觉得更加亲切，更加舍不得。

“所以我一直觉得，不是主耶稣把他们吸引回来的，而是这些人把他们吸引回来的。”在讲述的末尾，云峰一边一如既往地微笑着，一边总结道。

亲切、以情动人、兄弟姊妹、信任感——在他不长的讲述中，这样

① 基督教徒之间互称兄弟姊妹。后文说“住在兄弟家”也意为此。

温暖的词语贯穿始终。这样的表述，让我不禁想起威廉·詹姆士那句著名的论断：“在宗教内，感情是首要的，哲学居于次要地位。”然而，它同时也让我感到困惑——在对教义并不完全认同甚至理解的背景下，因这样的感情因素而加入教会，是否是一种真正的信仰?

事实上，在采访中我也观察到，随着时间的推移和自身处境的变化，不少留学生信徒对待宗教的态度也呈现出明显的波动。“中间有过反复”“后来就不常去了”“中间有过一年多没有去教会”——这样的表述，在我采访的留学生信徒，尤其是最初因孤独、迷茫等因素加入教会的留学生信徒中，并不少见。在《虚幻与真实》那一篇对凡姐的采访中，她就曾告诉我，在借由宗教的作用建立起反思自己的习惯之后，她也开始怀疑，“去教会是不是反思自己的唯一方法，会不会还有其他途径?”而云峰，那个“喜乐”溢于言表的云峰，也在受洗后不久犯起了嘀咕。“我最近对现在加入的这个教会团体有一些疑虑。”在向我讲述完入教经历后不到三个月，他便在一次聊天时这样讲道。

“我不常去教会，但我会自己在家里祷告。”——在我采访的留学生信徒中，的确有不少这样的案例。但另一方面，我也猜测，上述这种“与主耶稣时远时近”的状态在留学生信徒群体中的大量存在，是否也与中国社会历来强调“理论指导实践”的宗教原则有关? 与“因为人们相信在正确的思想中会找到最终真理，所以就把主要重点放在思想上”的西方社会相比，在中国文化传统中，“宗教的最终目的不是正确的信仰，而是正确的行动”（弗洛姆语）。这也就意味着，对于在中国传统文化中成长起来的许多留学生信徒来说，评判是否应该加入教会的标准并非教义是否可信，而是它（以及信奉它的群体的存在）是否能对诸如“我要成为什么样的人”“我要如何与人交流”“我要如何融入新环境”这样实践性的问题提供明确的回答，在他们茫然无助、举目无亲之际，促使他们走上内心充满安全感的道路。从这个角度上讲，基督教和教会事实上扮演了一个“海外青年辅导员”的角色。对于其中一些留学生信徒来说，这样的“辅导”会对他们的人生产生持久的影响，他们的虔诚也会持续到毕业甚至回国之后。而对于另一些并不那么“坚定”的中国学生来说，“环境变了，人也会变”——在他们解答完这些实践性的问题之后，便将曾指引他们付诸“正确的行动”的信仰束之高阁，也就不足为奇了[①]。

① 需要指出的是，如果往极端化方向发展，这种倾向则会刻上“中国式的实用主义”的烙印。在我采访的过程中，确实遇到过不少因现实因素而加入教会的情况，如为了尽快融入当地圈子、希望借助上帝的保佑而找到工作，甚至还有因企盼尽早与男朋友结束异地而在外出跑步时听《圣经》有声读物的例子。从严格意义上讲，这一类情况无异于中国式的信仰观在美国社会的投影。对于这种“中国式的信仰观”，费孝通先生曾这样写道：“当然我们并不是没有鬼神的信仰。我们对鬼神也很实际，供奉他们为的是风调雨顺，为的是免灾逃祸。我们的祭祀很有点像请客、疏通、贿赂。我们的祈祷是许愿、哀乞。鬼神在我们是权力，不是理想；是财源，不是公道。我们尽管每一个村角里有一个土地，每一个县城有一个城隍，我们可是没有美国人的那种宗教。”

第六章

归　来①

即将启程回国的中国留学生（留学生纪录片《米字路口》，供图/刘逍然）

① 据麦可思-中国2012届大学毕业生社会需求与培养质量调查，在其调查的2012届国外读研毕业生中，有36%回答称将在毕业后直接回到国内工作，33%称将在国外短期工作，14%称将留在国外长期工作，17%回答“不确定”。注意该调查考察的并非仅为在美留学生群体，而是在海外各国的中国留学生群体。

不要以为中国是你的家乡，回国是件容易事。回国是你人生的一个巨大挑战，比你出国的挑战要大得多。

——鲁白（清华大学教授）

君归来，君归来，待历经沧海，待阅尽悲欢，心方倦知还。

——朴树《在木星》

“你在这儿，本身就是一种力量”

1

2016年6月5日，离回国还有两天，彦洋邀请了几家中国青年社团的朋友，在华盛顿组织了一场沙龙。作为“可道”的创始人，他在沙龙上回顾了近一年以来，这一环保自媒体的发展历程，也向大家展示了“可道”的最新成果—— 一本《2016年春季可道文章合辑》。他说，在这一年一度的世界环境日，这样一本文集，是“可道”送给大家的“最好的礼物”。

晚上，参加沙龙的十几位朋友在附近的中餐馆为彦洋送行。大家聊理想，聊这些年的留学心得，聊各自社团的发展方向，聊得不亦乐乎。席间，一位好友买来蛋糕，点起蜡烛。大家围坐在烛光中，一起给彦洋唱《送别》，一起祝愿他，以及他所创建的“可道”，未来一切顺利。

凌晨一点，在河对岸自己租住的公寓楼下，晚饭上因忙于招呼大家而没有吃饱的彦洋送走了最后一批朋友。在结束了对可道“道听图说”栏目负责人长达一个小时的叮嘱之后，他长出一口气，疲惫地靠在公寓楼一层大厅的沙发上，略带忧愁地对我说：“嘱咐了这么多，可我还是放心不下。”

我理解那种感受。就像托孤，说得再多也觉意犹未尽。

我跟他简单交流了几句自己的想法。想法太多，然而时间已经太晚，彦洋还有一百多条微信尚未回复，我只好起身告辞。刚转过身要走，我突然想起了什么。我说：“临走前，我送你一句话吧。”

2

我第一次见到彦洋，是在2014年秋。那时他刚刚从宾大环境系毕业，来到位于华盛顿的世界自然基金会[①]上班。有一周，我和朋友组织的沙龙正愁没有主讲人，朋友便推荐了彦洋。于是在那个周六的晚上，我在沙龙上第一次见到他：他身材不高，不苟言笑，分析起北京的雾霾现状，他话语平缓而逻辑清晰，给人一种充满哲思的学者印象。

后来接触多了，才知道他虽然是“技术出身”，曾长期从事实验室工作，却并非“两耳不闻窗外事，一心只读圣贤书”。事实上，彦洋不仅涉猎广泛，还有着强烈的士子情怀。听他讲起自己“师夷长技以治污”的留学初衷，即使是从小被父亲灌输“先天下之忧而忧，后天下之乐而乐”的我，也常感自惭形秽。“他是学技术的，但骨子里也是个文人”——用凡姐这句评价来概括彦洋在我们心中的形象，最为贴切。

离彦洋回北京还有三个月（那时我还不知道他要走），一个细雨蒙蒙的晚上，我去他家里采访。彦洋住在与我家隔街相望的一幢公寓楼里，为了节省开支，他一个人睡在客厅。客厅里家什不多——一张床、一只茶几、一张书桌、一把转椅、一排书柜，还有一扇将生活空间与室友往来的门廊分隔开来的屏风，仅此而已。彦洋的书桌摆放

---

① 世界自然基金会（World Wide Fund for Nature，WWF），是在全球享有盛誉的、最大的独立性非政府环境保护组织之一。基金会成立于1961年9月11日，总部位于瑞士格朗，其标识是一只大熊猫。

在窗前，窗外风景很好，不远处一排排美国中产之家的二层小楼鳞次栉比，映着夜晚的灯光，显得静谧祥和。通往阳台的门上，张贴着他手书的“无远弗届”[①]四个大字，下面还有一行小楷：27岁生日自勉。床头柜旁，还摆放着一只尤克里里[②]——印象里，每当有朋友回国，彦洋都会将它带去，献上一首《送别》。

我进门时，彦洋刚刚吃过晚饭，正在看一期有关《荒野猎人》[③]的短片。“前两周太忙，也没来得及关注奥斯卡的结果。”彦洋咂着嘴，按下电脑上的视频暂停键。“你来得正好，‘可道’正计划办线下活动，还得找你们这些办沙龙的朋友取取经。”

我笑了，说这个不急。“你不妨先讲讲可道，讲讲你为什么要来美国学环境。”

彦洋思忖片刻，点了点头。他双手交叉抱臂，脚微微翘起来垫在床沿，讲起话来凝重的面部表情和平缓有力的语气告诉我，他又一次进入了我们熟悉的那种状态——每当提起“环境”二字，他都显得严肃庄重，仿佛永远在沉思。

而我，也是在他的这次讲述中，发现了这肃穆背后的含义。

在你之前，其实也有不少朋友问过我，为什么要学环境，为什么要这么坚持做环保。我也跟他们说过，每个人走的道路都是和他的成长经历、成长环境密切相关的。就像你，为什么会来美国学公共政策，为什么现在要写这本书，我想也是和你的成长经历有很大的关系。

我的老家在江苏泰州，是个水乡。但其实从很早开始，我就知道泰州是全国有名的癌症多发地了。为什么？因为我

---

① 无远弗届：出自《尚书·大禹谟》，意思是无论多远的地方，都没有到不了的。

② Ukulele，也译为乌克丽丽，夏威夷小吉他，一种四弦夏威夷的拨弦乐器。

③ 《荒野猎人》是2015年亚利桑德罗·冈萨雷斯·伊纳里多执导的剧情电影，由莱昂纳多·迪卡普里奥、汤姆·哈迪、威尔·保尔特、多姆纳尔·格利森、保罗·安德森等主演。2016年2月29日，该片在第88届奥斯卡金像奖同时获得最佳导演、最佳男主角和最佳摄影奖。

们那儿的支柱产业是化工嘛，污染很厉害。尤其是水污染，游泳啊、钓鱼啊，这些都不行。后来我的爷爷奶奶也都是因为癌症去世了，一个是肝癌，一个是食道癌。不过当时还小，还没有把这些联系在一起。

高中的时候看了一部电影，宫崎骏的《风之谷》，对我影响很大。总的来看，这部电影大概是在讲环保，讲人与自然和谐相处。人们开始深入思考一个事情，往往需要一个契机。这个电影在当时就给我提供了这样的契机，像给我打开了一扇窗，让我开始真正去思考人与自然的关系，去思考环境污染的问题。就像刚才说的，之前虽然身边发生的一切最终都指向环境污染，但自己并没有把这些联系起来，还只是把它们当成孤立的事件。而一旦真正思考这些问题，就开始把它们联系起来了。尤其到了高三的时候，我经常听我爸妈说，今天谁的朋友又被查出得了癌症，哪个亲戚又因为癌症住院了。那时家里面也不敢直接喝自来水了，开始给水龙头加过滤器，后来干脆连过滤器也不用了，直接买桶装水。所以这个时候就开始觉得，环境污染这个问题离自己并不遥远。尤其是在身边的亲人因为癌症去世的情况下，就开始想，在这个问题面前，自己能做点什么，是不是只能做一个无力的旁观者。这之后自己就上网去看这方面的书和电影，慢慢地思想就有一个转变，就在想将来大学要选专业的话，就要去学环境科学。后来高考时报志愿，中大（中山大学）的环境系是我的第一志愿。

那时家里人和周围的朋友也在说，你的分数挺高的，已经够金融啊、法律啊这些热门专业了，报环境有点可惜。但对我来说，我没有什么别的想法，我从小生长在那儿，它已经把我头脑中的很多东西固定下来了。后来我记得是大三快结束的时候吧，那时候系里开始准备保研的事。我们辅导员有一天跟我说，其实你是咱们系里少数几个高考志愿填了环境的，大部分人是被调剂到咱们系的。这个其实我知道，因为我的同学里就有很多之前报的金融啊、医学啊这些热门专业，后来因为分数差一点点被调剂过来的。我就跟他说，其实我不仅报了环境，而且还是第一志愿报的环境。他说你这个太罕见了，你的分数已经超过了那些热门专业的录取分数线，但是还是报了环境，这个太罕见了。

环境这个领域，十年前，或者说五年前，还是个冷门专业，市场还没有起来。大四的时候看得最明显，大家都在找工作，没什么人找环境对口的工作，都是别的领域。像我们宿舍四个人，有一个人是潮汕的，他家里是做生意的，他自己也从大二开始就做生意，和几个朋友合伙做服装生意，学习什么的也不太在乎，考试能过就行。还有一个广州的，家里人已经帮他找好了工作，他对学习也就不太上心，很多课能不上就不上了。对铺那个哥们儿就更有意思了，六个志愿里没有一个填环境。他本来想读物理，被调剂过来的，根本不想学环境。所以他大一大二都在做什么呢，在忙着转系。后来因为成绩稍微差一点，没转成，就不想这事儿了，开始忙着找工作什么的。后来他开始炒股，又去考了一个注册会计师，现在在一个证券公司上班。我记得我上次回去还碰到他，他跟我说：彦洋啊，其实我还挺惭愧的，这么多年了只有你还坚守在环境领域，别人要问我咱们同学里谁还在做环境，我第一个想到的肯定是你，除了你之外，我估计就想不起什么人了。

那时候学得也苦。我们学校的实验室在另一个校区，过去一趟要坐很长时间的车，做完实验回来往往都是最后一班车了。我自己倒是没有经历过这种情况，但是我知道我的一个学妹曾经做实验做到晚上一点多，出来的时候已经没有车了，就到旁边通宵营业的麦当劳等到了第二天早上，最后坐第一班地铁回的宿舍。但是话又说回来了，做科研嘛，就是得耐得住寂寞，坐得了冷板凳。如果你天天关心又有哪个同学挣大钱了，哪个朋友去哪儿玩了，那你最后肯定做不出什么成果。

说到出国，很多人可能并不知道自己为什么要出国，或者说并不知道自己要学什么。但我不一样，我很明确自己出国就是要学环境的。不过在申请的时候，我在方向上有了一些变化。我回顾了一下之前几年做科研和实习的经历，决定去申请环境政策方面的项目。为什么？因为在中国做环保，首先要解决的是上层建筑的问题，是法律法规和指导思想。如果法律法规不健全，指导思想有偏差，或者是出台的规划方向不对。那么即使在末端你的技术治理做得再好，很多时候也会南辕北辙。

在美国学环保有一个好处，就是中国的环保体系很大程度上复制了美国的环保体系——无论是立法体系还是司法体系。所以来了美国之后，相当于跟着老师学习，会对家乡的环境问题，对中国的环境问题有一个更清晰的认识。在宾大的时候，我也会有意识地写一些关于中国环境问题的论文，会在想，在政策和技术都支持的情况下，自己家乡的问题，甚至是雾霾这样全国性的问题可以怎么解决。事实上，在学校的课上，我们也会有一半的时间在讨论中国。你想想，现在一说到环境，有什么问题可以绕开中国？从气候变化，到水污染、大气污染，没有一个可以绕开中国，甚至有时候美国同学讨论起中国的环境问题，会比我们更积极——因为他们在美国已经没有什么可以治理了。所以来美国这四年，虽然在地理上离中国更远了，但在环境问题这个领域，却让我离中国更近了，对中国环境问题的认识也更全面了。

人生有很多事情都不确定，但对我来讲，有一点是肯定的，那就是我未来肯定会回国，我现在也在一直关注着国内环保领域的发展。相比于只研究政策的环保人，我更清楚这些政策在现有的技术手段下能够发挥什么样的作用。而相比于纯做技术的环保人，我也更理解这些技术会得到什么样的政策支持。这些都让我相信，回国之后我肯定会做些事情，也能做些事情。

讲到这里，彦洋停了下来。他似乎渐渐陷入一种情绪中，一种复杂的难以自拔的情绪——既有“念天地之悠悠，独怆然而涕下”式的苍凉，又有“路漫漫其修远兮，吾将上下而求索”式的执着。当我问起泰州最近几年的变化，他不禁叹了口气。他告诉我，就在前两年，工业开发区的一次偷排还导致了下游靖江一百多万人停水[①]——讲起这件事，他眼中分明流露着忧伤，一种真挚而又深沉的忧伤。

3

在采访彦洋前的那个秋冬之交，有三个多月的时间，他的身影从我们的视线中消失了。在那段时间里，他缺席了我们本就不经常举行的打牌活动，每次给他打电话，他也显得心不在焉。我问一位同在世界银行工作的朋友（那时彦洋已转去该行工作），彦洋是不是追哪个姑娘追得不顺利。他笑着摆摆手，说彦洋只是最近忙，忙起来经常顾不上吃饭睡觉。

后来我才知道，在那段时间里，彦洋确实很忙——过去的一年中，他和分散在世界各地的二十多位伙伴，一直在为筹建一个致力于中国环境观察和可持续发展的全球网络“可道”而殚精竭虑。在他给我转发的微信公众号里，我看到“可道”旁边“可持续，道未来”的题注，看到彦洋撰写的讲述巴黎气候大会上各方博弈的专业文章，也

---

① 2014年5月9日上午10时左右，靖江市自来水公司的工作人员在对源水例行检测时，发现水有刺鼻异味。靖江市第一时间关闭取水口，暂停供水，同时迅速启动应急处置预案，启用牧城生态园备用水源。当日16时40分，靖江全市恢复低压供水。据央视报道称，靖江停水影响到全市68万人口。

看到寓教于乐、通过考察“长江三鲜”（河鲀、刀鱼和鲥鱼）在当代的生存状态来讲述长江水质变化的科普读物。用彦洋的话说，在传媒领域，环境相比于明星八卦、奇闻逸事，无疑是个小众题材。怎样吸引更多的读者，一直是他，也是整个“可道”团队感到苦恼的问题。

我心中油然生出一股敬意——不仅是对彦洋，也是对他带领的这支队伍。我问他是怎么想到做这样一个公众号的，彦洋说：

在环境这个领域，很多时候是了解得越多越痛苦。为什么？因为你会发现很多问题都是自己解决不了的。所以很多人即使最初有一点理想主义，最后可能也就渐渐放弃了。如果不想那么理想主义，想赚钱，环境领域也是赚不了大钱的。所以你看大部分在中国学环境的人，或者说后来来美国学环境的中国留学生，最后都转行了。所以那个时候我就在想，要想解决一些实际问题，不能一蹴而就，而是需要“分阶段走”。

2013年我在国家环保部实习。那时候和以前在山脚下看问题就不一样了，要站在山顶上看问题，视角很不一样。在实习的时候渐渐明白，在环保领域里，我们的体制有哪些问题，为什么有些环境问题很严重但就是一直解决不了，为什么有些地方老百姓一直觉得没有什么改观但其实已经取得很大进步了。在环保部，和部里的那些专家交流，我就在想，也许专业知识上的差距并不是遥不可及的。而既然我们这一代人获取的信息比他们上一代人获取的信息要多，接受的教育也更好，那么如果我们有和他们一样的平台或者渠道，我们是不是可以给公众传递更多的环保理念？所以从那个时候就在想，是不是可以自己也做一些事情，是不是可以自己建立一个传播渠道。

另外一次思想上的转变，发生在本科毕业。当时我在我们学校环境科学研究所实习，做了很多环境影响评价的项目，都是针对公司，无论是国企还是民企，属于环保领域的微观层面。做的时候就会发现，也许很多政策我们制定得很好，但是到了下面就和现实情况脱节了，在现实面前可能很无力很苍白。为什么？因为官员和学者考虑问题的角度往往和老板们考虑问题的角度是不一样的。做这种环境保护评价，很多时候是要在政府、学校和企业间穿针引线的，你要明白各个利益相关方他们在想什么，为什么有时候我们觉得某些人的某些做法是为富不仁但在他们自己眼里这要么是天经地义，要么是迫不得已。所以那个时候，我开始抛弃以前的一些空想，开始觉得需要倾听，需要倾听各个方面的声音。所以如果说在环保部我想的是应该要有一个传播的渠道，那么在环科所，我感受更深的则是应该要有一个可以倾听的渠道。有了这种双向的交流，很多问题才能找到根源。

后来就慢慢有意识地去接触各种专家、学者，也有企业家，逐渐就有了建立“可道”这样一个想法。当然，这中间也有很多人在帮我。我记得本科毕业的时候，就有同学在感慨，说你看我学环境学了四年，现在好像也没有什么用，解决不了什么问题。我说当然了，在环境这个领域，如果你一直单枪匹马地干，那你肯定什么都解决不了。所以你看现在做可道，也是聚集了一批志同道合的人，因为我知道光靠我一个人肯定是不够的。从这一点上来说，我很幸运能在华盛顿遇到这么多好伙伴。当然，在华盛顿做环境方面的人确实也多，可利用的资源也比较多。

也会有争论。比如说在发展的方向上，就有朋友说希望能够自上而下地影响公众，也就是说，先试着影响政策制定者，影响那些有影响力的企业家。我说这不现实，还是希望能够自下而上，先去影响普通读者，能影响五个、十个、一百个读者，也总比一个都没有强。从这个角度来说，我可能有点悲观，但我想，即使我是一个悲观主义者，我也有这个责任。何况，谁也说不定这一百个人里，将来会不会有人成为有影响的人物，对吧？

想实现一些理想，你总是要付出很多代价。对于很多人来说，如果现实的温饱问题还没有解决，或者生活上没有安全感稳定感，那么让他们去谈理想谈梦想，确实不现实。从这个角度来讲，我确实也比较幸运，现实的问题没有给我带来太大的困扰。当然在这个过程中，我也失去了很多。

你们很多人都说“敬重”我，这个我不敢当，这个词本来也不是来形容咱们这个年纪的人。有时候你们可能觉得我做的事情更高大上，不太追求别人都在追求的安逸生活，所以我好像就高过别人，其实没有这回事。我觉得在个人层面，理想没有高下之分，只要实现心中所想，不愧于心，就可以了。

4

彦洋说得对，每个人选择的道路都与他的成长经历密切相关。对于他来说，家乡被污染的河流、已经过世的爷爷奶奶，还有那么多遭受过癌症折磨的亲戚朋友，无一不沉甸甸地压在他的胸口，成为他不懈前行的最大力量。在采访过程中，我不止一次地为他这样的执着所打动。然而与此同时，我却也为在庞大的留学生群体中，这样的理想主义者越来越寥若晨星而唏嘘。我在想，中国的环境污染那么严重，社会问题又那么复杂，像彦洋这样有过切肤之痛，并希望以切实的行动对现状加以改变的年轻人，想必也不在少数。然而为何一旦出国，他们中的许多人就从此销声匿迹，走上了与此前截然不同的道路呢？

这个问题，让我想起了淳姐（《乡村爱情》受访人）。

那是在采访彦洋的三个月之前，我最后一次到印第安纳拜访淳姐。在我们交谈的最后，同样多年来一直致力于环境政策研究的淳姐，一边抚摸着依偎在自己身旁的爱犬，一边轻轻叹了口气，神情凝重而略带惆怅地说：

> 元辛啊，你看我好像很满意于现在的生活，但你知道吗，其实我也会有愧疚感。在我成长的过程中，我其实一直持的是儒家传统的“修身、齐家、治国、平天下”的观点，我觉得应该把自己所学的东西回馈于国家和社会。美国社会的大厦是已经修好的，而中国社会的大厦才刚刚开始建造。是留在美国给这个大厦做修修补补的技术工人，还是回中国去，为新大厦的设计和建造贡献自己的力量，我是倾向于后者的。可是现在，自己又比较满足于目前的生活，缺少改变和突破的魄力。哦，我说的这个改变，其实就是回国去。
>
> 北大的钱理群老师前些年提出“精致的利己主义者”这个概念。你知道，很多人都是这样，一开始高举着理想的旗帜，但自己过上舒适的生活之后，就不再管这个社会是什么样子了。我想，这本质上是不是就是一种“精致的利己主义”？每当我这么想自己的时候，我就有一种愧疚感。批判了这种人这么多年，到头来却居然也成为他们中的一员。

我曾把这段文字发给一位同样出席了彦洋送别会的朋友。她说，她很受触动。在给我的邮件回复中，她这样写道：“因为在美国的我们，大部分都是某种程度的利己主义者。”

她说得没错。对于许多留学生来说，在盛行个人主义观念的美国社会濡染已久，个人权利与自我实现的意识也在他们心中不断萌发。在这样的背景下，原有的个人与社会、个人与国家的关系也在他们头脑中进行着重构。“多数留学生已接受了那种将个人与国家的关系视为权利与义务的契约关系的观念……也许很少会有中国留学生说自己不爱中国，但是多数人宁愿以自己选择的方式来爱国。报效国家可以，牺牲个人不行。”早在1997年，钱宁便在《留学美国》中这样一针见血地写道。

然而另一方面，“利己主义”的盛行也不仅仅是西方文化影响的结果。与“在美国的我们”相比，更重要的其实还是“这个时代的我们”：如果说最早一批留学生漂洋过海远赴异国，很多是为“师夷长技以自强”，是“为中华之崛起而读书”的话，那么在今天这样一个大众化、市场化留学占主导、价值体系逐渐从单一走向多元的时代，个人际遇似乎才是人们考虑的首要（甚至是唯一）因素[①]。在这样的背景下，淳姐所说的那种“一开始高举着理想的旗帜”的年轻人，不仅无可争议地成为“少数派”，也不可避免地承受着比“完全生活在‘生活’之中”的同龄人更大的压力：他们不仅与其他留学生一样，需要为签证、工作、房租等现实问题而发愁，也要经受住外界“一切向钱看”等诸多诱惑的考验，不随波逐流，不纠结于啧啧众议（彦洋自己就说过，当他说出国是为了日后报效国家时，经常会被别人看成是一件“很好笑的事情”）。另一方面，他们还要面对因远离故乡而产生的“英雄无用武之地”的无奈[②]。“满目山河空念远，落花风雨更伤春。不如怜取眼前人。”很多时候，正是这样一种随时间和距离慢慢积累起来的无奈，成为压垮他们理想的最后稻草。

或许，也正是在这样的背景下，彦洋的执着才更显难能可贵。的确，与那些同样高举过“理想的旗帜”，却渐渐在现实的压力或安定的生活中陷入迷茫的留学生相比，他是幸运的：在较短的时间内找到工作，确保了他不用每日“为稻粱谋”而疲于奔命；无论是在世界自

① 杨庆祥在《80后，怎么办》中指出，“80后”普遍缺少一种历史参与感。“在‘80后’的成长中，历史是历史，生活是生活，只有在很少的时候，历史和生活才发生了对接的可能……从这个意义上说，‘80后’是历史存在感缺席的一代。”他这样写道，“因为对于历史存在已经失去了信任，索性就彻底放弃了这种历史的维度，而完全生活在‘生活’之中，这是在‘80后’青年人中更具普遍性的一种倾向。”

② 在彦洋的送别会上，一位刚来美国一年、在乔治城大学攻读公共政策学位的女生告诉我，在国内读本科时，她原本非常活跃，经常参加各种社会活动，希望日后投身于中国的少数民族传统文化保护事业和环境保护事业。但在美国的这一年，由于远离故土，她常有一种施展不开拳脚的苦恼。“一到周末就只好躺在床上，不知道能为实现自己的理想做点什么。”她这样说道。在我留学的过程中，也曾有类似的体验。

然基金会还是在世界银行，他所参与的项目大多与中国环境问题直接相关，从而不必像那些在美国找不到合适工作的年轻人一样，怀疑起所学专业的意义；而与那些同样在美国进行政策研究，却因研究对象与国内体系大相径庭而感叹报国无门的同龄人相比，彦洋又因中国环保体系曾师从于美国，而不必担心回国后的发展空间。从这些角度上看，他是幸运的——正如他自己在送行会上所言，正是因为不用为“这些事情”发愁，他才有了组建“可道”的机会。然而，从另外一个角度上说，不用为“这些事情”发愁的留学生，又何止他一人？在稳定的工作生活、买房置地、成家生子之余，他们中又有多少人，似彦洋这样，为理想而孜孜以求、“虽千万人吾往矣”呢？大概，也正因为有了这样的对比，彦洋的坚守、他的“无远弗届”，才更让我们这些身边的朋友深有感触吧。

5

在6月5日下午的沙龙上，彦洋为大家介绍了《2016年春季可道文章合辑》。在合辑的开头，有彦洋自己作的一篇序。彦洋说，这短短一千余字，他反复斟酌修改了一周。

序写得太好，我摘录如下：

> 我的家乡泰州，位于长江之滨。曾经，“落霞与孤鹜齐飞，秋水共长天一色”，“蒹葭苍苍”，稻麦茫茫，水光潋滟，舟楫穿梭。但过去三十年家乡高速的经济发展造成的环境外部性问题，触目惊心。痛感于我们这个曾经无比豪情浪漫的民族，浪花淘尽，也许未来只能从记忆中去回味那一襟晚照烟雨遥，因而立志大学报读环保。作为一名理科生，进入大学后，开始系统地学习环境化学。四年前，痛感自身知识体系的不完善，怀抱着“师夷长技以治污”的理想留学美国，又开始大量接触社会科学的研究。正是在这些学习的过

程中，自己逐渐认为：科学造诣与人文修养的完美结合，才是做学问的至高追求。

很开心，能在这片土地上认识许多志同道合的留学生，和我一样的追梦人。虽远渡重洋，但大家对祖国的关注和思念，却未减半分。很幸运，信息技术的进步，极大促进了人类的交流，微信便是其中之一。好的公众平台不断涌现，但高质量的环保类平台，至今仍是凤毛麟角。发起这个分享环境信息的平台，既源自多年的感悟，更得益于众多朋友的鼓励和帮忙，最终得以破壳而出，展现在你我面前。

现代人的头顶似乎是没有天空的。在一遍遍重复的日子里，我们差不多忘记大地忘记天空。仿佛天空就是头上那块天花板，大地就是两只脚踩到的地方。在写字楼里，我们亮起日光灯仿佛那就是太阳；回到家里，那一盏吸顶灯就成了我们的夜空。我们已经习惯钢筋水泥裁剪过的日光，我们已经习惯把街道上的尘土认作天空，生活也被这狭隘的空间所禁锢。于是，蓝天碧水、拥抱自然也成了一种遥远的奢侈。

这其实是现代文明的悲哀。人类改造自然，创造出一个又一个辉煌的文明；然而，在文明的嬗变中，高科技所创造的人类文明却抛弃了自然，地球的空间在所谓的现代工业中逐渐窒息。

但好在，总有一些文字，能让你感动。秋水文章不染尘，无论何时品读，总能感受一种甘美的宁静，如山岚一样沉稳——这也是我对自己笔下文字的一点期许。

过去的半年，可道的团队成员们，以及支持我们发展的外界朋友们，不断贡献片石韩陵，朝成暮遍，启迪世人。在这个夏天，我们将部分文字辑录成书，显现在你我面前——这是可道交出的一份成绩单，更是给大家的一份礼物，希望你喜欢。

世界很小，小到我们可以通过这个平台相遇；世界很大，大到可以一起在文字的世界里冒险。愿关注可道的你，不论是乍见之欢后的好感，抑或与行之力的欢喜，还是久处不厌的真爱，始终支持可道的努力。在今天这样一个特殊的日子里，愿你我共同保护心底那份纯真与美好，不忘初心。

在送别会上，彦洋翻开合辑，朗诵了其中的几个段落。击节鼓掌之余，大家纷纷举杯，既是为即将回到故土的他预祝顺利，也是为他多年来的坚持表示敬意。

在送别彦洋的最后，我想起一句话。那是在2013年1月，我在云南宾川的一所乡村小学里听到的一句话。在那里，“美丽中国”[①]过来支教的志愿者对我说：“你知道吗，对于这些孩子来说，我在这儿，本身就是一种力量。”这些志愿者来自北京、来自上海，来自加纳、来自美国佛蒙特州。与他们交谈、欢笑，看他们与孩子们一起游戏和奔跑，我想起了《看见》中柴静笔下的卢安克，想起了“耶鲁村官”秦玥飞[②]，想起了千千万万不远海角天涯，为促成社会的哪怕一点点进步而筚路蓝缕的年轻人。我想，他们选择了这里，是因为他们把心放得更宽广，把步伐迈得更加坚定，不在乎一城一池的得失，不在乎一时一刻的胜败。

在送别彦洋的最后，我想起了这句话。我说：“你在这儿，本身就是一种力量。”

---

① 美丽中国（英文名Teach for China）成立于2008年，是北京立德未来助学公益基金会下设的教育非营利项目。在2013年1月我走访炼洞小学时，美丽中国项目已在广东和云南的多个学校开展业务。

② 秦玥飞，耶鲁大学毕业生，现任湖南省衡山县福田铺乡白云村大学生村官、黑土麦田公益联合发起人。2017年2月，秦玥飞获“感动中国2016年度人物”。

归国老板

我有两年没有见过老徐了。

自从2013年末，我的这位研究生时代的室友毕业之后，各种关于他“发财了”的消息便甚嚣尘上。有人说，他在一家律师事务所办理移民业务。有人说，他去深圳创业做了老板。还有人说，他投资了一家网站，专门教小伙儿怎么追姑娘。种种消息，不一而足，但中心思想只有一个——他发了一笔“大财”。

那段时间我正忙着赶写论文、搬家和找实习，便对他“发财”一事没有过问。直到2016年3月，我听说老徐要回华盛顿谈项目，便约他见面聊聊。在离我住处不远的乔治·梅森大学[①]法学院大楼里，我找了一处僻静的地方，压低了声音问他：“这两年到底发了多少财?”

“有个几百万吧。”老徐先是狡黠地一笑，继而又叹了口气，说，“可在国内还是买不起房。”

老徐没变，至少外形上没变。他依然瘦瘦高高的，脸上带着年少时因青春痘生长过猛而残存的痕迹。休闲衬衫、牛仔裤、帆布鞋的衣着，以及走在路上戴着耳机边听郭德纲的相声边哧哧笑起来的习惯，

① 乔治·梅森大学（George Mason University，简称GMU）成立于1972年，是美国近年来迅速崛起的一所大学。其校区位于弗吉尼亚州费尔法克斯（Fairfax）市，属华盛顿市郊区。

让他看起来与学生时代并无二致，并没有传说中那种“大老板”的架势。讲起话来，他像往常一样带着东北人常有的粗犷和奔放，举手投足间流露着一种与“沉重”截然相反既谈不上轻快却也谈不上轻浮的东西。多数时间里，他并不看我，眼神游离着，仿佛在寻找每一处可能的商机。

这些，都没有变。

然而，老徐也变了。仅仅交谈了两三句话，我就意识到，他变了。

“也就是因为你是北大的，你现在写书，人家可能会说你特立独行。”老徐刚一落座，便批评我说，“你要是个普通三本毕业的，你看看人家怎么说你。”

我一时语塞，沉吟良久才解释说，我写这本书，其实也是想试一试，自己在做记者的道路上能走多远。

“记者？能挣多少钱？”老徐抬起头，略带轻蔑地笑道。

老徐本科时学的英语，后来在美国误打误撞进了管理专业，再后来回国开公司，做起了移民咨询业务。在他看来，无论是本科的学习还是研究生时期的留学经历，都不该成为自己在生意上放手一搏的负担。“我现在做的业务跟学校里学的没啥关系吧？”老徐略带得意地说，“关键是要敢想敢干。”

他讲起了回国之前，在美国挣钱的故事。

我原来没合计过自己要干什么，我对自己的人生是没有规划的。我属于爱好比较广泛、好奇心比较重的一种人，啥都想尝试一下。我觉得人生有无限的可能性，强迫我去想未来固定做什么职业，这做不到。

比如在高中的时候，我就没有想过要考什么名校。我隐约觉得我有能力考上一流的大学，但从来没有一个明确目标说一定要考北大清华或者哪里。当时模拟考试，老师给我的估测是，要是高考发挥得好，北大清华也有希望；要是发挥不好……就不知道了（笑）。结果呢，我就没发挥好（笑）。

为啥没发挥好？我觉得当时家庭的因素影响很大。那时候对我影响最大的是我爸。以前我爸是我的偶像，长得又帅，又有才华，在部队里给将军做秘书，见过很多政商界人士，从小对我的影响很大，我也跟着他过了不少好日子。但到我高中考试的时候，我爸得了抑郁症，特别严重，想要自杀的那种。当时他自主择业，从部队出来想下海折腾折腾，赚点钱。结果下海之后发现日子没那么好过，他又不愿意给那些老板打工，结果也没挣着钱，就抑郁了。那时候本来我的成绩是不错的，模拟考试什么的一直在600分以上。但就是因为我爸这个事儿，整得我后来就没有什么动力学习了。给我打击最大的，就是有一次我考进市里前二十名，打电话给家里报喜，结果他们都没什么反应，就说OK还行，然后就开始给我讲我爸抑郁症的事了。这么一泼冷水，我就没啥动力学习了。

然后是我妈对我的影响。我妈是老师，成天不管我。我苦恼啥的她都不理我，都是我奶照顾我。所以我一直觉得我缺乏母爱，属于"宝宝心里苦，但宝宝不说"这种（笑）。直到现在，我还会觉得自己心里不足够自信和健康，多是和小时候缺乏母爱有关系。比如说，我经常会觉得别人在嘲笑我的外表……说起来你可能都觉得好笑，我记得在大学最后一年的时候，每次走在路上看到有人在我面前吐痰，我就会想，他是不是因为看我不顺眼所以吐痰（笑），我现在有时候还会这样想。

在老家上了四年大学，那段生活我的记忆不是特别清晰，感觉都是浑浑噩噩的。有人可能会每一分每一秒都活得非常充分，有那种活在当下的感觉，但我不是。包括现在，有时候也会觉得生活没啥劲。从一些标准上讲，好像我现在混得还不错，但好像又觉得不咋地。

来美国之后也都挺好的，周围有朋友，学习也是班里第一。当时我也比较胸有成竹，因为自己英文好嘛，就想只要把时间和精力花在学习上，肯定没问题。教授想看到什么样的论文，这些我都心中有数。但可能也正是因为生活又顺了起来，我就开始想，是不是还缺点什么？

大概就是这种状态下吧，之前刺激我的那些问题又开始影响我了。一个就是刚才说的不自信，再一个你也知道，就是和前女友分手的事——那时我有一个潜在的想法，就是她家长看不起我，嫌我没钱。我就想，如果我经济上足够“屌”的话，我就能不在乎这些家长了，我就能掌控我的爱情了。后来在美国这边，也和一个女生暧昧起来，结果人家最后也没跟我，跟一个“高富帅”在一起了（笑）。我一看，自己跟高富帅的差距很大，周围的朋友都不愁吃喝，而我家里又不能给我更多的钱了，那我的想法就很清晰了，就想着怎么挣钱呗。

帮别人代写作业挣钱这个事，上大学的时候我就做过，挣过几千块钱。所以那时候我就想，能不能在美国也找到这个事来做？我就在网上搜，发现果然有人在做这个生意——在美国有大量的留学生，作业是让别人代写的，他们自己不会写，或者不愿写[①]。我觉得这个也无可厚

---

① 在社交软件陌陌上，我曾关注过一些作业代写“业务”的账号。“代写论文，代修课，质量保证”，“专业的代写35一页，保GPA 3.0（B以上），代网课，代网考，保A”，“Paper代写，网考代考，都是成绩优异的美国人在做，paper保证B以上，网考保证A以上”——这些账号在“自我描述”一栏中这样写道。

在波士顿，我还在网上联系过一位代写者。对方告诉我，收费标准取决于代写的紧迫性。我曾试探性地询问对方，是否能在一周内代写一篇艺术史方面的论文，对方的回答是：“可以”“25美元一页”。

此外，部分“术业有专攻”的代写者还会提供“个性化”和“定制化”服务。一位提供代修课程“服务”的中国学生称，她只代修PHY101课程（即哲学基础课），且“只代两人”。而另一位在美国西部开展代写“业务”的“服务商”则表示，团队有四年代课代写和入学考试经验。“如果有人介绍朋友使用我们团队，我们会提供折价券。”

非[1]，这是一个个人选择的问题，可能他们家里就是让他们来镀个金，或者干脆就是来玩一玩。我就先当写手。那时我接的活儿都很简单，我记得第一个活儿是描述一幅油画，就1000词，给100美元——够出来吃好几顿饭的了。你想啊，当时咱们吃饭，花个20美元我都心疼。别说20美元，10美元我都心疼——那是60人民币啊！既然薪水这么高，我就觉得这个活儿往后可以做。我一共做了两三个活儿。

后来我发现，做这个生意的小姑娘也是个“90后”——事实上是个“95后”，我们上研究生的时候她才上高中。她当时在芝加哥附近的一个农场里做homestay（在当地人家寄宿），一边homestay一边给同学们做代写。这个小姑娘对我的刺激也非常大，我再一次地感觉到长江后浪推前浪。（看到我笑起来）我说真的呢，要是换成你，你也会被刺激到的。

后来我在一个非营利组织实习，给我的任务很少，我就天天在电脑上搜我想看的东西。有一天突然搜到一个网站，是专门帮别人代写作业的，1000词二三十美元。你想啊，这边是1000词二三十美元，那边是1000词100美元，这中间差着80美元，那我为什么不去赚这个差价呢？不用我自己写啊！从这个事儿开始，我就做起了这个业务。我用到的不止小姑娘这一家，后来还找到了一家机构，他们1000词给80美元，这也不少呀！我就把从他们那儿接下来的活儿外包给我找到的那个网站。不过那个网站写的质量不太好，我后来就自己招写手了，招过六七十个写手。这些写手有什么人大毕业的呀，有的还是美国人。

---

① 有意思的是，后来作为记者，我曾因考察留学生群体中的作业代写问题而再次请教老徐。在受访时，老徐语气坚决地表示：“这件事儿上没有什么可辩解的，代写就是不对的。”

通过招写手这件事，我又去研究了一些网站和服务提供商。其中有一个叫作ELANCE，这上面你可以远程地买到很多服务，包括写作这种服务。我就在上面发了个帖，说我有招写手的这个需求。很有意思的是，巴基斯坦有一个女校，有一大批学生要的薪酬非常低，1000字只要30美元。而在另外的网站上，我还看到有人要的薪酬更低，只要十五六美元甚至五六美元。这些大多是贫困国家的学生，可能母语都不是英语，就在网上找活儿干赚美元。看到这个的时候我就觉得挺有意思的——巴基斯坦的人给你服务！你就能想到在一个科技把大家都连接起来的时代，全球化已经达到了什么样的程度。

毕业之后，代写就没有继续做，开始在一个律所实习，一小时14美元。这个律所是做移民事务的，跟我想的工作大方向沾边儿，因为我当时的定位就是做中美交流，凡是这方面的工作我都去做。加上之前实习的时候在那家NGO关注过和签证有关的问题，有点经验，我就过去做E-B3的案子，傻傻地做了半年。

这个E-B3是什么呢？美国的签证主要分为两大类型，一类是非移民签证，比如学生签证和旅游签证；还有一类是移民签证，主要是Family-based（家庭类），F-B，还有Employment-based（工作类），E-B。这个E-B里面又分为几种，我做的这一类是其中层次比较低的那一类，不需要工作经验，也不需要特别的技术和知识，属于来了就能干的那种。但是人数限制比较严格，每年也就是大概100人，因此排期也比较长。在我进这个律所之前，原来申请这个签证的人都已经等了十年了。但是就在2013年的时候，这个排期突然一下子缩短了，大概只需要等两年就可以拿到E-B3了。这一下子就吸引了很多人的关注，而我那个律所之所以要招一个会中文的员工，也正是因为他们以前一直等着的老客户那时候要进入程序中的下一步，要翻译很多文件。我去了之后就去翻译文件啊，打电话给客户告诉他们怎么做啊，大概花了半年，把E-B3的这些事情基本就搞清楚了。

那这些人来美国做什么呢？像我在的那个律所，招来的是去一家鸡肉加工厂，就是切鸡的，他们去那儿做流水线工人。他们那个加工厂常年缺工人，因为干的活儿非常简单，也非常枯燥，环境不是特别好。当然每个人做的工作不太一样，比如你要是一个壮汉，上肢力量比较强，给你的任务可能就是等活鸡过来了，抓着它的两个爪子把它挂在架子上。这是一道工序。鸡在流水线上走，过了一道关口它的脖子就被切掉了。等到下一个环节呢，可能毛烫掉了，或者爪子没了。等到再到工人那里的时候，可能它已经开膛了，你只需要在它需要切开的地方这儿划一道儿，那儿划一道儿，一天都不需要动脑子。在烫鸡毛的地方会有鸡那种味儿，流水线下面是个槽儿，都是血，是这样的工作环境。正常的老美白人不屑去做这种工作，即使去做了，也坚持不了多久，顶多撑个两三个月就得换工作了。所以这种工厂有时候只能找那种有前科的人来干，可就是连这些人，有时候都不愿意干。而E-B3的要求就是，美国人无法满足你的招工需要，需要由外国人来完成。那我们的这些客户呢，来了就是做这些工作。

我以前都不知道还有这种类别的移民。像我们一般知道的是H-1B，找到一个支持你H-1B的雇主已经很不错了，你得干好了，雇主才可能会赏脸帮你申个绿卡。结果没有想到还有像E-B3这样的，有现成的雇主，一步到位可以拿绿卡的。像我之前经手过的一个案例，是一个普林斯顿的学生，就是通过这种方式拿到绿卡的。而这个金额其实又非常低。美国的律师费是这个数（他摆出了一个“二”的手势），国内收费的金额是这个数（他摆出了一个“十”的手势），中间的差价是这个数（他摆出了一个“八”的手势）。

但是国内的中介不懂这个，也没有我这样的渠道。全美有这种招工需求的地方其实非常少，用两只手就能数得出来。这个市场实际上是被垄断起来的，国内的中介很难打进去。但我很幸运，我找到的这个律师是其中的关键人物，而且她还特别喜欢我。当我跟她说我也想干的时候，她抱着试试看的态度给了我几个名额试试。当我意识到这是一个市场的时候，我就说那你让我做做试试。她同意了，我就开始回国干了。

说到这儿，老徐打了一个响指（也许是我的录音笔摆放得离他太近的缘故，当他打起响指时，声音非常大，让我后来听录音时几乎一震），显出神气活现的样子——后来在讲起回国创业的经历时，每每提及“找到了客户”或是“击败了竞争对手”，他几乎都会这样打一个响指。而当我问起他如何发掘出国内的客户，又如何与客户建立起信任时，他还会略带责难地看着我，脸上闪过狡黠的表情，反问说：“如果是你，你会怎么做?”

我皱起眉，尴尬地说：“我就是因为不知道，所以才问你。”

“你要去找那些已经给自己洗完脑的客户——他们通过一些渠道已经了解过E-B3，并且也知道他们其他的途径走不了，只能走这个。”讲起自己回国后的“成功秘诀”，老徐的得意如刚刚一样溢于言表，“我还会在几个关键的论坛上发帖，都是精心编写的帖子，该有标题党有标题党，该有内容爆料有爆料。这些帖子，后来都成为这个行业里新入行的人要学习的帖子。”

我“不明觉厉”地点点头。看着他坐在对面怡然自得的样子，我却感到空气中有一种令人窒息的东西，让我如坐针毡。沉默半晌，我听见老徐悠悠地接着讲起来：“最近有个韩国中介在北京开了办公室，我避其锋芒，准备南下了。”

“不过，我南下可以打垮所有的竞争对手。”老徐说。

老徐没有食言。半年后在深圳再见的时候，他已经在一座三十层的大厦楼内有了自己的办公室。新公司以他的英文名命名，名牌显示在大厦一楼的导航栏里，让人看到后不禁心中一震。办公室并不大，但装饰一新。我进去时，四个二十出头的年轻人正在电脑上干活。

“我们现在有了新的业务，不只是杀鸡，还有做比萨饼，还有扫地的清洁工。”老徐一边领我进门，一边笑着对我介绍说。

“我们可不像你那么潇洒，还想着写书。”老徐的女朋友—— 一位脸蛋圆嘟嘟的、和善的女性端了茶给我，示意我在可容纳十余人的会议室坐下。“我和老徐现在是怎么实际怎么来。”

实际——是的，无论是半年前那次谈不上愉悦的谈话，还是这一次在南方的拜访，老徐的言辞都充满了“实际”。在会议室里，他再次提起他那口头禅似的“关键是要敢想敢干”。对于网上盛传的“读书无用论”，他没有明言，赞同与否却已溢于言表。“你看那些潮汕的老板，也没读过多少书，但就是敢想敢干，最终不是也挣到钱了吗?”老徐慢悠悠地说。

说起挣钱，老徐依然显得自信满满。我知道，那种自信，不仅来自与身边的同龄人相比，他积累财富的速度更快，手段也更为丰富，更因为有了钱，他终于可以扬眉吐气地从前女友父母“嫌自己没钱”的阴影中走出（尽管这种“嫌弃”或许只是他的怀疑），从此翻开人生新的一页。作为曾经的室友，我的确对这样的“走出”感到欣慰。然而与此同时，他那颇为自得的言谈话语间透露出的日益严重的内心的不安全感，却同样令我忧心忡忡——尽管在过去的三年时间里，老徐游刃有余地积累起不小的财富，但对于社会上的世态炎凉和日常生活中的空虚，他的感慨却也与日俱增。那种感慨，让我想起在《逃避自由》中，弗洛姆写道的：“他越觉得自己什么也不是，便越需要拥有财产。如果个人没有财产或失掉了它，他的‘自我’便少了重要的一部分，便在某种程度上不被别人或自己看作一个全面的人。”对于在成长过程中常觉不够自信，甚至怀疑前女友的父母嫌自己没钱的老徐来说，这一点显得格外明显——在我们不长的谈话结尾，他缓缓地踱到会议室的窗前，望着对面一处刚刚拔地而起的公寓楼，一面感慨着“挣了这么多钱，却还是买不起深圳的房子”，一面轻轻地吐了一口气，像是在问我，却也像是在自言自语地呢喃道：“你说，我是不是应该去报个禅修班?”

禅修班——我不知道老徐后来有没有报。但我知道的是，在后来的一年多时间里，老徐加入了为数众多的买房群，不时还会给我发来地产投资方面的论坛信息。2017年年底，当我最后一次前往深圳时，一位热衷于研究生辰八字、据说能看出老徐和他女朋友“真的是发财组合”的朋友告诉我，老徐已经买了两套房，两套“好大的房子”。

返　乡

从2016年7月回国到现在，几乎每隔三四天，就会有人向我问起美国的情况，问起留学生回国的原因。这些人形形色色——既有远房的亲戚、经久未见的中学同学，也有萍水相逢的球友、乘车时闲聊起来的出租车司机。尽管背景千差万别，他们关心的话题却十分相似。“中国和美国哪个好？”“你是更喜欢咱们中国啊，还是更喜欢美国？”他们不约而同地这样问道。

起初，我还一遍一遍不厌其烦地解释说，决定是否回国，留学生要考虑各种因素。但随着时间的推移，我渐渐发现这模棱两可的回答并非他们所期待的答案：每当我说起“这是一个很难一概而论的问题”“各人自有各人的偏好”，许多人都会露出半信半疑的神色，似乎他们本来期待的，是一个更加清晰、非黑即白似的回答。“美国的牛肉比国内的好吃吧？”“人家那儿没有雾霾吧？”他们这样回应道。

这让我想起一句俗话：国外的月亮比较圆。现在看来，其言不假——尽管“出国热”已经持续了三十多年，去海外读书也已“旧时王谢堂前燕，飞入寻常百姓家”，但直至今天，在许许多多的普通人眼中，“留学美国”似乎仍带着某种特有的光环。在他们看来，在那遥远的世界第一大经济体留下，住上花园洋房，脱离毒奶粉、地沟油的环境，依然是一种梦寐以求的生活。

然而，对于真正涉身其中的留学生和他们的家庭来说，事情就远非那么浪漫了。在他们那里，留下或是归来，计算的不仅是衣食住行，也是环境、是亲情、是职业发展、是人际交往。这万千因素交织在一起，犹如规模庞大的函数公式，一个变量的细微变化，也许就会导致结局的倏然变更。

在下面的篇幅里，我辑录了六名留美学生在归国问题上的所思所想。他们中，既有已经定居美国但仍密切关注国内发展的“美国人”，也有一毕业就踏上回国班机、因家人的病情而归心似箭的孝子；既有在国内的求职路上磕磕绊绊，但最终“修成正果”的“高端人才”，也有在西方文化中耳濡目染已久，回国后感到难以适应的文化再适应“困难户”。他们的故事，在全部赴美留学生群体中自然只是九牛一毛。但正如记录这一切的本意正在于窥一斑而见全豹，我也希望下面这为数不多的记录，能多多少少为关心留学生群体的读者，提供一点并非乏善可陈的参考与借鉴。

刘策来：我身边的硅谷工程师很少有回国的

初见刘策来，是在2018年年初。我在中关村附近的一家咖啡馆见到他时，这位长我一岁的工程师刚刚从谷歌的中国办公室出来。他瘦高个儿，面孔白皙，穿一双天蓝色的篮球鞋，举手投足间有一种硅谷人常见的惬意与闲适。他告诉我，这次回国两周，既是为了续签证，也是希望通过实地的观察，了解国内最近几年的发展变化。“三年半没回来，变化实在太大了！”他感叹道。

对于国内IT领域的飞速发展，刘策来在美国一直保持着密切的关注。最近几年，不少国内公司和投资者纷纷在硅谷设立机构，通过聚会沙龙等方式，为当地的中国工程师介绍国内动态。对于这一类活动，他自称“每一期都参加”。但尽管如此，在短期内，他搬回国内的可能性依然不大。对于新婚不久的他来说，归留归留，要考虑的不仅有个人发展的空间和生活上的便利，也有妻子对简单安定生活的追求。

我是2011年出的国。之前读的是数学，出国之后去南加大[①]读博，operational research，也就是运筹。博士读了四年半，到2016年1月毕业。后来就去了谷歌，一直到现在，正好两年。

一开始出国，很大程度上就是想出去看一看。那时候也有了女朋友，也学数学，就计划着一起申请。其实说起来，我和她的成长背景、性格想法什么的其实都很不一样。我家在黑龙江最小的一个地级市，叫七台河——你可能都没听说过这个地方，算是个五线城市。她家呢，在重庆，是大城市长大的孩子。再比如说性格，我其实挺自由散漫的，本科时老师布置作业，我都是交作业前一天才开始写。她呢，恨不得一下课就动笔了——这个当时让我还挺佩服的（笑）。总而言之呢，就是我俩其实是有挺多不一样的地方的。这种不一样呢，后来也体现在对待回国的问题上。

两个人一起出国这个事，当时也挺考验人的。怎么做妥协，谁牺牲一点，有时候也是检验感情的试金石。大四申请那会儿，我申的都是博士。她呢，想读统计，但是不像我这样一定要读博士，所以硕士和博士都在申。后来拿offer，我俩都拿到了NCSU[②]，另外我拿到了南加大，她拿到了哈佛和斯坦福。其实如果只论专业排名，NCSU还是挺靠前的，

① 指南加利福尼亚大学（University of Southern California），又译南加州大学，简称南加大（USC），美国西海岸最古老的顶尖私立研究型大学。该校于1880年创立，校区位于加利福尼亚州洛杉矶市中心。

② 北卡罗来纳州立大学（North Carolina State University），简称NCSU或NC State，位于美国北卡罗来纳州首府罗利（Raleigh）市内。该校成立于1887年，是美国著名公立研究型大学。

而且我们可以一起过去，不用异地。但是她家里呢，是有点名校情结的（笑），看到她拿了哈佛的offer，就觉得去NCSU太不划算了。这么一来，最后我们就决定，我去南加大，她去斯坦福。这样虽然还是异地，但是好歹都在加州[①]。

她因为读的是硕士，所以比我早两年毕业。2013年毕业，就留在了湾区，先去了Adobe，然后是Verizon[②]。就这样又异地了两年多，到我博士毕业的时候，也觉得应该给两个人一个交代，就也去了湾区，去了硅谷。

从出国到现在，已经快七年了。我们去年结的婚，各方面也都稳定下来了。虽然大家也会说美国有各种不好，比如华人会遇到职业天花板啊、文化上难以融入啊，等等，但是其实在美国待了这么长时间之后，我们慢慢地也就适应了。另外在硅谷，尤其像我在谷歌，我们周围的人也都受过比较好的教育，交流起来也不存在什么问题。在硅谷呢，你的收入和房价比起来不像国内这么夸张，未来的生活确定性很强。比如你能够预期，十年之内你可以买一套房子，生两个孩子，拥有很健康的生活。然后再过五年呢，你可能会买到第二套房子，或者换一套更大的房子（笑）。

这种生活呢，我太太比较喜欢，因为确定性很强，很有安全感。另外呢，她爸妈也比较希望我们留在国外，总觉得国内不确定的因素太多。但对于我来说呢，就会有一点遗憾，因为太稳定了之后呢，生活就比较缺少变化，不像国内这么热闹。再有呢，就是我从小一路都是重点高中、重点大学这样考上来，总觉得自己浪费了国家的很多资源（笑），这样一直待在国外，也感觉不太合适。

---

① 从南加州大学所在的洛杉矶到斯坦福大学所在的帕罗奥多市（Palo Alto），开车需要6~7小时。帕罗奥多位于美国加州旧金山湾区南部，是硅谷的重要组成部分。

② Adobe是美国著名图形图像和排版软件生产商，总部位于圣荷西（San Jose）。Verizon是美国最大的本地电话和无线通信公司。

因为这些因素吧，在硅谷的这两年，其实我也一直在考虑回国的问题。但是如果仔细考虑，就会发现其实自己担心的因素还是挺多的。别的不说，就拿对国内发展的信心来说吧，我的信心就肯定没有国内的那些朋友足——如果我要是有他们那样的信心，我肯定早就回来了（笑）。为什么信心没那么足？可能还是受了周围环境的影响——硅谷的人都比较审慎，总觉得国内很多人都比较急躁，比较冒进。

刚才说的这些都是宏观上的。具体到我和我太太呢，她的想法其实很明确，那就是国外的生活很稳定，也很有节奏。工作是工作，生活是生活，下班之后没有再工作的义务。每年有两三次假期，可以出去玩——在硅谷的很多人，基本上每年要去趟夏威夷，或者去趟欧洲和南美。在国内呢，节奏就比较快，工作和生活没有界限。我在国内的朋友也在跟我说，尤其在金融和IT行业，每个人都很急躁。我记得我当时还问他，你们有假期吗，假期的时候去哪儿玩。他回答说，一般也就是周末去个杭州或者秦皇岛，大多数时间都在加班。

这个工作和生活没有界限呢，有利有弊。从好的一面上说呢，你当然可以说年轻人需要更多的锻炼，但从不好的一面上说呢，生活确实也会比较混乱。对于我自己来说呢，其实我还是挺希望回到这样一个环境里的，毕竟在美国待了六年多，总觉得生活有点单调。但对于我太太来说呢，她其实还是更喜欢一种有条不紊的生活，不太喜欢生活中有太多的不确定性。另外呢，作为一名女性，也包括将来如果有了孩子，那作为一名母亲，她考虑的因素肯定会更多。像环境啊，教育啊，也包括医疗资源如何分配，这些她都会担心。

当然了，还有房价的问题。如果回国的话，那我们就得考虑去哪个城市。我们当然不会回我家（笑），回我家就没法生活了。去她家呢，有可能，但更可能的还是去北京、深圳这种重点发展IT的城市。这些城市其实房价都很高，和我们出国的时候相比，基本上都翻了倍。所以回国之后去哪里，房子的问题怎么解决，也是很现实的问题。

这些都是生活上的因素。那从工作方面来说呢，这几年IT方面的变化也比较大。比如说在十年前，一个谷歌的工程师如果回到国内，会受到非常大的重视，可能直接就会带领一个团队，去参与一个重大的项目。为什么？因为那个时候出国的人还不是那么多，回来的就更少了，很多也都是精英。他们回到国内，会获得很好的待遇，在职业发展上也拥有很大的自由度。但这两年就不一样了，回来的人越来越多，国内的公司也就不像前些年那么看重海归群体[①]，所以在这种情况下，我身边在硅谷的工程师也很少有直接回国的。

当然了，如果是回国的话，会不会有机会呢？我觉得是有的。一个是，国内的市场确实非常大，而且正因为很多规则还没有建立，所以不断会产生新的东西，会产生新的玩法。你看像“今日头条”，在很短的时间里就可以挣到几亿用户。再一个，就是虽然从技术的普及应用层面上来看，比如说像移动支付这种，国内已经发展得非常好了，但是在基础的原创性的研发上，国内和美国的差距还是很明显的。什么叫原创性呢？就是一件事情以前做不了，现在你给出了一个方案，让它能做了，这叫原创。但国内大多数的“创新”是什么呢，还是一种“增量创新”——比如看到硅谷推出智能音箱，国内的公司会快速跟进，开发一款新的、更适合国

① 在海归人数不断增长、国内经济增速放缓的背景下，海归群体在找工作上面临的困难也有所增加。据王辉耀、苗绿编著的《中国留学发展报告（2016）》的调查，与2013年相比，2016年留学回国人员寻找工作的时间成本有所增加，且对目前工作的满意程度（3.5%表示非常满意，27.1%满意）和实际薪酬（26.4%高于一同进入单位的国内本科生）均有待提高。

内消费者的。这种模式呢，有点亦步亦趋，说到底还是受硅谷的引领。但从积极的方面上说呢，你也可以说因为起点低，能发挥的空间也非常大。

在这些因素之下吧，我仔细地考量过回国的各种利弊。现在对于我来说，想法已经比较清楚了，就是我肯定不会回国再到一个大公司去打工——与其加入国内的大公司，还不如留在硅谷，生活上还更舒服。所以我如果回国，那只有一种选择，就是创业。这个创业呢，一种当然是白手起家自己干，另外一种呢，就是如果有很好的国内急需的项目，我又能参与其中，那我也会考虑。比如前两年百度说造无人驾驶汽车，一直造不了，后来就用重金从谷歌挖过去两个工程师——像这样的项目，我肯定会很感兴趣。

季雨成：我得把我爸稳住

见到季雨成，是在采访刘策来的前一天。晚上八点，季雨成从微软中国位于海淀黄庄的办公室出来，和我在附近的一家咖啡馆聊起来。身披黑色风衣的他身材高大（甚至称得上虎背熊腰），讲起话来却有一种因形象思维发达而在设计师中常见的细致与跳跃。他声音低沉，表情凝重，讲到关键的部分时会有一点结巴。“这两年一直在做我想做的事情，这个已经让我觉得很幸运了。”季雨成说。

就在刘策来进入谷歌的2016年1月，刚刚从美国学成归来的季雨成在北京加入了微软。在其后的两年里，从事产品设计的他，从公司的外包设计雇员做起，一步一个脚印，向着名额金贵、一个萝卜一个坑的正式员工不断迈进。回顾起这两年的工作历程，季雨成显得很知足。但与此同时，他也不忘告诉我，在刚回国的那三个月里，他其实也“没睡过几次好觉”。

要说回国这件事，我还得先从国外说起。我是2013年去的ASU[1]，读设计学的研究生。Arizona这个地方呢，又热，又燥，学校的风格和这个气候也像，尤其是本科生，基本上就是party（派对），sex（性）。我为什么申这个学校呢？主要是因为它这个研究生项目比较偏理论，会涉及美学啊、心理学啊、符号学这些东西。其实很多出国学设计的中国留学生都会选偏实用的研究生项目，比如图像设计、建模这些。但是我和他们不一样，因为我本科的时候学的是绘画，设计的课程都是旁听的，基础不扎实。很多时候我设计一个作品，只是直觉觉得好看，但是究竟为什么好看，我就说不清了。所以出国读研究生，也是想把理论这方面补强一下。

整个我这一届，专业里只有我一个中国人。再加上之前也没有长期离开过家，所以刚过去的第一个学期其实挺困难的。不过习惯了之后呢，我也发现自己这种性格其实还是比较能适应那边的生活。我自己呢，不太希望和很多中国留学生一样，一过去就待在自己的小圈子里，不和其他人接触——我也会和中国朋友一起玩，不过更多的时间还是在和当地人接触，去观察他们的生活。美国人呢，在社交上都比较独立，一起玩的时候就一起玩，不在一起玩的时候就各干各的，不像很多中国人一样，做什么都要在一起。我自己呢，不是那种和谁都能一杯酒下肚就称兄道弟的，相对来讲没有那么social（热衷社交），比较有自己的节奏，所以还是挺适应这种方式的。

说到要不要留在美国这个问题，其实从刚去美国开始，周围人就一直在聊这个话题了。对于我来说，也没有说一定要怎么着，有可能回国，也有可能留下，不像有些人那样，死活都要留下。我记得有一次去买车，dealer（车商）是一

① 亚利桑那州立大学（Arizona State University），简称ASU，坐落于亚利桑那州（Arizona）首府菲尼克斯（又译凤凰城），成立于1885年，著名公立研究型大学。

个还不到二十岁的中国男孩，上来就问："怎么样，喜欢美国吗？"我到现在还记得他那个口吻，特aggressive（有攻击性）的那种（季雨成模仿了对方的语气），好像在说："头一次来美国吧，爽吧！"我就只能笑笑，说："还好，还好。"再比如说周围有一些同学，可能家里条件也比较好，比较高傲，一些初级的工作不愿做，但在美国又找不到合适的工作，为了留下，就额外花钱找一些学校把身份挂着[①]。还有一些找到工作的，首先考虑的也不是喜不喜欢，工作的前景如何，而纯粹是为了留下。甚至我有个女生朋友，毕业之后就一直在美国做代购。当然了，做代购其实也很挣钱（笑），不过她现在也正打算回来。

刚才说的都是别人，现在说说我自己。我自己考虑归留这个问题呢，是觉得还是要看最终的目标是什么。比如说留下，你是因为要实现一个目标所以留下，把留下作为实现目标的手段呢，还是为了留下而留下，把工作作为留下的手段？对于我来说，肯定是前者。而我的目标呢，也很清楚，就是进大公司——因为大公司平台高，有历史积淀，进去之后能迅速学到东西。有了这样一个目标，后面的事情就好说了，那就是看在美国能不能进大公司。

刚毕业的时候，也投了不少简历。但大公司都石沉大海，回复的都是小公司。这个呢，其实也在我的预料之中——毕竟我没有设计方面的实践经验。而且在美国呢，互联网设计领域竞争也确实很激烈。为什么？因为无论是在设计理念还是教育模式上，美国这边确实要领先国内很多，它随便拎出来一个学设计的本科生，能力可能都会比在国内

---

① 按照美国相关规定，赴美留学生在OPT（任选实习）结束之后若未获得工作签证，将不能在美国继续合法居留。在此情况下，部分留学生为了继续留在美国，会再次申请美国学校的项目以获得学生身份，从而继续以留学生的身份在美国居留。关于OPT、CPT（课程实习）的具体情况，详见第13页注释。

毕业的研究生高出不少。所以在这种情况下，我也比较坦然，就先去了旧金山，去了一个游戏公司。

在这个游戏公司实习了半年，开始比较严肃地考虑回国的问题。这里面呢，有我女朋友的因素，因为她当时在国内读研。不过说实话，我们也讨论过这个问题，就是如果我确实要留在美国，那么她也会过去。所以说在是否回国的问题上，最主要的其实还是职业发展上的因素。

有哪些因素呢？有这么几个：一个是，这几年在美国的IT界呢，印度人越来越多。印度人呢，据我所知都比较卖力。你看像咱们中国学生租房，如果合租，都是一个人一间。印度人不一样，他们租房都是同一间房里睡上下铺那种，生活上很节省，干起活儿来也特别卖力。在硅谷呢，这几年印度人的势力也越来越强。和中国人比起来，印度人比较抱团，在升迁这些问题上会比较占优势。在IT这个领域，如果你和你的老板不在一条线上，就会很危险。所以说如果我留下，碰到一个印度老板，那对于我来说，风险肯定就会比较大。

再一个呢，就是签证。H-1B抽签这个事，毕竟有运气的成分。即使中了签留下，如果没有绿卡，公司和老板还是会有疑虑。因为他们会想，你会不会干个两年就走了——如果真是那样，那还不如招一个有绿卡的人。

因为存在这些因素吧，如果我留下，那能不能最后做出自己希望做出的成果，就会受到很多外部条件的限制。而我自己呢，又是一个很珍惜自己劳动的人，我不希望我花了百分之一百二十的努力去做的事情，因为这些风险而打了折扣。而如果回国，我不用考虑这些因素，可以把我的精力全部放在工作上。

另外还有一点，其实刚才也提到了，就是国内设计方面的基础确实比较低，发展潜力比较大。比如说在教学上，我们分析不出来耐克、阿迪、苹果这些logo为什么出名，不知道要从结构、色彩，从心理学上去分析，就只能从营销的成功学上反着推。这样教出来的学生呢，和美国确实有差距。你看现在国内的公司，甚至是很多大公司的设计，都是本科生在做，甚至还有大专毕业、去火星时代[①]培训两个月，就去入职做海报的。所以那时候我也在想，要是回国，自己发挥的空间应该会很大。

就这么着，2015年的11月，我就从美国回来了。刚回国的时候，因为是裸回，没有事先在国内找好工作，自己的压力还挺大的。尤其是我爸，因为有门路，已经把我安排在了一个公司里。但是在那边呢，我的位置就很尴尬，因为本来公司里没有专门做设计的职位。我过去之后呢，就变成在设计方面，公司里没有人比我更擅长，但每个人又都有权力指点我的设计。这个我就不太爽——我本来是想来学东西，现在不仅学不了，还天天受指点，而且很多指点还是错的。另外呢，就是管理单位的微信公众号。在领导的思维里面，设计嘛，就是宣传（笑）。这些公众号的文章呢，不用我自己写，配的图呢，都不太好看，但又不能自己去拍。然后领导对公众号的要求也不高，觉得有个人在负责，每篇文章有几百个员工看就行了。

就这样做了两周，实在不行，我就出来了。其实当时我爸还一直劝我，说年轻人要历练历练，习惯了就好。但是我很坚决，我说不行，因为这样耗下去一点意义也没有。就这样僵持了一段时间吧，因为机缘巧合，我认识了一个创业公司的老板，就去他那里做了三个月，也算是体验一下创业的氛围吧。说实话，当时也不是真想在那儿一直做，主要是因为没有找到新工作，想着得先有点事情做，把我爸稳住（笑）。因为对父母来说，他们会担心，担心你好不容易出一趟国，回来

---

① 指北京火星时代科技有限公司，成立于1994年，主要业务为培养艺术设计人才。

之后却无所事事。所以我的策略就是，无论这个公司怎么样，先做着，把父母稳住，为自己找新工作争取一点时间。

就这样做了三个月，一边做，一边继续申请新的工作。后来就申到了微软，先在外包合作的微创干，去年在微软转了正。如果从去微创算起，到现在刚好两年。在这边做产品设计，挺愉快，而且最重要的也是实现了自己去大公司、去外企或者BAT[①]的目标。现在回想起来，自己也确实挺幸运的。

你问我性格上是不是适合外企，这是个好问题。刚才也说了，我自己呢，一直不是一个很social的人，这个和我出国不出国没有什么关系——即使不出国，我也不喜欢那种什么都不做，平时就喜欢跟别人打哈哈的做法。但是出国呢，肯定有好处，因为我能看到在设计这个领域国外的发展趋势。另外就是，我自己在出国之前，就比较关注前沿的产品和理念。其实在学校的时候，我的兴趣就和同学不太一样。比如他们玩狼人杀，玩英雄联盟，我知道这些东西挺好玩的（笑），但可能确实不是我的兴趣点。这倒不是说我对西方文化有多么热衷，但确实就是，和其他人可能不太一样。

付羽：回不回来，感觉各有各的围城

和我谈起自己在美国的经历时，付羽回国已近五年。五年的时间里，她结了婚，买了房，先生在一家基金公司工作，自己则在一所商会供职，日子过得安稳而恬静。

我让她比较一下归国和留美的生活状态，她肉嘟嘟的脸上露出了笑容。“这个真的不好说，感觉各有各的围城吧。”

---

① 指百度（Baidu）、阿里巴巴（Alibaba）和腾讯（Tencent）。

我是2011年出国读的硕士，和我老公——当时还是男朋友，他读经济，我读国际关系。申请的时候呢，我们还是想尽量申请到同一个学校，所以最后的选择也不是很多，一是安娜堡，一个是南加大。当时南加大还没有后来枪击案的那些事[①]，只是听说好像是个party school（热衷开派对的学校）。再加上我老公之前也去安娜堡交换过，很喜欢那边，所以最后就选择了安娜堡。

过去之后呢，才知道安娜堡很冷，冬天很长，雪也很大。但抛开这方面不说，我学的那个项目本身其实还是挺好的，再加上安娜堡本身很漂亮，所以在那儿的两年还是挺开心的——去年我回美国的时候，还专门又去安娜堡转了转。但是如果从毕业之后找工作的角度来看，其实我当时应该去一个更"城市"的学校，比如纽约，或者华盛顿。

之所以这么说，是因为安娜堡本地其实没有什么工作机会——除非留在学校当老师，否则你还是要去大城市找实习找工作。离安娜堡最近的一个城市是底特律，当时已经不行了[②]。然后在我知道的中国留学生里，除了学计算机的可能会比较容易在附近开始实习之外，其他的专业基本上没有人能在附近找到工作的，都是一毕业就搬家，去纽约、华盛顿、芝加哥这些城市，或者去加州。我呢，还真的是想过如果留在当地，我能做什么——能在当地的银行里，给中国留学生开户（笑）。不过话说回来了，那边每个银行基

---

① 2012年4月11日凌晨，两名南加州大学的中国留学生在从学校驾车返回住地的途中遭遇枪击身亡。一时间，关于在枪支泛滥和种族矛盾尖锐的美国，留学是否安全的问题，成为人们讨论的焦点。与此同时，在一些媒体的夸张和渲染下，受害者驾驶的二手宝马车也成了网民关注的焦点，受害者一度成为网民发泄"仇富"心理的众矢之的。

② 指底特律的经济衰落问题。底特律是密歇根州最大城市，也是美国的汽车制造业中心。20世纪六七十年代以来，由于日系、欧系汽车的崛起等原因，底特律汽车行业的竞争力不断下降，开始出现人口萎缩、财政困难、犯罪猖獗等诸多问题。2013年7月18日，底特律正式申请破产保护，成为美国历史上最大的破产城市。

本上也都有台湾人在做这个事了，也没有我的机会（笑）。

这么一来呢，因为大家都从一开始就知道，自己毕业之后肯定会去其他地方，所以就不太容易让人产生一种归属感。这个和你们在纽约或者华盛顿不一样，你们在那儿读书，读完书找工作，一脉相承，容易对当地产生感情。说实话，有时候我也在想，如果我是在这些城市读的研究生，会不会最后也就留在美国了。

因为这些因素吧，我就没有想再在美国搬家找工作的事情。另外呢，我老公确实也比较希望回国。当时是2013年嘛，国内的互联网经济刚刚兴起，他觉得回国之后机会应该会比较多。而且他学的这个专业呢，在美国肯定做不了前台的工作[①]，要做就只能在后台做研究，而他又不太喜欢做后台的工作。所以这么一来，我们就觉得，与其在美国把一年的OPT[②]用完，还不如早点回来。

要说回来的决定对不对……咳，也不好说，感觉各有各的围城吧。看留在美国的那些朋友，感觉他们过得也挺好的。比如我一个学姐，后来搬到费城，每天又是骑马又是潜水，感觉生活很丰富。而且最关键的一点呢，是在国外生活比较自由，你真的可以什么都不想，就是去做自己喜欢的事情。而我们呢，回来之后虽然不存在催婚的问题，但是在生孩子的问题上，父母还是会催促。另外，在做什么样的工作方面，他们有时也会干涉。

陈珏：国内的很多事情，我还是难以适应

离最终回国还有两个月，我突然陷入一阵恐慌。在那两个月里，

① 指金融机构中负责交易、销售等方面的工作类别。

② 关于OPT，详见第13页注①。

“雷洋”“魏则西”“常州外国语毒地”这样的字眼在网络上不停地翻腾，看得我心惊肉跳。我想知道国内的情况究竟如何，又苦于无计可施——打开手机，铺面而来的是各种“网红”，是“国民老公”昨天又换了女友。这让我心情低落，也开始不由自主地感到恐慌。我恐慌，是因为心里清楚，对于回国，我忧虑的不是雾霾，也不是毒奶，而是那久违的躁动不安的环境。

同样为这个问题忧虑的，还有我在华盛顿认识的朋友陈珏。留美五年，她先读完了大三大四和两年传媒专业的研究生，其后在一家国内电视台的驻美办公室实习。就在我离美前不久的2016年4月，她收到北京一家互联网公司的邀请，准备回国工作。我问她在美国这么长时间，回国是否会遇到“文化再适应”的困难[①]。因行程匆忙而神色疲惫的她只是摆了摆手，说：“明天回去，我先探探路吧。”

再一次见到她，已是四个月之后的盛夏。在整座城市似乎都被王宝强婚变的消息搅得沸沸扬扬的那个周末，能在自己生长的城市听陈珏讲起她“探路”的心路历程，我甚至略感讽刺地体会到一种“他乡遇故知”的欣喜。和在美国时相比，她原本圆润的脸庞微微消瘦，言谈举止间的锋芒也收敛不少。

之前也跟你说过，我回来之前其实很担心国内的社会环境，比如浮躁，比如缺少规则。我当时也跟一些已经回国的朋友聊，我跟他们说，我要回来做媒体，自然就要展现给大众看。但如果大众的审美很低，我会不会最终被拉低到和他们相似的程度。他们就跟我说，不会的。你既然已经高上去了，就很难被拉下来了。我当时不太相信，但后来工作之后我确实发现，即使自己真的是在做一些“逼格”没有那么高

① 据王辉耀、苗绿编著的《中国留学发展报告（2016）》的调查，在受访的留学回国人员中，有46.5%认为归国后“最难适应的是价值观的差异”。此外，还有29.1%的受访者表示“最难适应国内的思维方式”。

的东西，内心还是会有排斥，因为你的价值观你的审美已经建立起来了。一句话，你本身不是“三俗”的人，就很难一直“三俗”下去。

从这个角度来说，我还是比较欣慰的，毕竟自己没有那么容易就被社会的大染缸同化。但从另外一个方面来说呢，对国内的很多事情，我还是难以适应。这次跟你聊，也算是吐吐槽吧。

哎，这些事，说实话也都是一些小事。就拿昨天晚上来说吧，我在地铁站等车，离地铁进站大概还有两分钟吧，我身后有三个孩子突然就开始往车门方向挤，孩子的妈妈呢，还在旁边一个劲儿地喊“往前，往前”。说心里话，我当时就想冲过去说一句脏话，但因为站台上人实在太多，我最后还是忍住了。

后来我就发了个朋友圈吐槽，然后我中学的数学老师给我留言说，要慢慢适应。说实话，我当时就觉得很恐怖——我为什么要适应？就拿挤地铁来说，现实情况就是挤，但至少你看着那么长的队，不会去加塞儿，这个是底线。

再有呢，就是大家的那种集体主义。比如说吧，公司里同一个组的同事，总是要一起吃饭，于是就会出现类似他们都去吃面条，而你想去吃炒菜这样的事。这种事虽然看起来很小，但是它天天在发生，而且确实会在潜移默化中影响你和同事的关系。因为如果你不去和他们吃饭，他们会觉得你不合群。在国外，大家都习惯了自己过自己的生活，你吃你的面条，我吃我的米饭，大不了我们分别买完之后再聚在一起吃。但在国内就不行，“群众”的包容性还是很低，不太能允许你和别人不一样——他们表面上不说，心里对你还是会有意见。

然后过这种“集体生活”的时候，大家聊的话题我也很难插话。比如我和视频组的同事一起吃饭，组里那些小孩儿就会问我，你看过“跑男”吗，你怎么居然不看“跑男”，那你在国外都看什么啊！我就接不上话了（笑）。当然了，也不是所有人都这样，像我们采访组那些人，平时讨论的话题就挺严肃的。

还有一个我不太受得了的，就是大家都很喜欢打听别人的个人情况。比如我上班第一天，遇见一个小姑娘，九四年的，之前我们还一起参加过面试。她见到我，就问我说，姐姐你工资多少啊？我当时就愣了，心想你还是英语专业的学生，怎么连一点西方的隐私意识都没有。我当时就挺尴尬的，说也不是，不说也不是。后来我还是告诉她了——因为我们按学历划分工资等级嘛，我是研究生毕业，她是本科毕业，我就比她多五百块钱。然后她就开始抱怨，说怎么自己的工资这么低……其实后来我还委婉地跟她说过，你怎么这么爱打听别人的情况，但她可能没听进去。过了几天，她又问我，说姐姐你有没有男朋友啊？我就挺生气的，心想我有没有男朋友跟你有什么关系？类似这种事，回来之后就很不适应。

哎，我说了这么多，其实也都不是什么特别大的事情，但毕竟在美国待了那么长时间，回来适应起来还是挺难的。就这个问题，我爸我妈也没少说我。每一次我吐点槽，他们就说，你干脆还是回美国算了。没办法，和他们说不到一块儿去。不过现在呢，我也已经不抱怨了——前些日子我爸查出来癌症，我不知道还能坚持多久。所以刚才说的这些事，也就是跟你吐吐槽，平时我已经什么都不想了。现在呢，一个是挣钱，一个就是照顾我爸了。

朱义舟：我妈生病的事情是一个转折

我是在从西雅图回国的飞机上见到朱义舟的——这位与我萍水相逢的“同桌”刚刚结束了在美国西部的独自旅行，一路的风餐露宿让他显得肤色黝黑，肌肉遒劲，散发着一种“野蛮生长”的生命力。在距离太平洋三万英尺的高空，我们聊起旅行，聊起留学的经历，聊起对回国生活的畅想。他告诉我，之所以回国，母亲身体欠安是一个关键因素。

距离那一次见面两年之后，我们约好在北京五棵松的一处咖啡馆见面。在那里，他向我讲述了母亲的病情，讲述了留学和归来的前前后后。

我是2012年1月去的美国。之前其实就想去，但是因为当时家里的条件不是特别好，就在国内读了个专科。读完之后，家里的条件有了一些改善，再加上觉得专科的学历肯定还是不够用嘛，最后也就出去了。

刚到美国的时候，我是去南卡[①]读的本科，读经济。我呢，其实在上专科的时候就已经开始自学考试本科，虽然最后那一科马哲我是怎么也考不过（笑），但那些课程到美国之后还是可以转学分转过去。这么一转，我在美国就只用读两年，大三大四。

刚去的时候，感觉就是难，自己语言上也不好。国内过去的很多都是好学生，不像我是专科生，所以和他们相比我的困难就比较大，上课老外说话也听不懂。但我有一个特点，就是话痨（笑），出去愿意聊，所以口语听力就提高得比较快，这样时间一长，也就渐渐习惯了。

后来读研究生，就去了佛罗里达，在坦帕[②]待了一年半，读金融。读研究生的时候呢，我一直比较宅，和美国人

---

① 南卡罗来纳州（South Carolina）位于美国东南部，北接北卡罗来纳州，东南濒大西洋，西南临佐治亚州，面积约8.3万平方公里，人口约500万（2017年）。首府为哥伦比亚。

② 坦帕（Tampa），佛罗里达州海港城市，城区人口约36.7万（2016年），都会区总人口近300万。有坦帕大学、南佛罗里达大学等高校。

社交也比较少。这个社交少呢，你可能会觉得奇怪，因为我刚才也说了，自己是个话痨。但其实呢，我只是喜欢和美国人聊天，你要让我真正进入到他们的圈子里一起玩，还是比较困难。这么一来呢，后面就会有一些问题，比如在美国找工作，还是需要人脉，但如果你周围都没有什么美国朋友，那就会很困难。

你问我回国考虑的因素什么的，其实刚去美国的时候，我还是想留在美国的，或者说至少先留下来工作几年再回国。一个呢，是觉得既然我给老外交了这么多学费，不得挣几年再回来嘛（笑）。另一个呢，也是想如果有美国的工作经验呢，可能回国会吃香一点。

但是后来发生了几件事，让我的想法发生了一些变化。首先呢就是美国的工作并不好找，尤其像我学的金融这个领域，专业化程度比较高的相对好找，比如说你是注册会计师，或者你学的金融数学，这些相对比较好找，但如果单是学金融，找起工作并不容易。另外呢，在金融这个圈子里，老外对非白人还是有一点排斥——虽然这种排斥并不显露在外面。这个呢，如果你之前采访了其他学金融的留学生，他们可能也会提到。

所以那个时候就在想，也许直接回国也挺好的，毕竟在美国工作难找，还面临H-1B抽签这种不确定性。另外呢，我也在想，如果在美国工作两年再回国的话，那么回国的时候其实在国内还是从零开始。与其这样，那也许直接回国会更好。

就在我考虑这些问题的时候吧，出现了一个转折，就是我妈生病的事情。当时我还在读研一，回国过暑假的时候我妈就开始生病——前一天晚上和我爸我妈吃饭的时候，还一点事儿都没有，但第二天我妈就开始肠胃型感冒。我爸呢也不太会照顾人，所以还是我带着我妈去医院输的液。但是这一输液就出了问题，因为我妈从小心脏就不好，年轻的时候有过心脏病，那天输液的时候差点就休克了。那个时候对我触动就比较深，因为现在大家都是独生子女，我一出国，家里就剩下他们俩，我没有办法照顾他们。所以当时就决定了，毕业之后要回国陪着他们。

回来以后呢，就开始找工作。一开始去了我爸朋友的一个公司，做会展的，和我学的金融不太沾边。这样待了三个月，我觉得不行，得换。后来有个机会，我就去了现在的这个会计师事务所，工作和我学的倒是相关，就是天天累得跟狗一样（笑）。

现在呢，回想起在美国的生活其实还是挺怀念的，可能也是因为当时还在学校吧，没有这么大的生活压力。另外北京的雾霾也让我很不爽，我回来以后，每次雾霾天都要发烧，雾霾一次烧一次。

说起之后的事，可能我四五十岁或者退休之后再搬去美国？咳，我也说不清，看情况吧。

郭紫东：我现在看纽约华盛顿，和看北京上海是一样的

在我认识的所有美国华人里，郭紫东可能是最特别的一个。加入美国国籍已近十年的他，对于中国历史文化的了解之深，恐怕会令大多数中国学生都相形见绌——提起宋代的机构设置，他如数家珍；讲到《大明王朝1566》里的经典台词，他也是倒背如流。在我们一起前往黄石公园的路上，他不止一次地向我提到，这种对中国历史文化的热爱，对于他在“美国人”和“中国人”的碰撞间建立起自己独立的身份认同，起到了重要作用。

和我采访的其他留学生不同，这位出生于湖南长沙的工程师是在

高中时举家移民美国的。从十六岁在中学同学期盼的目光下走出国门，到如今于而立之年在太平洋两岸奔走不息，郭紫东经历了美国“光环”的褪色，经历了金融危机，也经历了自身从“想把自己往美国人的身份上靠”到“保持中国人的文化独立性”的转变。现在，他看待中美的视角已更为“客观”——正像他自己说的，“我现在看纽约华盛顿，和看北京上海其实是一样的”。

我最早对美国其实没有什么了解，可以说在我爸来美国之前我连美国和英国都分不清。小学二年级的时候，我爸来美国留学，先读了一个master（硕士），后来又申请PhD。1996年我上五年级的时候，和我妈过来了一年。当时我爸的学校在俄克拉何马[1]的一个小镇上。说是小镇，其实就是村。虽然在村里，但学校设施什么的都很好。小学嘛，本来就是有点半玩半学的，这边的老师又不像国内的小学老师那么严肃，所以一年很快就玩过去了。

回国的时候，我其实还挺兴奋的，因为在美国待着觉得没什么意思。以前在长沙，我们家还住在平房，同一个巷子里的小朋友互相都认识，发小们一起玩，骑着车到处跑。到这边之后，我爸每天上课，我妈出去打工，放学后我就一个人在家待着，觉得没什么意思，像坐牢一样。唯一的好处是那时候看了不少书，基本上中国人圈子中能借到的书——像郑渊洁的童话啊、十万个为什么啊，这些书基本都看了一遍。

等到在长沙上到初三的时候，我爸在美国博士毕业，觉得工作应该能搞定，就想把我和我妈都接过去了，算是家人

---

① 指俄克拉何马州（Oklahoma），又译作克拉荷马州，位于美国中南部，东接密苏里州和阿肯色州，西邻新墨西哥州，南隔雷德河与得克萨斯州相望，北接科罗拉多州和堪萨斯州。面积18.1万平方公里，人口近400万（2016年），首府为俄克拉何马城。

团聚吧。要不要来，我其实是有犹豫的，因为我当时的学校挺好的，成绩也不错，朋友也都在国内，加上之前去美国的时候觉得美国挺没意思的。当然了，那个时候美国还是有光环的，而且之前的那一年，我的一个表哥和一个表姐都出来了，我们这一代人基本都出来了，所以那个时候就觉得出国也是迟早的事。另外就是，湖南的高考压力还是挺大的，我就想万一到时候发挥失常没考上好学校怎么办？十六岁的孩子嘛，想得不可能像现在这么多，再加上大人说出来早的话好学英文，就出来了。

过来之后就开始上10年级[①]。先在俄克拉何马上了一个月，然后搬到了阿拉巴马[②]。那边是一个太空城，美国最早研究火箭就在那里，到现在还是有很多军工企业，工程师特别多。我们那个学校在阿拉巴马还是不错的，排名能进前五吧。尤其到12年级的时候，上大学的一些基础课，那几个老师都很严格，每天留很多作业，也有模拟考试什么的，我觉得可能跟国内老师差不多。当然了，我们当时考的AP考试[③]，压力肯定还是没法儿和国内比，毕竟它不像高考一样是一个淘汰机制。

你问起身份构建的问题，我觉得对我来说，有一个时间是想把自己往美国人的身份上靠的——大概就是高一高二刚来的时候。比如那时候去教会——上大学之后就不怎么去了，其实也有这方面的考虑。阿拉巴马那个地方虽然是搞工程的，亚洲人也比较多，但这种多元只是体现在人

① 美国的10年级等同于国内的高一。下文提到的“12年级”，等同于国内高三。

② 指阿拉巴马州（Alabama）位于美国东南部，北接田纳西州，东连佐治亚州，南邻佛罗里达州和墨西哥湾。该州面积13.6平方公里，人口约486万（2016年），首府为蒙哥马利。

③ AP（Advanced Placement）是美国大学预修课程，适用于计划前往美国读本科的高中生。AP成绩是美国各大学录取学生的重要依据，在学生进入大学之后，AP成绩也可以用来抵扣大学相应课程的学分。

种上。从文化上讲，白人肯定还是占主导地位的，文化比较 homogeneous（同质的），就是所谓美国主流文化。在学校里呢，也是大家一起上课，一起活动，学生时代大家也比较单纯嘛，别人不会因为你不是在美国长大的就歧视你。特别是我刚来的那一年，开学没几天就赶上了"9·11"，学校里会发美国的国旗胸针，当地的华人组织还会组织一起唱 God Bless America（《上帝保佑美国》）这样的美国"红歌"。在那种情况下呢，整个气氛还是比较鼓励融入的。

但是到了申请大学的时候呢，情况就不太一样了，有一种"梦"被打破了的感觉——我说的这个"梦"，不是指"美国梦"，而是说刚才我说到的那种"我和他们美国人其实一样"的想法。为什么呢？因为我虽然已经算是移民过来了，但因为当时还没有绿卡，我在申请的时候其实和你们从国内申请是没有区别的，也算作"国际学生"，没有办法申请助学金啊这些。还有一个，就是我虽然当时在我们高中的数学队、物理队，但也是因为身份的问题，一到真正比赛的时候，就连初赛也不能参加。那个时候就会感觉，我还是在以一个中国人的身份在"战斗"，我真的不是在和别人平等地竞争。

后来在美国入籍，也和这个有关系。我大学毕业那一年，正好赶上金融危机，找工作非常困难，我花了六个月才找到工作。那段时间我和我爸的关系也不好，因为在上大学选校的问题上我没有听他的话，他不肯帮我交学费，上大学都是我自己贷的款。所以那个时候我的压力就很大，我就在想，我必须赶紧把贷的款还掉，不能给我爸留下话柄。那怎么办呢？最直接的办法就是入籍，然后去申请做公务员——因为我知道，即使是在金融危机的情况下，政府还是需要有人做工程的。当时我拿绿卡已经有五年了，所以转成公民很快，找了一个律师，然后大概三个月吧，就办下来了——尽管最后我也没去做公务员。

说起国籍这个事，就像你提到的，中国文化里有一种“泛政治化”的倾向，就好像一个人的人生可以完全被他拿哪个国家的护照来定义。包括我的朋友里，有时候也会对我说“你们美国人怎样怎样”，就好像我一旦入了籍，就继承了美国所有的传统。对于这一点，我其实是不能认同的。因为说实话，我不觉得入籍这个事对我的身份认同有很大影响。

一个是，入籍的时候我已经二十二三岁了，身份认同已经基本建立起来了。刚才也说了，从上大学开始认识到我其实和“美国人”还是不一样的之后，我其实就感到，我保持“中国人”的这种文化独立性，其实是挺好的。上大学那几年，可能也因为我们学校国际学生比较多吧，我其实大部分时间都是在和中国留学生或者其他国家过来的学生一起玩——我不会把他们看成美国人，他们也不会把我看成美国人。

另一个就是，我觉得之前在国内受到的教育，还是会对我接纳美国人身份的程度产生影响。比如说我喜欢中国文学啊、历史啊，这个从小耳濡目染之后，来美国之后看到美国的文学历史，就不会产生一种盲目崇拜——因为中国的诗词有多美，我也见过。另外呢，还有很重要的一点，就是我从小是一个军事迷，而军事迷一般都是有明显的民族主义倾向的。举个例子，2012年11月“辽宁号”航母公开视频的时候，我直接就看哭了。

你问我有没有想过回长沙回中国，说实话，想过。其实当时从长沙走的时候，我就感觉失去了很多。我记得走之前有一天中午，一个同学过来跟我说，你这一走不知道何年何月才能见到。当时我好像在看一本军事杂志，结果听了他的话之后我就哭了，因为我那时意识到，这一走可能真的很久都不会回来了。后来在美国读12年级那一年，发现自己不能和美国人公平竞争的时候，也想过回去。但是回去的话，花一年准备高考时间上肯定不够，毕竟脱节的东西太多。另外就是……也有别人的期待吧。刚才也说了，在那个时候，美国还是一个很好的存在，光环还没有褪去。我当时从国内出来的时候，我们班六十多个人，有三四十个都去送我——当然不完全是为了我，可能也是因为去美国是一件让人羡慕的事情吧。所以我出来，其实是背负着大家的期待的，就这样回去……（他突然沉默了一会儿）做不到吧。

从2001年到现在，我来美国已经十五年了，每年有同学结婚什么的，也会回长沙回上海或者北京一两次。现在呢，我看待美国和中国的视角也越来越理性，既不会觉得美国有光环，也不会觉得它特别坏——我现在看纽约华盛顿，和看北京上海其实是一样的，都有喜欢的一面，也会有不喜欢的一面。现在我留在美国，一方面是因为身份上的限制，另外也是因为我在的这个行业，如果不能回国内做管理而是纯做技术的话，那么生活上确实是不如在美国更轻松。所以归留归留，对我来说更多的还是现实的考虑吧。

后　记

当2015年12月我在华盛顿的一所社区图书馆开始创作这本访谈录时，对于自己的前景和这本访谈录的未来，我都感到前所未有的迷茫。那时的我，正因从校园走向社会过程中的不断碰壁而情绪低落——在纽约和华盛顿求职近半年未果的我，早已放弃了留在美国工作几年再回国的打算，却又感到在回国之前，自己得做点什么。迷茫中，我将目光投向了他人。我在想，在上百万的留美学生中，其他人都在做什么？都经历了什么？他们，是否和我有着同样的欢乐与苦恼，体验过相似的焦虑与迷茫？

现在回想，正是当时的这样一种转变，让我逐渐从自己原本封闭而狭隘的小世界中走出，开始真正学会如何看待和理解他人，学会如何独立地面对一个陌生的世界。两年多过去，我依然记得在芝加哥那个寒冷冬夜里宇鹏的焦虑，新年第一天促膝长谈时凡姐的目光，也依然会想起南加大学子向我讲述七年前那起枪击案时流下的泪水，想起旧金山一位与父母对峙多年的受访人终于与亲人重归于好时脸上的欢欣。从开始采写到最终完成，正是他们与我一次次真诚的无私的交谈，以及这一段段留在我脑海中挥之不去的记忆，给予了我不断前行的最大动力。

在这两年多孤独而艰辛的采写过程中，我得到了太多善良而可爱的人的支持与帮助。在此，谨向他们表达最诚挚的感谢：

我要感谢所有接受过我采访的受访人——无论他们的故事是否最

终在书中出现。正是他们无私的分享（哪怕涉及个人生活中最隐私的部分），让这本访谈录的写作成为可能。

感谢作家出版社的宋辰辰和杨兵兵编辑。他们辛勤的工作和专业的修改意见，拉近了故事与读者之间的距离，同时也弥补了我在文笔上的青涩。

感谢中国人民大学的梁鸿老师，不仅因为她的非虚构作品《出梁庄记》给予了我写作这本访谈录最初的启发，也因为在写作过程中她对我的支持与鼓励。

感谢牧笛、小晓、查理、佳辰、蓓蓓和怿成。在我一次又一次的自我怀疑中，是他们始终如一的支持，带给了我坚持下去的勇气。

还有许多同事与朋友，在我的采写过程中提供了宝贵的帮助和启发，无法一一列出，在此一并表示感谢。

最后，感谢我的父母对我的关心与包容。将当代留学生在海外生活成长的酸甜苦辣讲述给他们——以及所有留学生的父母，是我写作这本访谈录的初衷，也是在过去两年多时间里，激励我不断前行的使命。

元辛

2018年6月30日于杭州